环境影响评价工程师
职业资格考试重点解析及仿真题库

2009

环境影响评价
技术方法

应试指导专家组 编写

 化学工业出版社

·北京·

图书在版编目（CIP）数据

环境影响评价技术方法/应试指导专家组编写．—北京：化学工业出版社，2009.2
（2009环境影响评价工程师职业资格考试重点解析及仿真题库）
ISBN 978-7-122-04724-3

Ⅰ．环… Ⅱ．应… Ⅲ．环境影响-评价-工程技术人员-资格考核-自学参考资料 Ⅳ．X820.3

中国版本图书馆 CIP 数据核字（2009）第 010920 号

责任编辑：左晨燕　　　　　　　　　装帧设计：史利平
责任校对：郑　捷

出版发行：化学工业出版社(北京市东城区青年湖南街 13 号　邮政编码 100011)
印　　刷：北京市彩桥印刷有限责任公司
装　　订：北京市顺板装订厂
720mm×1000mm　1/16　印张 13¼　字数 246 千字　2009 年 3 月北京第 1 版第 1 次印刷

购书咨询：010-64518888(传真：010-64519686)　　售后服务：010-64518899
网　　址：http://www.cip.com.cn
凡购买本书，如有缺损质量问题，本社销售中心负责调换。

前　言

　　环境影响评价是在决策和开发建设活动中，防止新建项目产生污染和生态环境破坏的重要措施，是我国实施可持续发展战略、实行以预防为主环保政策的重要体现。环境影响评价专业技术人员的职业道德和业务水平，直接关系到环境影响评价工作的质量，影响到环保审批和决策的正确与否。为了加强环境影响评价管理，提高环境影响评价专业技术人员素质，确保环境影响评价质量，我国从 2005 年起开始举行环境影响评价工程师职业资格考试，目前已经举办了 4 次。

　　为了充分满足参加环境影响评价工程师职业资格考试考生的应试需求，我们组织清华大学、北京大学、同济大学等名牌大学和国内一流的甲级环评机构中具有丰富环评工作实践和考试辅导经验的专家共同策划编写了这套《2009 环境影响评价工程师职业资格考试重点解析及仿真题库》丛书（共 4本）。在编写过程中，我们力求做到内容全面，针对性强。在对前 4 年考试内容进行系统分析的基础之上，结合众多考生的反馈意见，我们对应考内容进行了归纳整理和精简，以便于考生提高复习效率，尽快掌握应考内容。同时，辅以大量仿真练习题，完全依照考试题型命题并相应给出了答案解析，以利于考生的进一步提高。在对命题趋势预测的基础上，我们纳入了最新出台和实施的重要法规政策、标准等内容，以求最大可能地增强考生的应考能力。

　　参加本套丛书编写的人员有（以姓氏汉语拼音为序）：董文萱、郭怀成、郭雷、胡益铭、贾海燕、李橙、李静、李榕、刘静、刘立媛、闵捷、彭丽娟、石杰、石磊、舒放、苏魏、王宝臣、王丽婧、王立章、王绍宝、王雪生、王子东、于建华、张丙辰、张峰、赵由才、周军、周中平、诸毅。

　　由于时间紧迫，加之能力所限，书中不妥之处在所难免，恳请读者批评指正。为了更有效地帮助考生，应对可能出现的变化，我们将尽可能把有关考试复习内容的补充和更新在化学工业出版社网站（http://www.cip.com.cn）的"资格考试专区"及时予以公布，敬请广大考生留意。

　　最后祝广大考生顺利通过考试！

编　者

2009 年 1 月于北京

目　　录

第一章 概　　论

第一节　重点内容

一、环境影响评价的有关法律法规规定

1. 环境影响评价的法律定义

指对规划和建设项目实施后可能造成的环境影响进行分析、预测和评估，指出预防或者减轻不良环境影响的对策和措施，进行跟踪监测的方法和制度。

2. 规划环境影响评价

① 国务院有关部门、设区的市级以上地方人民政府及有关部门，对其组织编制的土地利用的有关规划，区域、流域、海域的建设、开发利用规划，应当在规划编制过程中组织进行环境影响评价，编写该规划有关环境影响的篇章或者说明。

② 对其组织编制的工业、农业、畜牧业、林业、能源、水利、交通、城市建设、旅游、自然资源开发的有关专项规划，应当在该专项规划草案上报审批前，组织进行环境影响评价，并向审批该专项规划的机关提出环境影响报告书。

③ 编制环境影响报告书的规划和环境影响篇章或者说明的规划的具体范围，可参见国家环保总局发布的《关于印发〈编制环境影响报告书的规划的具体范围（试行）〉》和《编制环境影响评价篇章或说明的规划的具体范围（试行）》。

3. 建设项目环境影响评价

国家根据建设项目对环境的影响程度，对建设项目的环境影响评价实行分类管理。

① 重大环境影响　编制环境影响报告书，对产生的环境影响进行全面评价。

② 轻度环境影响　编制环境影响报告表，对产生的环境影响进行分析或者专项评价。

③ 环境影响很小　不需要进行环境影响评价，但要填报环境影响登记表。

4. "三同时"制度和环境保护设施竣工验收

"三同时"制度和环境保护设施竣工验收是对环境影响评价中提出的预防和减轻不良环境影响对策和措施的具体落实和检查，是环境影响评价的延续。

①"三同时"制度　建设项目需要配套建设的环境保护设施，必须与主体工程同时设计、同时施工、同时投产使用。

② 环境保护设施竣工验收　建设项目竣工后，建设单位应当向审批该建设项目环境影响报告书、环境影响报告表或者环境影响登记表的环境保护行政主管

部门，申请该建设项目需要配套建设的环境保护设施竣工验收。环境保护设施经验收合格，该建设项目方可投入生产或使用。

二、环境影响评价的分类、作用和技术原则

1. 环境影响评价的分类

$$\begin{cases} \text{按照评价对象} \begin{cases} \text{规划环境影响评价} \\ \text{建设项目环境影响评价} \end{cases} \\ \text{按照环境要素} \begin{cases} \text{大气环境影响评价} \\ \text{地表水环境影响评价} \\ \text{声环境影响评价} \\ \text{生态环境影响评价} \\ \text{固体废物环境影响评价} \end{cases} \\ \text{按照时间顺序} \begin{cases} \text{环境质量现状评价} \\ \text{环境影响预测评价} \\ \text{环境影响后评价} \end{cases} \end{cases}$$

环境影响后评价：指在规划或开发建设活动后，对环境的实际影响程度进行系统调查和评估，检查对减少环境影响的措施落实程度和效果，验证环境影响评价结论的可靠性，判断评价提出的环保措施的有效性，对一些评价时尚未认识到的影响进行分析研究，并采取补救措施。

2. 环境影响评价的作用

① 在决策和开发建设活动开始前，体现出环境影响评价的预防功能。

② 决策后或开发建设活动开始，通过实施环境监测计划和持续性研究，不断验证其评价结论，并反馈给决策者和开发者，进一步修改和完善其决策和开发建设活动。

为体现实施环评的这种作用，在环境影响评价的组织实施中必须坚持可持续发展战略和循环经济理念。

3. 环境影响评价的技术原则

① 与拟议规划或拟建项目的特点相结合。

② 符合国家的产业政策、环保政策和法规。

③ 符合流域、区域功能区划、生态保护规划和城市发展总体规划，布局合理。

④ 符合清洁生产的原则。

⑤ 符合国家有关生物化学、生物多样性等生态保护的法规和政策。

⑥ 符合国家资源综合利用的政策。

⑦ 符合国家土地利用的政策。

⑧ 符合国家和地方规定的总量控制要求。

⑨ 符合污染物达标排放和区域环境质量的要求。

⑩ 正确识别可能的环境影响。

⑪ 选择适当的预测评价技术方法。

⑫ 环境敏感目标得到有效保护，不利环境影响最小化。

⑬ 替代方案和环境保护措施、技术经济可行。

三、建设项目环境影响评价的基本内容

1. 编写环境影响评价大纲

环境影响评价大纲是环境影响评价报告书的总体设计和行动指南，应在开展评价工作之前编制。内容一般包括以下几个方面。

① 总则，包括评价任务的由来，编制依据，控制污染和保护环境的目标，采用的评价标准，评价项目及其工作等级和重点。

② 建设项目概况及初步工程分析。

③ 拟建项目地区环境简况。

④ 建设项目工程分析的内容和方法，环境影响因素识别与评价因子筛选。

⑤ 环境现状调查，明确环境保护目标、评价等级、评价范围、评价标准、评价时段等。

⑥ 确定环境影响预测与评价建设项目的环境影响技术方案、方法，明确环境影响评价的主要内容及评价重点。

⑦ 环境影响评价的专题设置及实施方案。

⑧ 评价工作成果清单，拟提出的结论和建议。

⑨ 评价工作组织、计划安排。

⑩ 经费概算。

2. 区域环境质量现状调查和评价

（1）现状调查的目的

掌握环境质量现状或背景，为环境影响预测、评价和累积效应分析以及投产运行进行环境管理提供基础数据。

（2）一般原则

① 确定各环境要素现状调查的范围（应大于评价区域），筛选出应调查的有关参数。

② 收集现有资料进行分析筛选，若这些资料仍不能满足需求，需进行现场调查或测试。

③ 对与评价项目有密切关系的部分应全面、详细，尽量做到定量化；对一般自然和社会环境的调查，若不能用定量数据表达时，应做出详细说明。

（3）调查的方法

收集资料法、现场调查法、遥感法。

3. 环境影响预测

（1）环境影响预测的原则

① 按相应评价工作等级、工程与环境的特征、当地的环境要求确定预测的范围、时段、内容及方法。

② 考虑预测范围内，规划的建设项目可能产生的环境影响。

（2）环境影响预测方法

数学模式法、物理模型法、类比调查法、专业判断法。

（3）预测阶段和时段

三个阶段：建设阶段、生产运营阶段、服务期满或退役阶段。

两个时段：冬、夏两季或丰、枯水期。

对于污染物排放种类多、数量大的大中型项目，还应预测各种不利条件下（如事故排放）的影响。

（4）预测的范围和内容

① 预测点的位置和数量：应根据工程和环境特征以及环境功能要求而设定，要覆盖现状监测点。

② 预测范围：等于或略小于现状调查的范围。

③ 预测的内容：依据工作等级、工程与环境特征及当地环保要求而定，既要考虑建设项目对自然环境的影响，也要考虑社会和经济的影响；既要考虑污染物在环境中的污染途径，也要考虑对人体、生物及资源的危害程度。

4．环境影响评价方法

列表清单法、矩阵法、网络法、图形重叠法、组合计算辅助法、指数法、环境影响预测模型、环境影响综合评价模型等。

四、建设项目环境影响评价的工作程序及等级划分

1．建设项目环境影响评价工作程序

建设项目环境影响评价工作程序见图 1-1。

2．环境影响评价工作等级

环境影响评价工作的等级是指需要编制环境影响评价和各专题的工作深度的划分，共分三个等级，一级评价最详细，二级次之，三级较简略。划分依据如下。

① 建设项目的工程特点，包括工程性质、工程规模、能源及资源的使用量及类型、源项等。

② 项目所在地区的环境特征，包括自然环境特点、环境敏感程度、环境质量现状及社会经济状况等。

③ 建设项目的建设规模。

④ 国家或地方政府所颁布的有关法规（包括环境质量标准和污染物排放标准）。

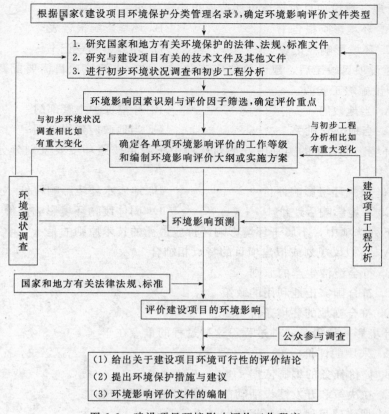

图 1-1　建设项目环境影响评价工作程序

第二节　习题与答案

一、练习题

（一）单项选择题

1. 对于建设项目环境影响评价，国家根据建设项目对环境的影响程度，实施分类管理，建设项目对环境可能造成重大影响的，应编制（　　）。

  A. 环境影响报告书   B. 环境影响报告表

  C. 环境影响登记表   D. 环境影响登记书

2. 对于建设项目环境影响评价，国家根据建设项目对环境的影响程度，实施分类管理，建设项目对环境可能造成轻度影响的，应编制（　　）。

  A. 环境影响报告书   B. 环境影响报告表

  C. 环境影响登记表   D. 环境影响登记书

3. 对于建设项目环境影响评价，国家根据建设项目对环境的影响程度，实施分类管理，建设项目对环境可能造成很小影响的，应编制（　　）。

  A. 环境影响报告书   B. 环境影响报告表

  C. 环境影响登记表   D. 环境影响登记书

 4. 建设项目竣工后，建设单位应该向（　　）申请该项目需要配套建设的环境保护设施竣工验收。

  A. 当地政府   B. 环境保护主管部门

  C. 当地公安机关   D. 当地政府建设部门

 5. 环境影响评价的类别中，下列选项中不满足按照环境要素划分分类的是（　　）。

  A. 大气环境影响评价   B. 地表水环境影响评价

  C. 环境影响后评价   D. 固体废物环境影响评价

 6. 下列选项中，不属于环境影响评价应遵循的技术原则的是（　　）。

  A. 与拟议规划或拟建项目的特点相结合

  B. 符合清洁生产的原则

  C. 符合国家土地利用的政策

  D. 符合当地的环境条件

 7. 环境影响评价是一种过程，这种过程的重点在于（　　）。

  A. 采用的评价标准

  B. 评价任务的编制依据

  C. 在决策和开发建设活动前，体现环评的预防功能

  D. 拟建项目地区的环境现状

 8. 关于我们通常所说的环境影响评价大纲，正确的一项是（　　）。

  A. 环境影响报告书的总体设计和行动指南

  B. 可以替代环境影响报告书的文件

  C. 对于建设项目，只需将环境影响评价大纲上报环境保护主管部门即可

  D. 主要针对环境影响登记表

 9. 下列选项中不是环境现状调查的工作内容的是（　　）。

  A. 明确环境保护目标   B. 明确评价标准

  C. 确定评价时段   D. 了解当地经济发展水平

 10. 下列选项中，不属于环境影响评价大纲内容的是（　　）。

  A. 建设项目概况及初步工程分析

  B. 建设项目工程分析的内容与方法

  C. 环境影响评价的专题设置和实施方案

  D. 完成环境影响预测

 11. 关于环境现状评价，不正确的是（　　）。

A. 是各评价项目（专题）共有的工作

B. 目的是掌握环境质量现状或背景

C. 为环境影响预测、评价和累积效应分析以及投产运行进行环境管理提供基础数据

D. 为当地经济发展提供指导性意见

12. 关于环境现状调查的一般原则，不正确的是（　　）。

A. 调查范围应小于评价区域

B. 对评价区域边界以外的附近地区，若遇有重要的污染源时，调查范围应适当放大

C. 应先收集现有资料，经过认真分析筛选后择取可用部分

D. 若引用资料不能满足需要时，再进行现场调查或测试

13. 下列选项中不属于环境现状调查方法的是（　　）。

A. 收集资料法　　　　　　　　B. 类比法

C. 遥感法　　　　　　　　　　D. 现场调查法

14. 下列选项中不是环境影响预测方法的是（　　）。

A. 数学模型法　　　　　　　　B. 遥感法

C. 类比调查法　　　　　　　　D. 专业判断法

15. 关于环境影响预测的阶段与时段，不正确的是（　　）。

A. 建设项目的环境影响一般分为三个阶段，包括建设阶段、生产运营阶段和服务期满或退役阶段

B. 建设项目环境影响一般分两个时段，即冬、夏两季或丰、枯水期

C. 预测工作一般也要与三阶段两时段相对应

D. 还必须预测各种不利条件下的影响

16. 关于环境影响预测的范围，不正确的是（　　）。

A. 预测点的位置应覆盖现状监测点

B. 预测点的数量应大于现状监测点

C. 预测点还应根据工程和环境特征以及环境功能要求而设定

D. 预测范围应大于或等于现状调查的范围

17. 下列方法不属于环境影响评价方法的是（　　）。

A. 指数法　　　　　　　　　　B. 环境影响预测模型

C. 环境影响综合评价模型　　　D. 专业判断法

18. 环境影响评价的工作等级是指（　　）。

A. 环境预测过程中的工作深度

B. 环境现状分析过程中的工作深度

C. 编制环境影响评价和各工作专题的工作深度

D. 评价过程中各单项工作专题的工作深度

19. 各单项工作环境影响评价划分为 （　　） 个工作等级。

  A. 3   B. 2   C. 5   D. 4

20. 建设项目环境影响评价工作程序中，第一步工作是（　　）。

  A. 环境现状调查

  B. 确定各单项环境影响评价的工作等级

  C. 根据国家《建设项目环境保护分类管理名录》，确定环境影响评价文件类型

  D. 环境影响因素识别与评价因子筛选，确定评价重点

21. 环境遥感的定义是（　　）。

  A. 用遥感技术对人类生活进行研究的各种技术总称

  B. 用遥感技术对生产环境进行研究的技术和方法总称

  C. 利用光学电子仪器从高空对环境进行监测的技术

  D. 用遥感技术对人类生活和生产环境以及环境各要素的现状、动态变化发展趋势进行研究的各种技术和方法的总称

22. 关于环境背景值，正确的说法是（　　）。

  A. 环境中的水、土壤、大气、生物等要素，在环境影响评价时所含的化学元素的正常含量

  B. 一般低于环境本底值

  C. 一般高于环境本底值

  D. 环境中各种要素在自身形成和发展过程中，还没有受到外来污染影响下形成的化学元素组分的正常含量

（二）多项选择题

1. 关于环境影响评价，说法正确的是（　　）。

  A. 是我国的一项基本环境保护法律制度

  B. 根据建设项目对环境的影响程度实行分类管理

  C. 对规划和建设项目实施后可能造成的环境影响进行分析、预测和评估的制度和方法

  D. 对规划和建设项目实施后可能造成的不良环境影响提出预防或者减轻的对策和措施的制度和方法

2. 《中华人民共和国环境保护法》、《建设项目环境保护管理条例》和其他环境保护法律法规还规定：建设项目需要配套建设的环境保护设施，必须与主体工程（　　）。

  A. 同时设计   B. 同时竣工

  C. 同时施工   D. 同时投产使用

3. 按照评价对象分，环境影响评价可以分为（　　　）。
　　A. 建设项目环境影响评价　　　　　　B. 大气环境影响评价
　　C. 生态环境影响评价　　　　　　　　D. 规划环境影响评价
4. 按照时间顺序，环境影响评价一般分为（　　　）。
　　A. 环境质量现状评价　　　　　　　　B. 规划环境影响评价
　　C. 环境影响预测评价　　　　　　　　D. 环境影响后评价
5. 下列选项属于环境影响后评价工作内容的是（　　　）。
　　A. 检查对减少环境影响的措施的落实程度和效果
　　B. 验证环境影响评价结论的正确可靠性
　　C. 判断评价提出的环保措施的有效性
　　D. 对环境质量现状进行评价
6. 进行环境影响评价时需要遵循的原则包括（　　　）。
　　A. 符合国家的产业政策、环保政策和法规
　　B. 符合流域、区域功能区划、生态保护规划和城市发展总体规划，布局
　　　合理
　　C. 符合国家资源综合利用的政策
　　D. 符合污染物达标排放和区域环境质量的要求
7. 关于环境影响评价大纲，以下说法正确的是（　　　）。
　　A. 环境影响评价大纲应该在开展评价工作之后完成
　　B. 环境影响评价大纲应根据环境影响评价报告书提炼而成
　　C. 环境影响评价大纲是具体指导环境影响评价的技术文件
　　D. 环境影响评价大纲是检查报告书内容和质量的主要判据
8. 下列选项中，属于评价大纲范围的是（　　　）。
　　A. 总则　　　　　　　　　　　　　　B. 拟建项目地区环境简况
　　C. 环境现状调查　　　　　　　　　　D. 建设项目概况和初步工程分析
9. 进行环境现状调查时，需要明确的内容包括（　　　）。
　　A. 环境保护目标　　　　　　　　　　B. 评价等级
　　C. 评价范围　　　　　　　　　　　　D. 评价方法
10. 环境现状调查的目的是（　　　）。
　　A. 分析建设项目的建设规模
　　B. 了解国家或地方政府所颁布的有关法规
　　C. 掌握环境质量现状或背景
　　D. 为项目投产运行进行环境管理提供基础数据
11. 环境现状调查中，所遵循的一般原则包括（　　　）。
　　A. 根据项目所在地的特点，结合各单项评价的工作等级，确定各环境

要素现状调查的范围

    B. 应首先进行现场调查和测试，然后收集现有资料分析

    C. 调查范围应大于评价区域

    D. 若评价区域边界以外的附近区域遇到重要污染源，可以不必考虑

12. 环境现状的调查方法主要有（   ）。

    A. 收集资料法   B. 现场调查法   C. 类比法   D. 遥感法

13. 下列选项，符合环境影响预测原则的是（   ）。

    A. 应考虑预测范围内，规划的建设项目可能产生的环境影响

    B. 预测的范围、时段、内容及方法应按相应的评价工作等级、工程与环境的特征、当地的环境要求而定

    C. 应符合国家或地方政府颁布的有关法规

    D. 主要靠收集现有资料进行类比

14. 环境影响预测的方法主要有（   ）。

    A. 数学模式法   B. 物理模型法

    C. 类比调查法   D. 专业判断法

15. 建设项目环境影响预测一般分为（   ）阶段。

    A. 建设阶段   B. 生产运营阶段

    C. 服务期满或退役阶段   D. 竣工阶段

16. 建设项目环境影响预测一般分为两个时段，指的是（   ）。

    A. 冬、夏两季   B. 丰、枯水期

    C. 春、秋两季   D. 施工时段和运营时段

17. 对于环境影响预测的内容，正确的是（   ）。

    A. 预测的内容应依据评价工作等级、工程与环境特征及当地环保要求而定

    B. 要考虑建设项目对自然环境的影响

    C. 环境影响预测必须考虑污染物在环境中的污染途径

    D. 预测过程中不涉及对人体、生物及资源的危害程度

18. 下列选项中属于环境影响评价方法的是（   ）。

    A. 列表清单法   B. 矩阵法

    C. 网络法   D. 图形重叠法

19. 关于各单项环境影响评价工作等级划分的规定，正确的是（   ）。

    A. 一级最详细   B. 三级最详细

    C. 二级比较详细   D. 三级较简略

20. 单项影响评价工作等级划分的依据有（   ）。

    A. 建设项目的工程特点

B. 建设项目所在地区的环境特征

C. 建设项目的建设规模

D. 国家或地方政府所颁布的有关法规

21. 对单项影响评价进行工作等级划分时，需要了解项目所在地的环境特征，主要包括（　　）。

　　A. 自然环境特点　　　　　　　　B. 环境敏感程度

　　C. 环境质量现状　　　　　　　　D. 社会经济状况

22. 建设项目环境影响评价工作程序中，在完成对建设项目环境影响和公众参与后，应做的工作包括（　　）。

　　A. 给出关于建设项目环境可行性的评价结论

　　B. 提出环境保护措施与建议

　　C. 环境影响评价文件的编制

　　D. 编制环境影响评价大纲

23. 关于环境要素，正确的是（　　）。

　　A. 环境要素组成环境结构单元

　　B. 通常是指自然环境要素

　　C. 是构成人类环境整体的各个独立的、性质不同的而又服从整体演化规律的基本物质成分

　　D. 是由于人类活动引起环境灾害所导致的灾害

24. 环境灾害中，属于气象水文灾害的包括（　　）。

　　A. 滑坡　　　　　B. 酸雨　　　　　C. 地面沉降　　　D. 沙尘暴

25. 环境灾害中，属于地质地貌灾害的包括（　　）。

　　A. 地震　　　　　B. 海水入侵　　　C. 雪崩　　　　　D. 泥石流

26. 下列环境影响评价术语中，概念正确的有（　　）。

　　A. 环境灾害：由于人类活动引起环境恶化所导致的灾害，是除自然变异因素外的另一重要致灾原因

　　B. 环境区划：可以分为环境要素区划、环境状态与功能区划、环境灾害区划等

　　C. 环境自净：进入环境中的污染物，随着时间的变化不断降低和消除的现象

　　D. 水土保持：研究水土流失规律和防治水土流失的综合治理措施

27. 生物多样性的三个层次是（　　）。

　　A. 基因层次　　　　　　　　　　B. 物种层次

　　C. 微生物层次　　　　　　　　　D. 生态系统层次

28. 下列关于环境影响评价常用术语不正确的是（　　）。

A. 水质监测是指采用物理、化学和生物学的分析技术，对地表水、地下水、工业和生活污水、饮用水等水质进行分析测定与评价的分析过程

B. 生态影响评价就是通过定性地揭示与预测人类活动对生态影响及其对人类健康与经济发展的作用分析，来确定一个地区的生态负荷或环境容量

C. 生态监测是观测与评价生态系统的自然变化及对人为变化所做出的反应，是对各类生态系统结构和功能的时空格局变量的测定

D. 背景噪声就是所有噪声的总和

二、参考答案

（一）单项选择题

1. A	**2.** B	**3.** C	**4.** B	**5.** C	**6.** D
7. C	**8.** A	**9.** D	**10.** D	**11.** D	**12.** A
13. B	**14.** B	**15.** D	**16.** D	**17.** D	**18.** C
19. A	**20.** C	**21.** D	**22.** D		

（二）多项选择题

1. ABCD	**2.** ACD	**3.** AD	**4.** ACD	**5.** ABC	**6.** ABCD
7. CD	**8.** ABCD	**9.** ABC	**10.** CD	**11.** AC	**12.** ABD
13. AB	**14.** ABCD	**15.** ABC	**16.** AB	**17.** ABC	**18.** ABCD
19. ACD	**20.** ABCD	**21.** ABCD	**22.** ABC	**23.** ABC	**24.** BD
25. ACD	**26.** ACD	**27.** ABD	**28.** BD		

三、习题解析

（一）单项选择题

1. 重大环境影响：编制环境影响报告书。

轻度环境影响：编制环境影响报告表。

环境影响很小：不需要进行环境影响评价，应当填报环境影响登记表。

2. 同第1题。

3. 同第1题。

5. 环境影响评价按照要素可以分为：大气环境影响评价、地表水环境影响评价、声环境影响评价、生态环境影响评价、固体废物环境影响评价。

13. 环境现状调查的方法有：收集资料法、现场调查法、遥感法。

14. 环境影响预测方法有：数学模式法、物理模型法、类比调查法、专业判断法。

22. 环境背景值又称为环境本底值，是指环境中的水、土壤、大气、生物等要素，在其自身的形成和发展过程中，还没有受到外来污染影响下形成的化学元素组分的正常含量。

（二）多项选择题

2. "三同时制度"：建设项目需要配套建设的环境保护设施，必须与主体工程同时设计、同时施工、同时投产使用。

3. 按照评价对象分，环境影响评价可以分为规划环境影响评价和建设项目环境影响评价。

15. 建设项目的环境影响预测一般分为三个阶段：建设阶段、生产运营阶段、服务期满或退役阶段。

16. 建设项目的环境影响预测一般分为两个时段：冬、夏两季或丰、枯水期。

18. 环境影响评价的方法有：列表清单法、矩阵法、网络法、图形重叠法、组合计算辅助法、指数法、环境影响预测模型、环境影响综合评价模型等。

23. 环境要素也称环境基质，是构成人类环境整体的各个独立的、性质不同的而又服从整体演化规律的基本物质成分。通常是指自然环境要素，包括大气、水、生物岩石、土壤以及声、光、放射性、电磁辐射等。环境要素组成环境的结构单元，环境结构单元组成环境整体或称为环境系统。

24. 气象水文灾害包括：洪涝、酸雨、干旱、霜冻、雪灾、沙尘暴、风暴潮、海水入侵。

25. 地质地貌灾害包括地震、崩塌、雪崩、滑坡、泥石流、地下水漏斗、地面沉降等。

26. 环境区划可以分为环境要素区划、环境状态与功能区划、综合环境区划等。

27. 生物多样性是生物及其与环境形成的生态复合体以及与此相关的各种生态过程的总和。包括基因、物种和生态系统多样性三个层次。

第二章 工程分析

第一节 重点内容

一、工程分析概述

1. 工程分析的分类

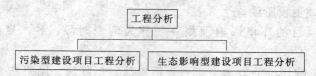

2. 工程分析的作用

（1）工程分析是项目决策的重要依据

工程分析是从环境保护的角度分析技术经济先进性、污染治理措施的可行性、总图布置合理性、达标排放可能性，确定建设该项目的环境可行性。

（2）为各专题预测评价提供基础数据

特征参数，特别是污染物的最终排放量是各专题开展影响预测不可缺少的基础数据。

（3）为环保设计提供优化建议

（4）为环境的科学管理提供依据

3. 工程分析的方法

（1）类比法

用与拟建项目类型相同的现有项目的设计资料或实测数据进行工程分析，注意拟建项目与类比项目以下因素之间的相似性和可比性。

① 工程一般特征　包括建设项目的性质、建设项目规模、车间组成、产品结构、工艺路线、生产方法、原料、燃料成分与消耗量、用水量和设备类型等。

② 污染物排放特征　包括污染物排放类型、浓度、强度与数量，排放方式与去向以及污染方式与途径等。

③ 环境特征　包括气象条件、地貌状况、生态特点、环境功能以及区域污染情况等。

类比法常用单位产品的经验排污系数去计算污染物排放量。当拟建项目与现有项目的生产规模等工程特征和生产管理以及外部因素等条件不同时，需要进行修正。

经验排污系数法公式：

$$A = AD \times M$$
$$AD = BD - (aD + bD + cD + dD)$$

式中　A——某污染物的排放总量；

　　AD——单位产品某污染物的排放定额；

　　M——产品总产量；

　　BD——单位产品投入或生成的某污染物量；

　　aD——单位产品中某污染物的量；

　　bD——单位产品所生成的副产物、回收品中的某污染物的量；

　　cD——单位产品分解转化掉的污染物量；

　　dD——单位产品被净化处理掉的污染物量。

（2）物料衡算法

物料衡算法主要用于污染型建设项目的工程分析，是计算污染物排放量的常规和最基本的方法，其原理就是投入系统的物料总量等于产出产品总量与物料流失总量之和。在工程分析中，根据分析对象的不同，主要有总物料衡算、有毒有害物料衡算和有毒有害元素物料衡算。其中总物料衡算公式如下。

$$\sum G_{排放} = \sum G_{投入} - \sum G_{回收} - \sum G_{处理} - \sum G_{转化} - \sum G_{产品}$$

式中　$\sum G_{投入}$——投入物料中的某污染物总量；

　　$\sum G_{产品}$——进入产品结构中的某污染物总量；

　　$\sum G_{回收}$——进入回收产品中的某污染物总量；

　　$\sum G_{处理}$——经净化处理掉的某污染物总量；

　　$\sum G_{转化}$——生产过程中被分解、转化的某污染物总量；

　　$\sum G_{排放}$——某污染物的排放量。

（3）资料复用法

利用同类工程已有的环境影响评价资料或可行性研究报告等资料进行工程分析的方法。适用于评价工作级别比较低的建设项目工程分析。

二、污染型建设项目工程分析

污染型建设项目工程分析的工作内容，通常包括下列六部分：工程概况、工艺流程及产污环节分析、污染物分析、清洁生产水平分析、环保措施方案分析、总图布置方案分析。此外，还可以根据不同项目的具体情况，提出补充措施与建议。在工程分析内容完成后，还需要写出小结。

1. 工程概况

① 工程一般特征简介　包括工程名称、建设性质、建设地点、建设规模、项目组成（包括主体工程、辅助工程、公用工程、环保工程等）、产品方案、占

地面积、职工人数、工程总投资以及发展规划等，附总平面布置图。

② 物料及能源消耗定额　包括主要原料、辅助原料、材料、助剂、能源（煤、焦、油、气、电和蒸汽）以及用水等的来源、成分与消耗量。

③ 项目组成　通过项目组成分析找出项目建设存在的主要环境问题，列出项目组成表。

2. 工艺流程及产污环节分析

绘制污染工艺流程应包括涉及产生污染物的装置和工艺过程，不产生污染物的过程和装置可以简化，有化学反应发生的工序要列出主要化学反应式和副反应式，并在总平面布置图上标出污染源的准确位置。

3. 污染物分析

（1）污染源分布调查及污染物排放量统计

污染源分布和污染物排放量调查是各专题评价的基础资料，一般按照建设过程和运营过程两个时期详细核算和统计，一些项目还应对服务期满后（退役期）的源强进行核算，并按要求分专题绘制污染流程图。

① 对于新建项目要求算清"两本账"：生产过程中污染物设计排放量和实施污染防治措施后的污染物消减量，二者之差为污染物最终排放量。

② 对于技改扩建项目的污染物排放量统计要求算清"三本账"：即技改扩建前、工程中和完成后污染物排放量，其关系式为：

技改前排放量－"以新带老"削减量＋技改扩建项目排放量＝技改扩建完成后排放量

（2）物料平衡与水平衡

① 物料平衡主要是针对有毒有害物质。

② 水平衡的公式为：

$$Q+A=H+P+L$$

式中，Q 为取水量，包括生产用水量和生活用水量，生产用水量又包括间接冷却水量、工艺用水量和锅炉给水量；A 为物料带入水量；H 为耗水量，指整个项目消耗掉的新鲜水量总和；P 为排水量；L 为漏水量。

耗水量的公式为：

$$H=Q_1+Q_2+Q_3+Q_4+Q_5+Q_6$$

式中，Q_1 为产品含水，即由产品带走的水；Q_2 为间接冷却水系统补充水量；Q_3 为洗涤用水（包括装置、场地冲洗水）、直接冷却水和其他工艺用水量之和；Q_4 为锅炉运转消耗的水量；Q_5 为水处理用水量；Q_6 为生活用水量。

（3）无组织排放源强统计及分析

工程中的无组织排放是指没有排气筒或排气筒高度低于 15m 的排放源。无组织排放源的确定方法有物料衡算法、类比法和反推法三种。

（4）非正常排放源强统计及分析

非正常排污包括：①正常开、停车或部分设备检修时排放的污染物；②工艺设备或环保设施达不到设计规定指标运行时的排污。

（5）污染物排放总量建议指标

污染物排放总量控制建议指标包括国家规定的指标和项目的特征污染物，其单位为 t/a。提出的工程污染物排放总量控制建议指标应满足的要求有：①达标排放；②符合其他相关环境要求；③技术上可行。

4. 清洁生产水平分析

应根据国家公布的部分行业清洁生产标准，衡量建设项目的清洁生产水平。对于没有基础数据可以借鉴的项目，重点比较建设项目与国内外同类型项目的单位产品和万元产值的物耗、能耗、水耗和排放水平，并论述其差距。

5. 环保措施方案分析

① 分析本项目既定措施方案所选工艺及设备的先进水平和可靠程度。

② 分析处理工艺有关技术经济参数的合理性。

③ 分析环保设施投资构成及其在总投资中占有的比例。

④ 依托设施的可行性分析。

6. 总图布置方案分析

① 分析厂区与周围的保护目标之间所定防护距离的安全性。

② 根据气象、水文等自然条件分析工厂和车间布置的合理性。

③ 分析环境敏感点（保护目标）处置措施的可行性。

三、生态影响型项目工程分析

1. 生态影响型项目工程分析的基本内容

生态影响型项目工程分析应包括工程概况、施工规划、生态环境影响源分析、主要污染物与源强分析和替代方案五部分。

（1）工程概况

包括工程的名称、建设地点、性质、规模和工程特性，给出工程组成和特性表。

（2）施工规划

结合工程的建设进度，对与生态环境保护有重要关系的规划建设内容和施工进度进行详细介绍。

（3）生态环境影响源分析

对项目建设可能造成生态环境影响的活动（影响源或影响因素）的强度、范围、方式进行分析，可以定量的要给出定量数据。

（4）主要污染物与源强分析

① 生产废水和生活污水的排放量和主要污染物排放量。

② 废气的排放源点位、源性质、主要污染物产生量。

③ 工程弃渣和生活垃圾的产生量。

④ 主要噪声源的种类和声源强度。

（5）替代方案

对各阶段不同方案进行比选，说明推荐方案理由，分析其合理性。

2. 生态环境影响评价工程分析

生态环境影响评价的工程分析一般要把握以下几点要求。

（1）工程组成完全

一般建设项目工程组成有主体工程、辅助工程、配套工程、公用工程和环保工程。工程建设活动，无论永久的或是临时的，施工期的或是运营期的，直接的或是相关的，都要考虑在内。

主要的辅助工程有：①对外交通；②施工道路；③料场；④工业场地；⑤施工营地；⑥弃土弃渣场。

（2）重点工程明确

重点工程主要分以下两类：

① 指工程规模比较大，其影响范围比较大，时间比较长的；

② 位于环境敏感区附近，虽然规模不是最大，但是环境影响比较大。

重点工程确定的方法如下：

① 研读设计文件并结合环境现场踏勘确定；

② 通过类比调查并核查设计文件确定；

③ 通过投资分析进行了解；

④ 从环境敏感性调查入手再反推工程，类似于影响识别的方法。

（3）全过程分析

将全过程分为：选址选线期（工程预可研期）、设计方案（初步设计与工程设计）、建设期（施工期）、运营期和运营后期（结束期、闭矿、设备退役和渣场封闭）。

（4）污染源分析

主要工作内容是：明确主要产生污染的源，污染物类型、源强、排放方式和纳污环境等。污染源可能发生于施工建设阶段，也可能发生于运营期。

污染源分析一般包括以下内容。

① 锅炉烟气排放量计算及拟采取的除尘降噪措施和效果说明。须明确燃料类型、消耗量。燃煤锅炉一般取 SO_2 和烟气作为污染控制因子。

② 车辆扬尘量估算。一般采用类比方法计算。

③ 生活污水排放量按人均用水量乘以用水人数的 80% 计。生活污水的污染因子一般取 COD，或氨氮、BOD。

④ 工业场地废水排放量。根据不同设备逐一核算并加和；其污染因子视情况而定，砂石料清洗可取 SS，机修等取 COD 和石油类等。

⑤ 固体废物。根据设计文件给出量确定。

⑥ 生活垃圾。人均垃圾产生量与人数的乘积。

⑦ 土石方平衡。根据设计文件给出量计算或核实。

⑧ 矿井废水量。根据设计文件给出量，必要时进行重新核算。

（5）其他分析

包括施工建设方式、运营期方式等。

四、事故风险源项分析

建设项目环境风险评价中源项分析的目的是通过对建设项目的潜在危险识别及事故概率计算，筛选出最大可信事故，估算危险化学品泄漏量。在此基础上进行后果分析，确定该项目风险度，与相关标准比较，评价能否达到环境可接受的风险水平。

1. 源项分析步骤

源项分析的范围和对象是建设项目所包含的所有工程系统。一般步骤如下：

① 划分各功能单元；

② 筛选危险物质，确定环境风险评价因子；

③ 事故源项分析和最大可信事故筛选；

④ 估算各功能单元最大可信事故泄漏量和泄漏率。

2. 泄漏量分析

（1）泄漏设备分析

建设项目环境风险评价中产生泄漏的主要设备有：①管道；②挠性连接器；③过滤器；④阀；⑤压力容器、反应槽；⑥泵；⑦压缩机；⑧储罐；⑨储存器；⑩放空燃烧装置/放空管。

（2）泄漏物质性质分析

对于环境风险分析，应确定每种泄漏事故中泄漏的物质性质，与环境污染有关的性质有相、压力、温度、易燃性、毒性。

（3）泄漏量计算

① 液体泄漏速度

$$Q_L = C_d A \rho \sqrt{\frac{2(p-p_0)}{\rho} + 2gh}$$

式中　Q_L——液体泄漏速度，kg/s；

　　　C_d——液体泄漏系数，0.6～0.64；

　　　A——裂口面积，m^2；

　　　ρ——泄漏液体密度，kg/m^3；

p——容器内介质压力，Pa；

p_0——环境压力，Pa；

g——重力加速度，一般为 $9.8\mathrm{m/s^2}$；

h——裂口之上液位高度，m。

限制条件：液体在喷口不应有急剧蒸发。

② 气体泄漏速度

假定气体的特性是理想气体，气体泄漏速度 Q_G 按下式计算：

$$Q_G = YC_d A p \sqrt{\frac{M\kappa}{RT_G}\left(\frac{2}{\kappa+1}\right)^{\frac{\kappa+1}{\kappa-1}}}$$

式中 Q_G——气体泄漏速度，kg/s；

p——容器压力，Pa；

C_d——气体泄漏系数，当裂口形状为圆形取 1.00，三角形取 0.95，长方形取 0.90；

M——分子量；

κ——气体的绝热指数（热容比）；

R——气体常数，J/(mol·K)；

T_G——气体温度，K；

Y——流出系数（也称气体膨胀因子），对于临界流（气体流速在音速范围内）取 1.0。

③ 两相流泄漏

假定液相和气相是均匀的，且相互平衡，两相流泄漏按下式计算：

$$Q_{LG} = C_d A \sqrt{2\rho_m (p - p_C)}$$

式中 Q_{LG}——两相流泄漏速度，kg/s；

C_d——两相流泄漏系数，可取 0.8；

p——操作压力或容器压力，Pa；

p_C——临界压力，Pa，一般取 $p_C = 0.55p$；

ρ_m——两相混合物的平均密度，kg/m³。

④ 泄漏液体蒸发

泄漏液体蒸发总量为闪蒸蒸发（过热液体蒸发）、热量蒸发（闪蒸不完全时，一部分液体在地面形成液池，并吸收地面热量而气化）和质量蒸发（热量蒸发结束后，转由液池表面气流运动使液体蒸发）之和。

a. 闪蒸蒸发速度

$$Q_1 = \frac{FW_T}{t_1}$$

式中 Q_1——闪蒸量，kg/s；

F——蒸发的液体占液体总量的比例；

W_T——液体泄漏总量，kg；

t_1——闪蒸蒸发时间，s。

b. 热量蒸发速度

$$Q_2 = \frac{\lambda S(T_0 - T_b)}{H\sqrt{\pi\alpha t}}$$

式中　Q_2——热量蒸发速度，kg/s；

S——液池面积，m^2；

T_0——环境温度，K；

T_b——沸点温度，K；

H——液体的汽化热，J/kg；

λ——表面导热系数，W/(m·K)；

α——表面热扩散系数，m^2/s；

t——蒸发时间，s。

c. 质量蒸发速度

$$Q_3 = \frac{apM}{RT_0} \times u^{\frac{2-n}{2+n}} \times r^{\frac{4+n}{2+n}}$$

式中　Q_3——质量蒸发速度，kg/s；

a, n——大气稳定度系数；

p——液体表面蒸气压，Pa；

R——气体常数，J/(mol·K)；

T_0——环境温度，K；

u——风速，m/s；

r——液池半径，m。

液池最大直径取决于泄漏点附近的地域构型、泄漏的连续性或瞬时性。有围堰时，以围堰最大等效半径为液池半径；无围堰时，设定液体瞬间扩散到最小厚度时，推算液池等效半径。

d. 液体蒸发总量

$$W_p = Q_1 t_1 + Q_2 t_2 + Q_3 t_3$$

式中　W_p——液体蒸发总量，kg；

t_1——闪蒸蒸发时间，s；

t_2——热量蒸发时间，s；

t_3——从液体泄漏到液体全部处理完毕的时间，s。

3. 最大可信事故概率确定

常用事件树分析法确定事故概率。它是在给定一个初因事件的情况下，分析该初因事件可能导致的各种事件序列的后果，从而定性与定量评价系统特性。

第二节 习题与答案

一、练习题

（一）单项选择题

1. 下列关于工程分析的方法不正确的是（　　）。
   A. 工程分析的方法有类比法、物料衡算法和资料复用法
   B. 类比法是用与拟建项目类型相同的现有项目的设计资料或实测数据进行工程分析的方法
   C. 物料衡算法理论上来说是最精确的
   D. 资料复用法常用于评价等级较高的建设项目

2. 下列公式中，投入的物料在生产过程中发生化学反应时的总物料衡算计算式是（　　）。
   A. $AD = BD - (aD + bD + cD + dD)$
   B. $\sum G_{投入} = \sum G_{产品} + \sum G_{流失}$
   C. $\sum G_{排放} = \sum G_{投入} - \sum G_{回收} - \sum G_{处理} - \sum G_{转化} - \sum G_{产品}$
   D. $Q + A = H + P + L$

3. 工程分析方法中，类比法是指（　　）。
   A. 将已建工程项目的资料作为拟建项目的工程分析内容
   B. 运用质量守恒定律核算污染物排放量
   C. 根据生产规模等工程特征和生产管理以及外部因素等实际情况对已建项目进行必要的修正
   D. 利用与拟建项目类型相同的现有项目的设计资料或实测数据进行工程分析

4. 新建项目评价需要的污染物最终排放量是（　　）。
   A. 按治理规划和评价规定措施实施后能够实现的污染物削减量
   B. 工程自身的污染物设计排放量
   C. 工程自身的污染物设计排放量减去按治理措施实施后能够实现的污染物削减量
   D. 新建项目达到国家排放标准后的污染物排放量

5. 下列选项中不属于工程分析工作内容的是（　　）。
   A. 工艺流程和产污环节分析　　　　B. 污染物分析
   C. 清洁生产分析　　　　　　　　　D. 人员编制安排

6. 下列选项中不属于工程概况内容范围的是（　　）。

A. 污染物排放总量建议指标　　　　B. 工程一般特征简介

C. 物料与能源消耗定额　　　　　　D. 项目组成

7. 下列选项中可作为改扩建项目和技术改造项目评价后需要的污染物最终排放量的是（　　）。

 A. 改扩建与技术改造前现有的污染物实际排放量

 B. 改扩建与技术改造项目按计划实施的自身污染物排放量

 C. 实施治理措施和评价规定措施后能够实现的污染物削减量

 D. 以上各项代数和

8. 不属于污染物分析内容的是（　　）。

 A. 污染源分布及污染物源强核算　　B. 无组织排放源强统计及分析

 C. 非正常排放源强统计及分析　　　D. 清洁生产水平分析

9. 下列选项中，不属于总图布置方案分析内容范围的是（　　）。

 A. 分析厂区与周围的保护目标之间所定防护距离的安全性

 B. 根据气象、水文等自然条件分析工厂与车间布置的合理性

 C. 分析环境敏感点（保护目标）处置措施的可行性

 D. 分析与处理工艺有关技术经济参数的合理性

10. 下列选项中不属于生态影响型项目工程分析基本内容的是（　　）。

 A. 全过程分析　　　　　　　　　　B. 工程概况

 C. 生态环境影响源分析　　　　　　D. 施工规划

11. 污染源分析过程中，生活污水排放量一般按人均用水量乘以用水人数的（　　）计算。

 A. 50%　　　　　B. 60%　　　　　C. 80%　　　　　D. 100%

12. 车辆扬尘量的估算方法一般采用（　　）。

 A. 类比法　　　　B. 现场实测法　　C. 遥感法　　　　D. 资料收集法

13. 下列选项中不属于工程分析中常用物料衡算的是（　　）。

 A. 总物料衡算　　　　　　　　　　B. 有毒有害物料衡算

 C. 有毒有害元素物料衡算　　　　　D. 水衡算

14. 关于污染源分布和污染物类型及排放量的核算和统计，下列说法正确的是（　　）。

 A. 应按建设过程进行核算

 B. 应按运营过程进行核算

 C. 应按退役阶段进行核算

 D. 应按建设过程、运营过程两个时期进行详细核算和统计，部分项目还要对退役期进行核算

15. 对于最终排入环境的污染物，需要确定其是否达标排放，达标排放必须

按照项目的（　　）来计算。

    A. 最小负荷   B. 工作负荷   C. 平均负荷   D. 最大负荷

16. 下列内容不属于噪声和放射性分析内容的是（　　）。

    A. 源强   B. 剂量   C. 分布   D. 成分

17. 对于新建项目污染物排放量统计，所谓的"两本账"指的是（　　）。

    A. 废水的产生量和废气的排放量

    B. 废水的产生量和废渣的产生量

    C. 生产过程中的污染物产生量和运输过程中的污染物产生量

    D. 生产过程中的污染物产生量和实现污染防治措施后污染物的削减量

18. 对于技改扩建项目污染物源强，清算新老污染源"三本账"，其中正确的关系是（　　）。

    A. 技改扩建前排放量＋"以新带老"削减量＋技改扩建项目排放量＝技改扩建完成后排放量

    B. 技改扩建后排放量－"以新带老"削减量＋技改扩建项目排放量＝技改扩建前排放量

    C. 技改扩建前排放量－"以新带老"削减量＋技改扩建项目排放量＝技改扩建完成后排放量

    D. 技改扩建后排放量＋"以新带老"削减量＋技改扩建项目排放量＝技改扩建前排放量

19. 水平衡中，定义 Q 为取水量，A 为物料带入水量，H 为耗水量，P 为排水量，L 为漏水量，其水平衡关系方程式应为（　　）。

    A. $Q-A=H+P+L$ B. $Q+A=H+P+L$

    C. $Q+A=H-P-L$ D. $Q+A=H-P+L$

20. 下列选项中不属于耗水量的是（　　）。

    A. 产品含水量   B. 间接冷却水系统补充水量

    C. 水处理用水量   D. 地下水取水量

21. 无组织排放是针对有组织排放而言的，主要针对（　　）。

    A. 废气   B. 废水   C. 废渣   D. 粉尘

22. 工程分析中一般将没有排气筒或者排气筒高度低于（　　）m 的排放源定为无组织排放。

    A. 10   B. 5   C. 15   D. 20

（二）多项选择题

1. 工程分析是环境影响评价中分析项目建设环境影响内在因素的重要环节，通过建设项目环境影响评价的不同，可以将工程分析分为（　　）。

    A. 污染型项目工程分析   B. 清洁生产工程分析

C. 生态影响性建设项目工程分析　　　　D. 建设项目全过程工程分析

2. 工程分析的作用有（　　　）。

   A. 作为项目决策的依据　　　　　　　B. 为各专题预测评价提供基础数据

   C. 为环保设计提供优化建议　　　　　D. 为环境的科学管理提供依据

3. 工程分析常用的方法有（　　　）。

   A. 物料衡算法　　　　　　　　　　　B. 节点计算法

   C. 类比法　　　　　　　　　　　　　D. 资料复用法

4. 一般来说，建设项目的工程分析，都应根据（　　　）等技术资料进行工作。

   A. 环境影响评价送审材料　　　　　　B. 项目规划

   C. 可行性研究报告　　　　　　　　　D. 设计方案

5. 工程分析中常用的物料衡算有（　　　）。

   A. 总物料衡算　　　　　　　　　　　B. 有毒有害物料衡算

   C. 有毒有害元素物料衡算　　　　　　D. 水量衡算

6. 类比法使用过程中，为提高类比数据的准确性，应充分注意分析对象和类比对象之间的相似性和可比性，具体来说包括（　　　）。

   A. 工程一般特征的相似性　　　　　　B. 污染物排放特征的相似性

   C. 环境特征的相似性　　　　　　　　D. 实测数据的准确性

7. 下列选项中属于清洁生产指标选取原则的有（　　　）。

   A. 从产品周期全过程考虑　　　　　　B. 体现污染治理思想

   C. 容易量化　　　　　　　　　　　　D. 数据容易获取

8. 关于物料衡算法，下列正确的是（　　　）。

   A. 是用于计算污染物排放量的常规和最基本的方法

   B. 运用质量守恒定律核算污染物排放量

   C. 生产过程中投入系统的物料总量必须等于产品数量

   D. 从理论上讲，该方法用于计算污染物排放量是最精确的

9. 环保措施方案分析的主要内容包括（　　　）。

   A. 分析环保措施方案以及所选工艺和设备的先进水平和可靠程度

   B. 分析与处理工艺有关的技术经济参数的合理性

   C. 分析环保设施投资构成及其在总投资中占有的比例

   D. 分析厂区与周围的保护目标之间所定防护距离的安全性

10. 生态影响型项目工程分析的基本内容包括（　　　）。

   A. 工程概况　　　　　　　　　　　　B. 施工规划

   C. 生态环境影响源分析　　　　　　　D. 主要污染物与源强分析

11. 下列选项中属于生态环境影响评价工程分析一般要求的是（　　　）。

    A. 工程组成完全   B. 重点工程明确

    C. 全过程分析   D. 污染源分析

12. 燃煤锅炉作为污染源分析的过程中，通常设定的污染因子为（　　）。

    A. 氨氮   B. 烟气   C. 二氧化硫   D. 二氧化碳

13. 总图布置方案分析的工作内容包括（　　）。

    A. 分析厂区与周围的保护目标之间所定防护距离的安全性

    B. 根据气象、水文等自然条件分析工厂和车间布置的合理性

    C. 分析环境敏感点（保护目标）处置措施的可行性

    D. 分析污染物排放总量建议指标

14. 污染型项目的工程概况中，需要根据工程组成和工艺，给出（　　）。

    A. 污染源分布   B. 主要原料和辅料的名称

    C. 主要原料和辅料单位产品消耗量

    D. 主要原料和辅料年总耗量和来源

15. 环境影响评价的工艺流程和工程设计工艺流程图有所不同，主要关心的是（　　）。

    A. 不产生污染物的工艺工程   B. 不产生污染物的工艺设备

    C. 产生污染物的具体部位   D. 污染物的种类和数量

16. 绘制污染工艺流程时，应注意包括（　　）。

    A. 不产生污染物的过程和装置

    B. 有化学反应的工序的主要化学反应式和副反应式

    C. 在总平面布置图上标出污染源的准确位置

    D. 涉及产生污染物的装置和工艺过程

17. 污染源分布和源强核算过程中，为了说明废气的源强、排放方式和排放高度及存在的有关问题，可将废气按（　　）进行核算。

    A. 点源   B. 面源   C. 线源   D. 浓度

18. 在污染物分析中，关于废水应说明的内容包括（　　）。

    A. 种类、成分   B. 浓度   C. 排放方式   D. 排放去向

19. 在污染物分析中，关于废液应说明的内容有（　　）。

    A. 种类、成分   B. 浓度

    C. 是否属于危险废物   D. 处置方式和去向

20. 污染物分析中，关于废渣应说明（　　）。

    A. 有害成分   B. 溶出物浓度

    C. 是否属于危险废物

    D. 排放量、处理和处置的方式和储存方法

21. 下列说法正确的是（　　）。

A. 对于新建项目污染物排放量统计，废水和废气可统一计算污染物排放总量

B. 对于新建项目污染物排放量统计，必须将废水和废气污染物分别统计各种污染物排放总量

C. 固体废弃物按国家规定统计一般固体废物即可

D. 固体废弃物按国家规定统计一般固体废物和危险废物

22. 对于技改扩建项目污染物源强，统计污染物排放量的过程中，需要算清新老污染源的"三本账"，这里指的是（　　　）。

　　A. 技改扩建前污染物排放量　　　　B. 技改扩建项目污染物排放量

　　C. 技改扩建完成后污染物排放量　　D. 废气、废渣和废水排放量

23. 对于建设项目工业取水量包括（　　　）。

　　A. 间接冷却水量　　　　　　　　　B. 工艺用水量

　　C. 锅炉给水量　　　　　　　　　　D. 生活用水量

24. 在核算污染物排放量的基础上，提出的工程污染物排放总量控制建议指标必须满足（　　　）要求。

　　A. 达标排放　　　　　　　　　　　B. 符合其他相关环保要求

　　C. 技术上可行　　　　　　　　　　D. 能保证有力的执行

25. 对于无组织排放，一般确定的方法有（　　　）。

　　A. 物料衡算法　　　　　　　　　　B. 类比法

　　C. 反推法　　　　　　　　　　　　D. 资料收集法

26. 环保措施方案分析的要点有（　　　）。

　　A. 分析建设项目可研阶段环保措施方案的技术经济可行性

　　B. 分析项目采用污染处理工艺，排放污染物达标的可靠性

　　C. 分析环保设施投资构成及其在总投资中占有的比例

　　D. 依托设施的可行性分析

27. 生态影响型项目工程分析的基本内容之一是主要污染物的排放量，应包括（　　　）。

　　A. 生产废水和生活废水的排放量和主要污染物的排放量

　　B. 工程弃渣和生活垃圾的产生量

　　C. 排放废气的固定源、移动源、连续源、瞬时源的主要污染物产生量

　　D. 主要噪声源的种类和声源强度

二、参考答案

（一）单项选择题

1. D　　　　**2.** C　　　　**3.** D　　　　**4.** C　　　　**5.** D　　　　**6.** A

7. D **8.** D **9.** D **10.** A **11.** C **12.** A

13. D **14.** D **15.** D **16.** D **17.** D **18.** C

19. B **20.** D **21.** A **22.** C

（二）多项选择题

1. AC **2.** ABCD **3.** ACD **4.** BCD **5.** ABC **6.** ABC

7. AC **8.** ABD **9.** ABC **10.** ABCD **11.** ABCD **12.** BC

13. ABC **14.** BCD **15.** CD **16.** BCD **17.** ABC **18.** ABCD

19. ABCD **20.** ABCD **21.** BD **22.** ABC **23.** ABCD **24.** ABC

25. ABC **26.** ABCD **27.** ABCD

三、习题解析

（一）单项选择题

1. 资料复用法常用于评价等级较低的建设项目。

2. A项是经验排污系数公式；B项是物料衡算通式；D项为水量平衡公式。

5. 工程分析的工作内容包括：工程概括、工艺流程及产污环节分析、污染物分析、清洁生产水平分析、环保措施方案分析、总图布置方案分析。

6. 工程概括内容包括：工程一般特征简介、物料与能源消耗定额、项目组成。

8. 污染物分析内容包括：污染源分布及污染物源强核算、物料平衡和水平衡、无组织排放源强统计及分析、非正常排放源强统计及分析、污染物总量建议指标。

9. 总图布置方案分析的内容包括：①分析厂区与周围的保护目标之间所定防护距离的安全性；②根据气象、水文等自然条件分析工厂与车间布置的合理性；③分析环境敏感点（保护目标）处置措施的可行性。

10. 生态影响型项目工程分析的内容包括：工程概况、施工规划、生态环境影响源分析、主要污染物与源强分析、替代方案。

13. 工程中常用的物料衡算有：总物料衡算、有毒有害物料衡算、有毒有害元素物料衡算。

20. 耗水量指整个工程项目消耗掉的新鲜水量总和。包括：产品含水量、间接冷却水系统补充水量、洗涤用水量、锅炉运转消耗水量、水处理用水量、生活用水量。

（二）多项选择题

8. 生产过程中投入系统的物料总量必须等于产品数量和物料流失量之和。

10. 同单项选择第15题。

11. 生态环境影响评价工程分析的一般要求有：①工程组成完全；②重点工

程明确；③全过程分析；④污染源分析；⑤其他分析，如施工建设方式、运营期方式不同，都会对环境产生不同影响，需要在工程分析时给予考虑。

13. 同单项选择第 10 题。

16. 绘制污染工程流程时，不产生污染物的过程和装置可以简化。

23. 工业取水量＝间接冷却水量＋工艺用水量＋锅炉给水量＋生活用水量。

第三章　环境现状调查与评价

第一节　重点内容

一、概述

1. 环境现状调查的内容

① 自然环境与社会环境。

② 与评价项目有密切关系的部分，如大气、地表水、环境噪声等。

③ 生态环境。

2. 环境现状调查的方法

见表 3-1。

表 3-1　环境现状调查方法比较

方法	优　点	缺　点
收集资料法	应用范围广、收获大，比较节省人力、物力和时间	只能获得第二手资料，资料往往不完全，不能完全符合要求
现场调查法	可以针对使用者的需要，直接获得第一手的数据和资料	工作量大，占用较多的人力、物力和时间，可能受季节、仪器设备条件的限制
遥感法	可从整体上了解一个区域的环境特点，弄清人类无法到达地区的地表环境情况	绝大多数情况不使用直接飞行拍摄的办法，只判断和分析已有的航空或卫星相片

二、自然环境与社会环境调查

1. 自然环境调查的基本内容

见表 3-2。

2. 社会环境调查的基本内容

见表 3-3。

三、大气环境现状调查与评价

大气环境现状调查包括三部分内容：大气污染源调查与分析；环境空气质量现状调查与评价；气象观测资料调查。

1. 大气污染源调查与分析

(1) 大气污染源定义

大气污染（排放）源：能释放污染物到大气中的装置，即排放大气污染物的设施或建筑构造。

(2) 大气污染源分类

表 3-2　自然环境调查的基本内容

项目	内　容
地理位置	建设项目所处的经纬度,行政区位置和交通位置,项目所在地与主要城市、车站、码头、港口、机场等的距离和交通条件
地质	当地地层概括,地壳构造的基本形式以及其相应的地貌表现,物理与化学风化情况,当地已探明或已开采的矿产资源情况
地形地貌	建设项目所在地区海拔高度,地形特征,周围地貌类型以及岩溶地貌、冰川地貌、风成地貌等地貌的情况
气候与气象	建设项目所在地区的主要气候特征,年平均风速和主导风向,年平均气温,极端气温与月平均气温,年平均相对湿度,平均降水量,降水天数,降水量极值,日照,主要的天气特征
地表水环境	地表水状况,地表水各部分之间及其与海湾、地下水的联系,地表水的水文特征及水质现状,以及地表水的污染来源
地下水环境	包括当地地下水的开采利用情况、地下水埋深、地下水与地面的联系以及水质状况与污染来源
土壤与水土流失	建设项目周围地区的主要土壤类型及其分布,土壤的肥力与使用情况,土壤污染的主要来源及其质量现状,建设项目周围地区的水土流失现状及原因等
动植物与生态	建设项目周围地区的植被情况,有无国家重点保护的或稀有的、受危害的或作为资源的野生动植物,当地的主要生态系统类型及现状

表 3-3　社会环境调查的基本内容

项　　目		内　容
社会经济	人口	居民区的分布情况及分布特点,人口数量和人口密度等
	工业与能源	建设项目周围地区现有厂矿企业的分布状况,工业结构,工业总产值及能源的供给与消耗方式
	农业与土地利用	可耕地面积,粮食作物与经济作物构成及产量,农业总产值以及土地利用现状
	交通运输	建设项目所在地区公路、铁路或水路方面的交通运输概括以及与建设项目之间的关系
文物与景观	文物	遗存在社会上或埋藏在地下的历史文化遗物
	景观	具有一定价值必须保护的特定的地理区域或现象
人群健康状况		根据环境中现有污染物及建设项目将排放的污染物的特性选定指标

按大气污染物产生的主要来源:自然污染源、人为污染源。其中人为污染源又可以分为工业污染源、交通运输污染源、农业污染源和生活污染源四大类。

按污染源的几何形状:点源、线源、面源、体源。

按污染源的运动特性:固定源、流动源。

按污染源的几何高度:高架源、中架源、低架源。

按污染源排放污染物的时间长短:连续源、瞬时源、持续有限时间源。

按污染源排放形式：有组织排放源、无组织排放源。

（3）污染因子筛选

① 选择该项目最大地面浓度占标率较大的污染物作为主要污染因子。

② 选择特征污染物，同时还应考虑在评价区内已造成严重污染的污染物。

（4）大气污染源调查与分析对象

对于一、二级评价项目，应调查分析项目的所有污染源（对于改、扩建项目应包括新、老污染源）、评价范围内与项目排放污染物有关的其他在建项目、已批复环境影响评价文件的未建项目等污染源。如有区域替代方案，还应调查评价范围内所有的拟替代的污染源。对于三级评价项目可只调查分析项目污染源。

（5）污染源调查与分析方法

对于新建项目可通过类比调查、物料衡算或设计资料确定；对于评价范围内的在建和未建项目的污染源调查，可使用已批准的环境影响报告书中的资料；对于现有项目和改、扩建项目的现状污染源调查，可利用已有有效数据或进行实测；对于分期实施的工程项目，可利用前期工程最近5年内的验收监测资料、年度例行监测资料或进行实测。

（6）污染源调查内容

一级评价项目污染源调查内容见表3-4。

表 3-4 一级评价项目污染源调查内容

项 目	内 容
污染源排污概况调查	①在满负荷排放下，按分厂或车间逐一统计各有组织排放源和无组织排放源的主要污染物排放量 ②对改、扩建项目应给出：现有工程排放量、扩建工程排放量，以及现有工程经改造后的污染物预测削减量，并按上述三个量计算最终排放量 ③对于毒性较大的污染物还应估计其非正常排放量 ④对于周期性排放的污染源，还应给出周期性排放系数。周期性排放系数取值为0～1，一般可按季节、月份、星期、日、小时等给出周期性排放系数
点源调查内容	①排气筒底部中心坐标，以及排气筒底部的海拔高度(m) ②排气筒几何高度(m)及排气筒出口内径(m) ③烟气出口速度(m/s) ④排气筒出口处烟气温度(K) ⑤各主要污染物正常排放量(g/s)，排放工况，年排放小时数(h) ⑥毒性较大物质的非正常排放量(g/s)，排放工况，年排放小时数(h)
面源调查内容	①面源起始点坐标，以及面源所在位置的海拔高度(m) ②面源初始排放高度(m) ③各主要污染物正常排放量[g/(s·m²)]，排放工况，年排放小时数(h) ④矩形面源：初始点坐标，面源的长度(m)，面源的宽度(m)，与正北方向逆时针的夹角 ⑤多边形面源：多边形面源的顶点数或边数(3～20)以及各顶点坐标 ⑥近圆形面源：中心点坐标，近圆形半径(m)，近圆形顶点数或边数

项　目	内　容
体源调查内容	①体源中心点坐标，以及体源所在位置的海拔高度(m) ②体源高度(m) ③体源排放速率(g/s)，排放工况，年排放小时数(h) ④体源的边长(m) ⑤初始横向扩散参数(m)，初始垂直扩散参数(m)
线源调查内容	①线源几何尺寸(分段坐标)，线源距地面高度(m)，道路宽度(m)，街道街谷高度(m)； ②各种车型的污染物排放速率[g/(km·s)] ③平均车速(km/h)，各时段车流量(辆/h)、车型比例
其他需调查的内容	①建筑物下洗参数：在考虑由于周围建筑物引起的空气扰动而导致地面局部高浓度的现象时，需调查建筑物下洗参数。建筑物下洗参数应根据所选预测模式的需要，按相应要求内容进行调查 ②颗粒物的粒径分布：颗粒物粒径分级(最多不超过 20 级)，颗粒物的分级粒径(μm)、各级颗粒物的质量密度(g/cm³)以及各级颗粒物所占的质量比(0~1)。

　　二级评价项目污染源调查内容参照一级评价项目执行，可适当从简。三级评价项目可只调查污染源排污概况，并对估算模式中的污染源参数进行核实。

　　2. 环境空气质量现状调查与评价

　　(1) 环境空气质量现状调查原则

　　现状调查资料来源分以下三种途径，可视不同评价等级对数据的要求结合进行：

　　① 评价范围内及邻近评价范围的各例行空气质量监测点的近三年与项目有关的监测资料；

　　② 收集近三年与项目有关的历史监测资料；

　　③ 进行现场监测。

　　(2) 现有监测资料的分析

　　对照各污染物有关的环境质量标准，分析其长期浓度（年均浓度、季均浓度、月均浓度）、短期浓度（日平均浓度、小时平均浓度）的达标情况。若监测结果出现超标，应分析其超标率、最大超标倍数以及超标原因。分析评价范围内的污染水平和变化趋势。

　　(3) 环境空气质量现状监测

　　① 监测因子

　　凡项目排放的污染物属于常规污染物的应筛选为监测因子。凡项目排放的特征污染物有国家或地方环境质量标准的、或者有 TJ36 中的居住区大气中有害物质的最高允许浓度的，应筛选为监测因子；对于没有相应环境质量标准的污染物，且属于毒性较大的，应按照实际情况，选取有代表性的污染物作为监测因子，同时应给出参考标准值和出处。

②监测制度

一级评价项目应进行二期（冬季、夏季）监测；二级评价项目可取一期不利季节进行监测，必要时应作二期监测；三级评价项目必要时可作一期监测。每期监测时间，至少应取得有季节代表性的7天有效数据，采样时间应符合监测资料的统计要求。对于评价范围内没有排放同种特征污染物的项目，可减少监测天数。

监测时间的安排和采用的监测手段，应能同时满足环境空气质量现状调查、污染源资料验证及预测模式的需要。监测时应使用空气自动监测设备，在不具备自动连续监测条件时，1小时浓度监测值应遵循下列原则：一级评价项目每天监测时段，应至少获取当地时间02，05，08，11，14，17，20，23时8个小时浓度值，二级和三级评价项目每天监测时段，至少获取当地时间02，08，14，20时4个小时浓度值。日平均浓度监测值应符合GB 3095对数据的有效性规定。

对于部分无法进行连续监测的特殊污染物，可监测其一次浓度值，监测时间须满足所用评价标准值的取值时间要求。

③监测布点

应根据项目的规模和性质，结合地形复杂性、污染源及环境空气保护目标的布局，综合考虑监测点设置数量。

一级评价项目，监测点应包括评价范围内有代表性的环境空气保护目标，点位不少于10个；二级评价项目，监测点应包括评价范围内有代表性的环境空气保护目标，点位不少于6个。对于地形复杂、污染程度空间分布差异较大，环境空气保护目标较多的区域，可酌情增加监测点数目。三级评价项目，若评价范围内已有例行监测点位，或评价范围内有近3年的监测资料，且其监测数据有效性符合本导则有关规定，并能满足项目评价要求的，可不再进行现状监测，否则，应设置2~4个监测点。

若评价范围内没有其他污染源排放同种特征污染物的，可适当减少监测点位。

对于公路、铁路等项目，应分别在各主要集中式排放源（如服务区、车站等大气污染源）评价范围内，选择有代表性的环境空气保护目标设置监测点位。

城市道路项目，可不受上述监测点设置数目限制，根据道路布局和车流量状况，并结合环境空气保护目标的分布情况，选择有代表性的环境空气保护目标设置监测点位。

环境空气质量监测点位置的周边环境应符合相关环境监测技术规范的规定。监测点周围空间应开阔，采样口水平线与周围建筑物的高度夹角小于30°；监测点周围应有270°采样捕集空间，空气流动不受任何影响；避开局地污染源的影响，原则上20米范围内应没有局地排放源；避开树木和吸附力较强的建筑物，一般在15～20米范围内没有绿色乔木、灌木等。同时应注意监测点的可到达性和电力保证。

④ 监测采样

环境空气监测中的采样点、采样环境、采样高度及采样频率的要求，按相关环境监测技术规范执行。

⑤ 同步气象资料要求

应同步收集项目位置附近有代表性，且与各环境空气质量现状监测时间相对应的常规地面气象观测资料。

⑥ 监测结果统计分析

以列表的方式给出各监测点大气污染物的不同取值时间的浓度变化范围，计算并列表给出各取值时间最大浓度值占相应标准浓度限值的百分比和超标率，并评价达标情况。分析大气污染物浓度的日变化规律以及大气污染物浓度与地面风向、风速等气象因素及污染源排放的关系。分析重污染时间分布情况及其影响因素。

3. 气象观测资料调查

（1）气象观测资料调查的基本原则

① 气象观测资料的调查要求与项目的评价等级有关，还与评价范围内地形复杂程度、水平流场是否均匀一致、污染物排放是否连续稳定有关。

② 常规气象观测资料包括常规地面气象观测资料和常规高空气象探测资料。

③ 对于各级评价项目，均应调查评价范围20年以上的主要气候统计资料。包括年平均风速和风向玫瑰图，最大风速与月平均风速，年平均气温，极端气温与月平均气温，年平均相对湿度，年均降水量，降水量极值，日照等。

④ 对于一、二级评价项目，还应调查逐日、逐次的常规气象观测资料及其他气象观测资料。

（2）气象观测资料调查要求

对于一、二级评价项目，评价范围小于50km条件下，须调查地面气象观测资料，并按选取的模式要求，补充调查必需的常规高空气象探测资料；评价范围大于50km条件下，须调查地面气象观测资料和常规高空气象探测资料。具体内容见表3-5。

（3）气象观测资料调查内容

气象观测资料调查内容见表3-6。

表 3-5　气象观测资料调查要求

评价等级		要　　求
一级评价项目	地面气象观测资料调查要求	调查距离项目最近的地面气象观测站,近 5 年内的至少连续三年的常规地面气象观测资料。如果地面气象观测站与项目的距离超过 50km,并且地面站与评价范围的地理特征不一致,还需要进行补充地面气象观测
	常规高空气象探测资料调查要求	调查距离项目最近的高空气象探测站,近 5 年内的至少连续三年的常规高空气象探测资料。如果高空气象探测站与项目的距离超过 50km,高空气象资料可采用中尺度气象模式模拟的 50km 内的格点气象资料
二级评价项目	地面气象观测资料调查要求	调查距离项目最近的地面气象观测站,近 3 年内的至少连续一年的常规地面气象观测资料。如果地面气象观测站与项目的距离超过 50km,并且地面站与评价范围的地理特征不一致,还需要进行补充地面气象观测
	常规高空气象探测资料调查要求	调查距离项目最近的常规高空气象探测站,近 3 年内的至少连续一年的常规高空气象探测资料。如果高空气象探测站与项目的距离超过 50km,高空气象资料可采用中尺度气象模式模拟的 50km 内的格点气象资料

表 3-6　气象观测资料调查内容

项　目	地面气象观测资料	常规高空气象探测资料
观测资料的时次	根据所调查地面气象观测站的类别,并遵循先基准站,次基本站,后一般站的原则,收集每日实际逐次观测资料	观测资料的时次:根据所调查常规高空气象探测站的实际探测时次确定,一般应至少调查每日 1 次(北京时间 08 点)的距地面 1500m 高度以下的高空气象探测资料
观测资料的常规调查项目	时间(年、月、日、时)、风向(以角度或按 16 个方位表示)、风速、干球温度、低云量、总云量	时间(年、月、日、时)、探空数据层数、每层的气压、高度、气温、风速、风向(以角度或按 16 个方位表示)
选择项目	根据不同评价等级预测精度要求及预测因子特征,可选择调查的观测资料的内容:湿球温度、露点温度、相对湿度、降水量、降水类型、海平面气压、观测站地面气压、云底高度、水平能见度等	—

（4）补充地面气象观测要求

① 观测地点　在评价范围内设立地面气象站,站点设置应符合相关地面气象观测规范的要求。

② 观测期限　一级评价的补充观测应进行为期一年的连续观测;二级评价的补充观测可选择有代表性的季节进行连续观测,观测期限应在 2 个月以上。

（5）常规气象资料分析内容

① 温度

a. 温度统计量　统计长期地面气象资料中每月平均温度的变化情况，并绘制年平均温度月变化曲线图。

b. 温廓线　对于一级评价项目，需酌情对污染较严重时的高空气象探测资料作温廓线的分析，分析逆温层出现的频率、平均高度范围和强度。

② 风速

a. 风速统计量　统计月平均风速随月份的变化和季小时平均风速的日变化。即根据长期气象资料统计每月平均风速、各季每小时的平均风速变化情况，并绘制平均风速的月变化曲线图和季小时平均风速的日变化曲线图。

b. 风廓线　对于一级评价项目，需酌情对污染较严重时的高空气象探测资料作风廓线的分析，分析不同时间段大气边界层内的风速变化规律。

③ 风向、风频

a. 风频统计量　统计所收集的长期地面气象资料中，每月、各季及长期平均各风向风频变化情况。

b. 风向玫瑰图　统计所收集的长期地面气象资料中，各风向出现的频率，静风频率单独统计。在极坐标中按各风向标出其频率的大小，绘制各季及年平均风向玫瑰图。风向玫瑰图应同时附当地气象台站多年（20 年以上）气候统计资料的统计结果。

c. 主导风向　主导风向指风频最大的风向角的范围。风向角范围一般为22.5°～45°之间的夹角。某区域的主导风向应有明显的优势，其主导风向角风频之和应≥30％，否则可称该区域没有主导风向或主导风向不明显。在没有主导风向的地区，应考虑项目对全方位的环境空气敏感区的影响。

四、地表水环境现状调查与评价

1. 环境水文与水动力特征

（1）自然界的水循环、径流形成与水体污染

① 基本概念

水循环：地球上的水蒸发为水汽，经上升、输送、冷却、凝结，在适当条件下降落到地面的过程。

水循环可以分为两类：在海洋和陆地之间进行的，称为大循环；在海洋或陆地内部进行的，称为小循环。

降水：降落的雨、雪、雹等统称为降水。

地面径流：较大的降雨经植物的枝叶截留、填充地面洼地、下渗和蒸发等损失以后，余下的水经坡面漫流进入河网，汇入江河，最后流入海洋。这部分水称为地面径流。

地下径流：从地表下渗的水在地下流动，经过一段时间以后有一部分逐渐渗入河道，这部分水为地下径流。

河川径流：包括地面径流和地下径流。

② 河川径流的表示方法

流量 Q：单位时间通过河流某一断面的水量，单位为 m^3/s。

径流总量 W：在 T 时段内通过河流某一断面的总水量，$W=QT$。

径流深 Y：$Y=\dfrac{QT}{1000F}$，F 为流域面积，单位 km^2。

径流系数 α：某一时段内径流深与相应降雨深 P 的比值，$\alpha=Y/P$。

③ 水文现象的变化特点

河川径流的主要变化有：年际变化、年内变化、地区变化（一般北方地区河川径流在时间上的变化比南方剧烈）。

（2）河流的基本环境水文与水力学特征

① 河道水流形态的基本分类

均匀流与非均匀流：河道断面为棱柱形且底坡均匀时，河道中的恒定流呈均匀流流态，反之为非均匀流。

渐变流与急变流：河道形态变化不剧烈，河道中沿程的水流要素变化缓慢，称为渐变流，反之为急变流。

a. 恒定均匀流

非感潮河道，且在平水或枯水期，河道均匀，流动可视为恒定均匀流。基本方程为：

$$v=C\sqrt{RI}$$
$$Q=vA$$

式中　v——断面平均流速，m/s；

C——谢才系数，常用 $\dfrac{1}{n}R^{\frac{1}{6}}$ 表示，n 为河床糙率；

R——水力半径，m；

I——水面坡降或底坡；

Q——流量，m^3/s；

A——过水断面面积，m^2。

b. 非恒定流

河道非恒定流常用一维圣维南方程描述。河道有侧向入流时，基本方程为：

$$\frac{\partial A}{\partial T}+\frac{\partial Q}{\partial x}=q$$

$$\frac{\partial Q}{\partial t} + 2\frac{Q}{A}\frac{\partial Q}{\partial x} + \left(gA - \frac{Q^2}{A^2}B\right)\frac{\partial z}{\partial x} = -gS_f + \frac{Q^2}{A^2}\frac{\partial A}{\partial x}\bigg|_z + q(v_q - v)$$

式中　B——河道水面宽度，m；

$\dfrac{\partial A}{\partial x}\bigg|_z$——相应于某一高程 z 断面沿程变化；

$\quad z$——河底高程，m；

$\quad S_f$——沿程摩阻坡度；

$\quad t$——时间；

$\quad q$——单位河长侧向入流；

$\quad v_q$——侧向入流流速沿主流方向上的分量，m/s。

② 设计年最枯时段流量

枯水流量的选择一般分为两种情况：

a. 固定时段选样，每年选样的起止时间是一定的；

b. 浮动时段选样，每年选样的时间是不固定的，适用于推求短时段设计枯水流量时。

③ 河流断面流速计算

a. 实测流量资料多，绘制水位-流量，水位-面积，水位-流速关系曲线，由设计流量推求相应的断面平均流速。

b. 实测流量资料较少时，通过水力学公式计算。

c. 用公式计算。

有足够实测资料的计算公式 $\begin{cases} v = \dfrac{Q}{A} \\ A = BH \\ H = \dfrac{A}{B} \end{cases}$

经验公式 $\begin{cases} v = \alpha Q^B \\ H = \gamma Q^B \\ B = \dfrac{1}{\alpha\gamma}Q^{(1-\beta-\delta)} \end{cases}$

式中　　v——断面平均流速；

$\quad Q$——流量；

$\quad A$——过水断面面积；

$\quad B$——河宽；

$\quad H$——平均水深；

α、β、γ、δ——经验参数，由实测资料确定。

④ 河流水体混合

混合是流动水体单元相互掺混的过程，包括：分子扩散；紊动扩散；剪切离散等分散过程及其联合作用，见表 3-7。

表 3-7　水体混合过程

水体混合过程	定　义	公　　式
分子扩散	流体中由于随机分子运动引起的质点分散现象	$$P_{x_i} = -D_m \frac{\partial c}{\partial x_i}$$ 式中，c 为浓度；P_{x_i} 为 x_i 方向上的分子扩散通量；D_m 为分子扩散系数
紊动扩散	流体中由水流的脉动引起的质点分散现象	$$P_{x_i} = u'_{x_i} c' = -D_t \frac{\partial \bar{c}}{\partial x_i}$$ 式中，P_{x_i} 为 x_i 方向上的紊动扩散通量；$\bar{c}$ 为脉动平均浓度；c'、u'_{x_i} 为脉动浓度值及各向脉动流速值；D_t 为紊动扩散系数
剪切离散	由于脉动平均流速在空间分布不均匀引起的分散现象	$$P_x = \langle \hat{u}_x \hat{c} \rangle = -D_L \frac{\partial \langle c' \rangle}{\partial x}$$ 式中，P_x 为断面离散通量；$\langle \rangle$ 表示断面平均值；$\hat{}$ 表示断面各点值与断面均值之差；D_L 为离散系数；u_x、c 为流速和浓度
混合	泛指分子扩散、紊动扩散、剪切离散等各类分散过程及其联合产生的过程	横向混合系数估算公式：$M_y = 0.6(1 \pm 0.5)hu^*$ 式中，M_y 为横向混合系数，m^2/s；h 为平均水深，m；u^* 为摩阻流速，m/s 纵向离散系数的 Fischer 公式：$D_L = 0.011u^2 B^2 / hu^*$ 式中，u 为断面平均流速；B 为河宽

（3）湖泊、水库的环境水文特征

湖泊：内陆低洼地区蓄积着停止流动或慢流动而不与海洋直接联系的天然水体称为湖泊。

水库/人工湖泊：人类为了控制洪水或调节径流，在河流上筑坝，拦蓄河水而形成的水体为水库，也称人工湖泊。

从深度分，湖泊和水库分为深水型和浅水型；从水面形态分可分为宽阔型和窄条型。

① 湖泊、水库的水量平衡关系式：

$$W_入 = W_出 + W_损 \pm \Delta W$$

式中　$W_入$——湖泊、水库的时段来水总量；

　　　$W_出$——湖泊、水库的时段内出水总量；

　　　$W_损$——时段内湖泊、水库的水面蒸发与渗漏等损失总量；

　　　ΔW——时段内湖泊、水库蓄水量的增减值。

② 湖泊、水库的动力特征

湖流：湖、库水在水力坡度力、密度梯度力、风力等作用下产生沿一定方向的流动。

按成因，可分为风成流、梯度流、惯性流和混合流。湖流环状流动可分为水平环流、垂直环流和兰米尔环流（在表层形成的螺旋形流动）。

湖水混合：湖、库水混合的方式分为紊动混合（由风力和水力坡度作用产生）和对流混合（由湖水密度差异引起）。

波浪：湖泊中的波浪主要是由风引起的，又称为风浪。

波漾：湖、库中水位有节奏的升降变化，称为波漾或定振波。

③ 水温

容积和水深较小的湖泊，没有温度垂直分层。

容积和水深较大的湖泊或水库，水温呈垂向分层型。水温垂向分布有三个层次，上层温度较高，下层温度较低，中间称为温跃层。

（4）河口和近海的基本环境水文及水动力特征

① 河口和近海的相关概念

河口：入海河流受到潮汐作用的一段河段，又称感潮河段。与一般河流最显著的区别是常受到潮汐的影响。

海湾：是海洋凸入陆地的那部分水域。

海湾根据形状、湾口的大小和深浅以及通过湾口与外海的水交换能力，可以分为闭塞型和开敞型两类。

大陆架水区：位于大陆架上水深 200m 以下，海底坡度不大的沿岸海域，是大洋与大陆之间的连接部。

② 河口海湾的基本水流形态

潮流：内外海潮波进入沿岸海域和海湾时的变形而形成的浅海特有的潮波运动形态。

在河口海湾等近海水域，潮流对污染物的输移和扩散起主要作用。

2. 水环境现状调查与监测

（1）目的

掌握评价范围内水体污染源、水文、水质和水体功能利用等方面的环境背景情况，为地表水环境现状和预测评价提供基础资料。

（2）工作范围

包括资料收集、现场调查以及必要的环境监测。

（3）调查范围

包括受建设项目影响较显著的地表水区域。

确定调查范围的原则：

① 考虑接纳污染物的天然水体的使用功能质量标准及评价等级；

② 考虑下游附近的敏感区。

（4）调查时间确定原则

① 根据当地水文资料确定河流、湖泊、水库的丰水期、平水期、枯水期，同时确定三个时期的季节和月份。

② 根据评价等级确定调查时期。

③ 当被调查的范围内面源污染严重，丰水期水质劣于枯水期时，一、二级评价的各类水域应调查丰水期，若时间允许，三级也应调查丰水期。

④ 冰封期较长的水域，且作为生活饮用水、食品加工用水的水源或渔业用水时，应调查冰封期的水质水文情况。

（5）水文调查和水文测量的内容

见表 3-8。

表 3-8　水文调查与水文测量内容

项目	具 体 内 容
河流	丰水期、平水期、枯水期的划分； 河段的平直及弯曲； 过水断面积、坡度、水位、水深、河宽、流量、流速及其分布、水温、糙率及泥沙含量等； 丰水期有无分流漫滩，枯水期有无浅滩、沙洲和断流； 河网地区还要调查各河流流向、流速、流量的关系和变化特点
感潮河口	与河流内容相同； 调查感潮河段的范围，涨潮、落潮及平潮时的水位、水深、流向、流速及其分布； 横断面形状、水面坡度、河潮间隙、潮差和历时等
湖泊、水库	湖泊、水库的面积和形状，附有平面图； 丰水期、平水期、枯水期的划分； 流入、流出的水量；水力滞留时间或交换周期； 水量的调度和储量、水深、水温分层情况及水流状况等
降雨	预测建设项目的面源污染时,应调查历年的降雨资料

（6）污染源调查

污染源：凡对环境质量可以造成影响的物质和能量输入。

污染物（污染因子）：输入的物质和能量。按排放方式分为点源和面源；按污染性质分为持久性污染物、非持久性污染物、水体酸碱度和热效应。

污染源调查内容见表 3-9。

表 3-9　污染源调查内容

污染源	调 查 原 则	调 查 内 容
点源	调查的繁简程度可根据评价等级及其与建设项目的关系而略有不同。评价等级高而且现有污染源与建设项目距离较近时应该详细调查	①污染源的排放特点 ②污染源排放数据 ③用排水情况 ④废水、污水处理状况
非点源	一般采用资料收集的方法,不进行实测	①工业类非点源污染源 ②其他非点源污染源

（7）水质因子选择

见表 3-10。

表 3-10　水质因子选择

水质因子	内　　　容
常规水质因子	pH 值、DO、COD_{Mn} 或 COD_{Cr}、BOD_5、TN 或 NH_3-N、TP、酚、CN^-、As、Hg、Cr^{6+}、水温
特殊水质因子	根据建设项目特点、水域类别、评价等级和建设项目所属行业的特征水质参数选择
其他因子	水生生物（包括浮游动植物、藻类、底栖无脊椎动物的种类和数量，水生生物群落结构等）和底质（包括相关的易积累污染物）等

（8）河流水质采样

① 取样断面的布设

a. 调查范围的两端。

b. 调查范围内重点保护水域及重点保护对象附近的水域。

c. 重点水工构筑物附近。

d. 水文站附近。

e. 建设项目拟建排污口上游 500m 处。

② 取样断面上取样点的布设

a. 取样断面上依据河宽设置取样垂线。

b. 取样垂线上依据水深设置取样点。

③ 取样方式

一级评价：每个取样点的水样均应分析，不取混合样。

二级评价：需要预测混合过程段水质的场合，每次应将该段内各取样断面中每条垂线上的水样混合成一个水样；其他情况每个取样断面每次只取一个混合水样，即将断面上各处所取水样混合成一个水样。

三级评价：原则上只取断面混合水样。

④ 河流取样次数

a. 在规定的不同规模河流、不同评价等级的调查时期中，每个水期调查 1 次，每次调查 3～4 天，至少有一天对所有已选点的水质因子取样分析。

b. 在不预测水温时，只在采样时测水温；预测水温时，要测日水温的变化情况。

c. 一般情况，每天每个水质因子只取一个样，水质变化很大时，每隔一定时间采样 1 次。

（9）河口水质的取样

① 取样断面布设原则

排污口拟建于河口感潮段内，其上游设置的取样断面的数目与位置，应根据感潮段的实际情况决定，其下游取样断面的布设原则与河流相同。

② 河口取样次数

a. 在规定的不同规模河口、不同等级的调查时期，每期调查一次，每次调查两天，一次在小潮期，一次在大潮期。

b. 在不预测水温时，只在采样时间测水温；在预测水温时，可采用每隔4～6h测一次的方法求日平均水温。

（10）湖泊、水库水质取样

见表3-11。

表 3-11　湖泊、水库水质取样方法

项目	大、中型湖泊、水库	小型湖泊、水库
布点数目	污水排放量＜50000m³/d时，一级评价每1～2.5km²一个，二级评价每1.5～3.5km²一个，三级评价每2～4km²一个 污水排放量＞50000m³/d时，一级评价每3～6km²一个，二、三级评价每4～7km²一个	污水排放量＜50000m³/d时，一级评价每0.5～1.5km²一个，二、三级评价每1～2km²一个 污水排放量＞50000m³/d时，各级评价均每0.5～1.5km²一个
取样点布设	平均水深＜10m时，在水面下0.5m且距底≥0.5m处设一个取样点 平均水深≥10m时，先查明水温有无分层现象，如有斜温层，在水面下0.5m和斜温层以下，距底≥0.5m处各取一个水样	平均水深＜10m时，在水面下0.5m且距底≥0.5m处设一个取样点 平均水深≥10m时，在水面下0.5m和水深10m且距底≥0.5m处各设一个取样点
取样方式	各取样位置上不同深度的水样均不混合	水深＜10m，每个取样位置取一个水样 水深≥10m，取一个混合样
取样次数	①在所规定的不同规模湖泊、不同评价等级的调查时期中，每期调查一次，每次调查3～4天，至少有一天对所有已选定的水质参数取样分析 ②表层溶解氧和水温每隔6h测一次，并在调查期内适当检测藻类	

（11）水质取样的特殊情况

① 设有闸坝受人工控制的河流，排洪期和用水期水量流动大时，按河流处理；用水期水量流动小时，按水库处理。

② 河网地区应按各河段的长度比例布设水质采样、水文测量断面。

（12）水样采集、保存和分析

① 河流、湖泊、水库水样保存、分析的原则和方法按 GB 3838—2002。

② 河口水样盐度＜3‰者，同河流、湖泊的原则与方法；盐度≥3‰的，按海湾原则与方法执行。

（13）现有水质资料的收集、整理

主要从当地水质监测部门收集，对象为有关水质监测报表、环境质量报告书及建于附近的建设项目的环境影响报告书等技术文件中的水质资料。

3. 水环境现状评价方法

（1）评价方法：单因子指数法。推荐采用标准指数，计算公式见表 3-12。

表 3-12　水质因子计算

水质因子		公　　式
一般水质因子		$$S_{i,j} = \frac{c_{i,j}}{c_{s,j}}$$ 式中，$S_{i,j}$ 为标准指数；$c_{i,j}$ 为评价因子 i 在 j 点的实测统计代表值，mg/L；$c_{s,j}$ 为评价因子 i 的评价标准限值，mg/L
特殊水质因子	DO	当 $DO_j \geqslant DO_s$：$S_{DO,j} = \dfrac{\lvert DO_f - DO_j \rvert}{DO_f - DO_s}$ 当 $DO_j < DO_s$：$S_{DO,j} = 10 - 9\dfrac{DO_j}{DO_s}$ 式中，$S_{DO,j}$ 为 DO 的标准指数；DO_f 为某水温、气压下饱和溶解氧浓度，mg/L；DO_j 为在 j 点的溶解氧实测统计代表值，mg/L；DO_s 为溶解氧的评价标准限值，mg/L
	pH 值	当 $pH_j \leqslant 7.0$：$S_{pH,j} = \dfrac{7.0 - pH_j}{7.0 - pH_{sd}}$ 当 $pH_j > 7.0$：$S_{pH,j} = \dfrac{pH_j - 7.0}{pH_{su} - 7.0}$ 式中，$S_{pH,j}$ 为 pH 值的标准指数；pH_j 为 pH 值的实测统计代表值；pH_{sd} 为评价标准中 pH 值的下限值；pH_{su} 为评价标准中 pH 值的上限值

水质因子的标准指数≤1，说明该水质因子在评价水体中的浓度符合水域功能和水环境质量标准的要求。

（2）实测统计代表值的获取

① 极值法，适用于某水质因子监测数据量少，水质浓度变化大的情况。

② 均值法，适用于某水质因子监测数据量多，水质浓度变化较小的情况。

③ 内梅罗法，适用于某水质因子有一定的监测数据量，水质浓度变幅较大的情况。

$$c = \sqrt{\frac{c_{极}^2 + c_{均}^2}{2}}$$

式中　c——某水质监测因子的内梅罗值，mg/L；

　　　$c_{极}$——某水质监测因子的实测极值，mg/L；

　　　$c_{均}$——某水质监测因子的算术平均值，mg/L。

五、地下水环境现状调查与评价

1. 描述地下水水文地质条件的基本内容和常用参数

（1）地下水水文地质条件调查

地下水水文地质条件调查的重点内容有：

① 包气带岩性、结构、厚度及防渗隔污性能；

② 含水层的岩性组成、厚度、渗透性和富水性；隔水层的岩性、结构、厚度、连续性；

③ 地下水类型、水动力特征和开发利用状况；

④ 集中供水水源地和水源井的分布情况、水井结构、地质剖面；卫生防护情况；

⑤ 有无地下水开采引起的不良环境水文地质问题，其影响程度和分布情况等。

调查结构宜写成文字材料，并附必要的图表（如环境水文地质图、地下水等水位线图、监测点位置图）和照片。应指出评价区的主要环境水文地质条件、污水渗入的可能途径、尚未查清的问题和进一步开展勘查工作的意见等。

（2）地下水水文地质问题调查

① 地下水水质问题调查。

② 地下水资源衰减状况调查。

③ 地面沉降与地面塌陷调查。

④ 其他环境水文地质问题调查。

（3）水质参数

评价的水质参数，应是与拟建项目排污有关的部分因子，其筛选的条件为：

① 改、扩建项目已经排放的或拟建项目将要排放的主要污染物；

② 毒性较强、影响较大、超标的污染物；

③ 国家或地方要求控制的污染物；

④ 反映地下水循环特征和水质成因类型的常规项目或超标项目。

2. 地下水水质现状调查和评价的方法

地下水水质现状调查和评价的任务主要是正确反映地下水质量现状，并以使用目的为前提，依据相应的水质标准，给出评价结论，为地下水环境影响预测提供基础资料。

地下水水质现状评价主要采用文字表述，并辅以数学表达的方式。文字表述中，有时可用检出率、超标率等统计值。数学表达式采用单项水质参数评价。

单项水质参数评价应采用标准指数法，具体如下。

（1）对评价标准为定值的水质参数，其标准指数式为：

$$P_i = \frac{C_i}{S_i}$$

式中　P_i——标准指数；

C_i——水质参数 i 的监测浓度值；

S_i——水质参数 i 的标准浓度值。

（2）对于评价标准为区间值的水质参数（如 pH 值），其标准指数式为：

$$P_{pH} = \frac{7.0 - pH_i}{7.0 - pH_{sd}} \qquad (pH_i \leqslant 7 \text{ 时})$$

$$P_{pH} = \frac{pH_i - 7.0}{pH_{su} - 7.0} \qquad (pH_i > 7 \text{ 时})$$

式中　P_{pH}——pH 的标准指数；

pH_i——i 点实测的 pH 值；

pH_{su}——标准中 pH 的上限值；

pH_{sd}——标准中 pH 值的下弦值。

评价时，标准指数＞1，标明该水质参数已超过了规定的水质标准，指数值越大，超标越严重。

3. 饱气带防护性能评价的基本方法

饱气带防护性能评价主要是采用土柱淋滤试验，其目的是模拟污水的渗入过程，研究污染物在饱气带中的吸附、转化、自净机制，确定饱气带的防护能力，为评价污水渗漏对地下水水质的污染影响提供依据。

试验土柱必须在评价场地有代表性的饱气带地层中采取。通过滤出水水质的测试，分析淋滤试验过程中有机物的降解，无机物的迁移累积等引起地下水水质变化的环境化学效应的机理。

试剂的选取或配制宜采取评价工程排放的污水做试剂。对于取不到污水的拟建项目，可取生产工艺相同的同类工程污水替代，也可按设计提供的污水成分和浓度配制试剂。如果试验目的是为了制定污水排放控制标准时，需要配制几种浓度的试剂分别进行试验。

六、环境噪声现状调查与评价

1. 环境噪声现状调查

（1）调查目的

① 掌握评价范围内环境噪声现状，噪声敏感目标和人口分布情况。

② 为环境噪声现状评价和预测评价提供基础资料。

③ 为管理决策部门提供环境噪声现状情况。

（2）调查内容

① 评级范围内现有的噪声源种类、数量及相应的噪声级。

② 评级范围内现有的噪声敏感目标及相应的噪声功能区划和应执行的噪声标准。

③ 评价范围内各功能区噪声现状，边界噪声超标状况及受影响人口分布和敏感目标超标情况。

（3）调查方法

① 收集资料法。

② 现场调查法。

③ 收集资料法和现场调查法相结合。

2. 环境噪声现状评价量

（1）A 声级 L_A 和最大 A 声级 L_{Amax}

A 声级一般用来评价噪声源，对特殊噪声源在测量 A 声级的同时还需要测量其频率特性，对突发噪声往往需要测量最大 A 声级 L_{Amax} 及其持续时间，脉冲噪声应同时测量 A 声级和脉冲周期。

（2）等效连续 A 声级 L_{Aeq} 或 L_{eq}

等效连续 A 声级即将某一段时间内连续暴露的不同 A 声级变化，用能量平均的方法以 A 声级表示该段时间内的噪声大小。数学表达式为：

$$L_{eq} = 10 \lg \left(\frac{1}{T} \int_0^T 10^{0.1 L_A(t)} \, dt \right)$$

式中　L_{eq}——在 T 时间段内的等效连续 A 声级，dB（A）；

　　$L_A(t)$——t 时刻的瞬时 A 声级，dB（A）；

　　　T——连续取样的总时间，min。

（3）计权等效连续感觉噪声级 L_{WECPN} 或 WECPNL

计权等效连续感觉噪声级用于评价航空噪声，其计算公式为：

$$WECPNL = \overline{EPNL} + 10 \lg (N_1 + 3N_2 + 10N_3) - 39.4$$

式中　$\overline{EPNL}$——N 次飞行的有效感觉噪声级的能量平均值，dB；

　　　N_1——7～19 时的飞行次数；

　　　N_2——19～22 时的飞行次数；

　　　N_3——22～7 时的飞行次数。

3. 环境噪声现状监测

（1）噪声源噪声的测量

噪声源噪声级数据：声压级、A 声级、A 声功率级、倍频带声功率级以及有效感觉噪声级。

获得噪声源数据的途径：类比测量法、引用已有数据。

（2）环境噪声现状测量要求

① 测量量

a. 环境噪声测量量为等效连续 A 声级；高声级的突发性噪声测量量还应为最大 A 声级及噪声持续时间；机场飞机噪声的测量量为计权等效连续感觉噪声级。

b. 噪声源的测量量有倍频带声压级、总声压级、A 声级、线性声级或声功率级、A 声功率级等。

c. 对较为特殊的噪声源应同时测量声级的频率特性和 A 声级。

d. 脉冲噪声应同时测量 A 声级及脉冲周期。

② 测量时段

a. 在声源正常运行工况的条件下选择适当时段测量。

b. 每一测点应分别进行昼、夜间时段的测量，以便与相应标准对照。

c. 噪声起伏较大的情况，应增加昼、夜间的测量次数。

③ 测量记录内容

a. 测量仪器型号、级别，仪器使用过程的校准情况。

b. 各测量点的编号、测量时段和对应的声级数据。

c. 有关声源运行情况。

4. 典型工程环境噪声现状水平调查方法

(1) 对工矿企业环境噪声现状水平调查

① 现有车间，重点为处于 85dB 以上的噪声源分布及声级分析。

② 厂区内一般采用网格法布点测量。

③ 厂界噪声水平测量点布置在厂界外 1m 处，间隔为 50～100m。

④ 生活居住区，可以用网格法，也可以针对敏感目标监测。

(2) 公路铁路环境噪声现状水平调查

① 调查评价范围内有关城镇、学校、医院、居民区或农村生活区在沿线的分布和建筑情况以及相应的噪声标准。

② 敏感目标较多时，分路段测量环境噪声背景值。

③ 存在现有噪声源时，应调查其分布状况和对周围敏感目标影响的范围和程度。

(3) 飞机场环境噪声现状水平调查

① 机场周围环境调查，应调查评价范围内声环境功能区划、敏感目标和人口分布，噪声源种类、数量和相应的噪声级。

② 没有明显噪声源的，可以根据评价等级选择 3～6 个测点。

③ 改扩建工程，分别选择 5～12 个测点进行飞机噪声监测。

④ 每种机型测量的起降状态不得少于 3 次。

5. 环境噪声现状评价方法

环境噪声评价包括噪声源现状评价和声环境质量现状评价，评价结果应用表格和图示来表达。

(1) 噪声源现状评价

在评价范围内现有噪声源种类、数量及相应的噪声级、噪声特性、进行主要噪声源分析等。

（2）环境噪声现状评价

评价范围内的环境噪声现状、主要噪声源分析及受噪声影响的人口分布。

七、生态环境现状调查与评价

1. 生态环境现状调查

（1）调查内容

① 自然环境调查。

② 生态系统调查。

③ 区域资源和社会经济状况调查。

④ 区域敏感保护目标调查。

⑤ 区域土地利用规划、发展规划、环境规划的调查。

⑥ 区域生态环境历史变迁情况、主要生态环境问题及自然灾害等的调查。

（2）调查方法

① 收集现有资料，包括环境资料、政府规划资料和遥感资料等。

② 野外调查。

③ 访问专家，解决调查和评价中高度专业化问题和疑难问题。

④ 采取定位或半定位观测。

（3）植物的样方调查和物种重要值

① 样方调查步骤

a. 确定样地大小：一般草本的样地在 $1m^2$ 以上；灌木林样地在 $10m^2$ 以上；乔木林样地在 $100m^2$ 以上。

b. 确定样地数目：用种与面积和关系曲线确定样地数目。

c. 样地排列：系统排列或随机排列。

② 物种重要值确定方法

a. $密度 = \dfrac{个体数目}{样地面积}$

$相对密度 = \dfrac{一个种的密度}{所有种的密度} \times 100\%$

b. $优势度 = \dfrac{底面积（或覆盖面积总值）}{样地面积}$

$相对优势度 = \dfrac{一个种优势度}{所有种优势度} \times 100\%$

c. $频度 = \dfrac{包含该种样地数}{样地总数}$

$相对频度 = \dfrac{一个种的频度}{所有种的频度} \times 100\%$

d. 重要值＝相对密度＋相对优势度＋相对频度

（4）陆地生态系统生产能力估测与生物量测定

① 陆地生态系统生产能力估测。包括地方已有成果应用法、参考权威著作提供的数据、区域蒸散模式。区域蒸散模式的表达式如下。

$$NPP=RDI^2\frac{r(1+RDI+RDI^2)}{(1+RDI)(1+RDI^2)}\times\exp(-\sqrt{9.87+6.25RDI})$$

$$RDI=(0.629+0.237PER-0.00313PER^2)^2$$

$$PER=\frac{PET}{r}=BT\times\frac{58.93}{r}$$

$$BT=\frac{\sum t}{365}\text{或}\frac{\sum T}{12}$$

式中　　NPP——自然植被净第一性生产力，$t/(hm^2\cdot a)$；

　　　　RDI——辐射干燥度；

　　　　　r——年降水量，mm；

　　　　PER——可能蒸散率；

　　　　PET——年可能蒸散率，mm；

　　　　BT——年平均生物温度，℃；

　　　　　t——小于 30℃与大于 0℃的日均值；

　　　　　T——小于 30℃与大于 0℃的月均值。

② 生物量实测

一般采用样地调查收割法。样地面积森林取 1000m²，疏林及灌木林取 500m²，草本群落取 100m²。

测定生产力的方法：皆伐实测法、平均木法、分级＋平均木法、随机抽样法。

（5）水生生态环境调查

① 水生生态系统组成

水生生态系统 $\begin{cases}海洋生态系统\\淡水生态系统\begin{cases}河流生态系统\\湖泊生态系统\end{cases}\end{cases}$

② 水生生态调查内容包括：初级生产量、浮游生物、底栖生物、潮间带生物和鱼类资源等，有时还有水生植物调查等，见表 3-13。

（6）遥感—地理信息系统—全球定位系统技术（3S）的应用

① 遥感

遥感：指通过任何不接触被观测物体的手段来获取信息的过程和方法，包括航天遥感、航空遥感、船载遥感、雷达以及照相机摄制的图像。

遥感的数据记录方式：以胶片记录，主要用于航空摄影；以计算机兼容磁带数据格式记录，主要用于航天遥感。

表 3-13　水生生态调查内容

调查项目	指标或方法
初级生产量测定	①氧气测定法 ②二氧化碳测定法 ③放射性标记物测定法 ④叶绿素测定法
浮游生物调查	①种类组成及分布 ②细胞总量 ③生物量 ④主要类群 ⑤主要优势种及分布 ⑥鱼卵和仔鱼的数量及种类、分布
底栖生物调查	①总生物量和密度 ②种类及其生物量、密度 ③种类、组成、分布 ④群落与优势种 ⑤底质
潮间带生物调查	①种类组成与分布 ②生物量 ③群落 ④底质
鱼类调查	①种类组成与分布 ②渔获密度、组成与分布 ③渔获生物量、组成与分布 ④鱼类区系特征 ⑤经济鱼类和常见鱼类 ⑥特有鱼类 ⑦保护鱼类

　　遥感为景观生态学研究和应用提供的信息包括：地形、地貌、地表水体植被类型及其分布、土地利用类型及其面积、生物量分布、土壤类型及其水体特征、群落蒸腾量、叶面积指数及叶绿素含量等。

　　景观遥感分类的步骤如下。

　　a. 数据收集和预处理。常见预处理方法：大气校正、几何纠正、光谱比值、主成分、植被成分、帽状转换、条纹消除和质地分析等。

　　b. 选择训练样区和 GPS 定位。

　　c. 遥感影像分类。包括：非监督分类和监督分类。

　　d. 分类结果的后处理。包括：光滑或过滤、几何校正、矢量化及人机交互解译。

　　e. 分类精度评价。通常采用选取有代表性的检验区的方法，检验区的类型包括：监督分类的训练区、指定的同质检验区和随机选取检验区。

　　② 地理信息系统

地理信息系统：在计算机支持下，对空间数据进行采集、储存、检索、运算、显示和分析的管理系统。

数据结构种类：矢量结构、栅格结构和层次结构。

地理信息系统的常用功能包括：

a. 空间数据的录入；

b. 空间数据的查询；

c. 空间数据分析；

d. 缓冲区分析；

e. 叠加分析；

f. 栅格图层的叠加；

g. 空间数据的更新显示；

h. 空间数据的打印输出；

i. 空间数据局部删除、局部截取和分割。

③ 全球定位系统（GPS）

GPS 系统包括 3 个部分：GPS 卫星星座、地面监控系统、GPS 信号接收机。

（7）生态制图

生态制图是将生态学的研究成果用图的方式进行表达。生态制图有手工制图和计算机制图两种。现多采取计算机制图。

① 生态制图要求

a. 由正规比例的基础图件和评价成果图件组成。

b. 三级评价项目要完成土地利用现状图和关键评价因子的评价成果图。

c. 二级评价项目要完成土地利用现状图、植被分布图、资源分布图等基础图件和主要评价因子的评价和预测成果图。

d. 一级项目除完成上述图件和达到上述要求以外，要用图形、图像显示评价区域全方位的评价和预测成果。

② 生态制图数据获取

包括基础图件和专项图件。

③ 生态制图的编制

a. 图件的录入。

b. 图件编辑和配准。

c. 图件提取。

d. 空间分析。

e. 图件输出。

2. 生态环境现状评价

（1）生态环境现状评价的一般要求

① 阐明生态系统的类型、基本结构和特点。

② 评价区内居优势的生态系统及其环境功能或生态功能规划。

③ 阐明域内自然资源赋存和优势资源及其利用状况。

④ 阐明域内不同生态系统间的相关关系及连通情况，各生态因子间的相互关系。

⑤ 明确区域生态系统主要约束条件以及所研究的生态系统的特殊性。

⑥ 明确主要的或敏感的保护目标。

（2）生态环境现状评价方法

① 生态系统质量的评价方法。

② 从社会—经济的观点评价生态系统。

（3）物种评价

① 确定评价依据或指标。有较大保护价值的野生生物包括：

a. 已经知道具有经济价值的物种；

b. 对于研究人类和行为学有意义的物种；

c. 有助于进行科学研究的物种；

d. 能给人某种美的享受的物种；

e. 有利于研究种群生态学的物种；

f. 已经广泛研究并有文件规定属于保护对象的物种；

g. 某些正在把自己从原来的生存范围内向其他类型栖息地延伸、扩展的物种。

② 保护价值评价与优先排序。评价方法如下：

a. 用"危险序数"来表达物种的保护价值；

b. 根据物种存在的相对频率推定物种的保护价值；

c. 用货币单位评价动、植物物种或生物群落的价值。

（4）群落评价

目的：确定需要特别保护的种群及其生境。

方法：一般采用定性描述的方法，对个别珍稀而有经济价值的物种进行重点评价。

（5）栖息地评价

栖息地评价方法见表 3-14。

（6）生态系统质量评价

生态系统质量 EQ 计算式：

$$EQ = \sum_{i=1}^{N} \frac{A_i}{N}$$

式中　EQ——生态系统质量；

A_i——第 i 个生态特征的赋值；

N——参与评价的特征数。

表 3-14　栖息地评价方法

评 价 方 法	方　法　简　介
分类法	①第一类为野生生物物种的最主要的栖息地 ②第二类为对野生生物有中等意义的栖息地 ③第三类为对野生生物意义不大的栖息地
相对生态评价图法	①将研究区分为若干个基本的生态带 ②按三个概念评价各个生态带的价值 ③生态带价值评价 ④绘图
生态价值评价图法	①将研究区分为若干个土地系统 ②记录各类栖息地在各土地系统中的分布 ③对各类栖息地分别确定参数 ④计算每个网格生态价值指数 IEV ⑤将 IEV 归一化到 0～20 范围，用归一化值绘图
扩展的生态价值评价法	①按 11 个特征标准给每个栖息地的保护价值打分 ②计算各个栖息地的保护价值 ③将栖息地分级

（7）生态完整性的评价

生态完整性评价指标如下：

① 植被连续性；

② 生态系统组成完整性；

③ 生态系统空间结构完整性；

④ 生物多样性；

⑤ 生物量和生产力水平。

景观生态学方法评价生态系统完整性的主要指标：生态系统净生产能力和稳定性分析。

3. 生态环境敏感保护目标

（1）法规确定的保护目标

① 具有代表性的各种类型的自然生态系统区域。

② 珍稀、濒危的野生动植物自然分布区域。

③ 重要的水源涵养地。

④ 具有重大科学文化价值的地质构造、著名溶洞和化石分布区、冰川、火山、温泉等自然遗迹。

⑤ 人文遗迹、古树名木。

⑥ 风景名胜区、自然保护区。

⑦ 自然景观。

⑧ 海洋特别保护区、海上自然保护区、滨海风景游览区。

⑨ 水产资源、水产养殖场、鱼蟹洄游通道。

⑩ 海涂、海岸防护林、风景林、风景石、红树林、珊瑚礁。

⑪ 水土资源、植被、荒地。

⑫ 崩塌滑坡危险区、泥石流易发区。

⑬ 耕地、基本农田保护区。

(2) 敏感保护目标识别

一般敏感保护目标根据以下指标判别：

① 具有生态学意义的保护目标。

② 具有美学意义的保护目标。

③ 具有科学文化意义的保护目标。

④ 具有经济价值的保护目标。

⑤ 具有生态功能区和具有社会安全意义的保护目标。

⑥ 生态脆弱区。

⑦ 人类建立的各种具有生态环境保护意义的对象。

⑧ 环境质量急剧退化或环境质量达不到环境功能区划要求的地域、水域。

⑨ 人类社会特别关注的保护对象。

第二节　习题与答案

一、练习题

(一) 单项选择题

1. 收集资料法的缺点是（　　　）。
   - A. 应用范围广、收效大
   - B. 受到季节、仪器设备条件的限制
   - C. 费用较大
   - D. 只能获得第二手资料

2. 现场调查法的优点是（　　　）。
   - A. 节省人力、物力和时间
   - B. 直接获得第一手资料
   - C. 从整体上了解一个区域的特点
   - D. 应用范围广、收效大

3. 下列选项中，不属于社会环境调查基本内容的是（　　　）。
   - A. 社会经济
   - B. 地形地貌
   - C. 人群健康状况
   - D. 文物与景观

4. 下列属于自然环境调查内容的是（　　　）。
   - A. 人群健康状况
   - B. 文物与景观
   - C. 社会经济
   - D. 地下水环境

5. 按大气污染物产生的来源，可以将大气污染源分为（　　　）。
   - A. 点源和面源
   - B. 固定源和流动源

C. 连续源与瞬时源   D. 自然污染源与人为污染源

6. 按污染源排放形式，可以将大气污染源分为（   ）。

   A. 连续源和瞬时源   B. 高架源、中架源和低架源

   C. 有组织排放源和无组织排放源   D. 固定源和流动源

7. 大气环境污染源调查中，对于三级评价，应调查分析（   ）。

   A. 项目污染源

   B. 评价范围内与项目排放污染物有关的其他在建项目

   C. 已批复环境影响评价文件的未建项目等污染源

   D. 如有区域替代方案，还应调查评价范围内所有的拟替代的污染源

8. 在对大气污染源进行排污概况的调查时，对于周期性排放的污染源，还应给出周期性排放系数，周期性排放系数取值为（   ）。

   A. 1～2   B. 0～2   C. 0～1   D. 1～3

9. 在考虑由于周围建筑物引起的空气扰动而导致地面局部高浓度的现象时，需调查（   ）。

   A. 建筑物高度   B. 建筑物下洗参数

   C. 建筑物占地面积   D. 建筑物海拔

10. 大气环境影响二级评价项目监测时，（   ）。

   A. 应进行二期（冬季、夏季）监测

   B. 可取一期不利季节进行监测，必要时应作二期监测

   C. 必要时可作一期监测

   D. 可不作监测

11. 大气环境影响监测每期监测时间，至少应取得有季节代表性的（   ）天有效数据，采样时间应符合监测资料的统计要求。

   A. 3   B. 5   C. 7   D. 10

12. 对于一级评价项目，小时浓度应至少获取当地（   ）小时浓度值。

   A. 8   B. 5   C. 4   D. 3

13. 对于二级和三级评价项目，小时浓度应至少获取当地（   ）小时浓度值。

   A. 8   B. 5   C. 4   D. 3

14. 大气环境影响监测时，一级评价项目，监测点应包括评价范围内有代表性的环境空气保护目标，点位不少于（   ）个。

   A. 15   B. 10   C. 6   D. 4

15. 大气环境影响监测时，二级评价项目，监测点应包括评价范围内有代表性的环境空气保护目标，点位不少于（   ）个。

   A. 15   B. 10   C. 6   D. 4

16. 大气环境影响监测时，三级评价项目，若评价范围内已有例行监测点位，或评价范围内有近（   ）的监测资料，且其监测数据有效性符合有关规定，并能满足项目评价要求的，可不再进行现状监测，否则，应设置（   ）个监测点。

    A. 5 年　2~5　　B. 5 年　2~4　　C. 3 年　2~5　　D. 3 年　2~4

17. 环境空气质量监测点监测点周围空间应开阔，采样口水平线与周围建筑物的高度夹角小于（   ）；监测点周围应有（   ）采样捕集空间，空气流动不受任何影响。

    A. 30°　180°　　B. 45°　30°　　C. 30°　270°　　D. 45°　270°

18. 环境空气质量监测点布置时应避开局地污染源的影响，原则上（   ）范围内应没有局地排放源。

    A. 10m　　　　B. 20m　　　　C. 30m　　　　D. 40m

19. 环境空气质量监测点布置时应避开树木和吸附力较强的建筑物，一般在（   ）范围内没有绿色乔木、灌木等。

    A. 10~15m　　B. 10~20m　　C. 15~20m　　D. 15~30m

20. 对于各级评价项目，常规气象观测资料均应调查评价范围（   ）以上的主要气候统计资料。

    A. 5 年　　　　B. 10 年　　　　C. 15 年　　　　D. 20 年

21. 对于大气环境影响一级评价项目，评价范围大于（   ）条件下，须调查地面气象观测资料和常规高空气象探测资料。

    A. 50km　　　　B. 100km　　　　C. 150km　　　　D. 200km

22. 以下属于地面气象观测资料常规调查项目的是（   ）。

    A. 湿球温度　　B. 时间　　　　C. 降水量　　　　D. 相对湿度

23. 一级评价项目的长期气象条件为：近五年内的至少连续（   ）的逐日、逐次气象条件。

    A. 五年　　　　B. 四年　　　　C. 三年　　　　D. 二年

24. 根据所调查常规高空气象探测站的实际探测时次确定，一般应至少调查每日（   ）的距地面（   ）高度以下的高空气象探测资料。

    A. 2 次　1500m　B. 2 次　800m　C. 1 次　1500m　D. 1 次　800m

25. 一级评价的补充观测应进行为期（   ）的连续观测。

    A. 2 年　　　　B. 1 年　　　　C. 6 个月　　　　D. 3 个月

26. 二级评价的补充观测可选择有代表性的季节进行连续观测，观测期限应在（   ）以上。

    A. 1 年　　　　B. 6 个月　　　　C. 3 个月　　　　D. 2 个月

27. 主导风向指风频最大的风向角的范围，风向角范围一般为（   ）的夹角。

    A. 22.5°～45°   B. 22.5°～60°   C. 30°～45°   D. 30°～60°

28. 某区域的主导风向应有明显的优势，其主导风向角风频之和应≥（   ），否则可称该区域没有主导风向或主导风向不明显。

    A. 20%   B. 30%   C. 40%   D. 50%

29. 下列关于水循环的说法中错误的是（   ）。

    A. 地球上的水蒸发为水气，经上升、输送、冷却、凝结，在适当条件下降落到地面，这种不断的反复过程称为水循环

    B. 在海洋和陆地之间进行的，称为小循环；在海洋或陆地内部进行的，称为大循环

    C. 河川径流包括地面径流和地下径流两部分

    D. 降落的雨、雪、雹等统称为降水

30. 关于河道水流形态的基本分类，下列说法错误的是（   ）。

    A. 河道断面为棱柱形且底坡均匀时，河道中的恒定流呈均匀流流态

    B. 河道形态变化不剧烈，河道中沿程的水流要素变化缓慢，称为渐变流

    C. 洪水季节或上游有电站的不恒定泄流或河道位于感潮段等，河道中水流处于恒定流流态

    D. 河网地处沿海地区，往往受到径流或潮流顶托的影响，流态复杂

31. 下列公式中，用于计算恒定均匀流的是（   ）。

A.
$$\begin{cases} v = C\sqrt{RI} \\ Q = vA \end{cases}$$

B.
$$\begin{cases} \dfrac{\partial A}{\partial T} + \dfrac{\partial Q}{\partial x} = q \\ \dfrac{\partial Q}{\partial t} + 2\dfrac{Q}{A}\dfrac{\partial Q}{\partial x} + \left(gA - \dfrac{Q^2}{A^2}B\right)\dfrac{\partial z}{\partial x} = -gS_f + \dfrac{Q^2}{A^2}\dfrac{\partial A}{\partial x}\Big|_z + q(v_q - v) \end{cases}$$

C.
$$\begin{cases} v = \dfrac{Q}{F} \\ A = BH \\ H = \dfrac{F}{B} \end{cases}$$

D.
$$\begin{cases} v = \alpha Q^B \\ H = \gamma Q^B \\ B = \dfrac{1}{\alpha\gamma}Q^{(1-\beta-\delta)} \end{cases}$$

32. 下列水体混合公式运用不正确的是（   ）。

A. 分子扩散：$P_{x_i}=-D_{\mathrm{m}}\dfrac{\partial c}{\partial x_i}$

B. 紊动扩散：$P_{x_i}=u'_{x_i}c'=-D_{\mathrm{t}}\dfrac{\partial \bar{c}}{\partial x_i}$

C. 剪切离散：$P_x=\langle \hat{u}_x\hat{c}\rangle=-D_{\mathrm{L}}\dfrac{\partial \langle c'\rangle}{\partial x}$

D. 横向混合系数：$D_{\mathrm{L}}=\dfrac{0.011u^2B^2}{hu^*}$

33. 关于湖泊和水库，以下说法错误的是（　　）。

A. 湖泊的定义是：内陆低洼地区蓄积着停止流动或慢流动而不与海洋直接联系的天然水体

B. 水库和人工湖泊是有区别的

C. 湖泊和水库均有深水型和浅水型之分

D. 湖泊和水库的水面形态都有宽阔型和窄条型

34. 湖水、水库运动方式分为（　　）两种。

A. 波动与振动　　　　　　　　B. 波动与荡漾

C. 振动与前进　　　　　　　　D. 增减水与波动

35. 湖水混合的方式主要是（　　）。

A. 紊动混合和湍流混合　　　　B. 层流混合和紊动混合

C. 紊动混合和对流混合　　　　D. 层流混合和湍流混合

36. 下列说法正确的是（　　）。

A. 水深较浅的湖泊水库水温常呈垂向分层型

B. 通常水温的垂向分布有三个层次，上层温度较高、下层温度较低、中间为过渡层，一般称为温跃层

C. 水中溶解氧在温跃层以下比较多甚至可接近饱和

D. 温跃层以上的区域溶解氧较低，成为缺氧区

37. 湖泊、水库水量与总容积是随时间而变的，关于计算中的标准，正确的是（　　）。

A. 一般以年水量变化的频率为 10% 代表为多水年

B. 一般以年水量变化的频率为 20% 代表为多水年

C. 一般以年水量变化的频率为 30% 代表为中水年

D. 一般以年水量变化的频率为 50% 代表为少水年

38. 关于河口的概念，不正确的是（　　）。

A. 河口是指入海河流受到潮汐作用的一段河段，又称为感潮河段

B. 河口与一般河流最显著的区别是河口的水面较开阔

C. 相比一般河流，河口较易受到潮汐的影响

D. 河口是位于陆地与大洋之间的水域

39. 下列说法不正确的是（　　）。

A. 海湾是海洋凸入陆地的那部分水域

B. 根据海湾的形状、湾口的大小和深浅以及通过湾口与外海的水交换能力可以把海湾分为闭塞型和开敞型两类

C. 闭塞型海湾是指湾口的宽度和水深相对浅窄，水交换和水更新的能力差的海湾

D. 湾口开阔、水深，形状呈喇叭形的海湾属于闭塞型两类

40. 陆架浅水区是指（　　）的海域。

A. 大陆架上水深 200m 以下　　　　　B. 大陆架上水深 300m 以下

C. 大陆架上水深 400m 以下　　　　　D. 大陆架上水深 500m 以下

41. 关于水环境现状调查和监测，下列说法不正确的是（　　）。

A. 目的：掌握评价范围内水体污染源、水文、水质和水体功能利用等方面的环境背景情况，为地表水环境现状和预测评价提供基础资料

B. 工作范围：包括资料收集、现场调查以及必要的环境监测

C. 调查范围：包括受建设项目影响较显著的地表水区域

D. 现状调查包括的两方面为：资料收集和现场调查

42. 水环境现状调查和监测过程中，关于调查时间的确定原则下列不正确的是（　　）。

A. 根据当地水文资料确定河流、湖泊、水库的丰水期、平水期、枯水期，同时确定最能代表这三个时期的季节和月份

B. 评价等级不同，对调查时期的要求有所不同

C. 当被调查的范围内面源污染严重，丰水期水质劣于枯水期时，一、二级评价的各类水域应调查丰水期，若时间允许，三级也应调查丰水期

D. 冰封期较长的水域，且作为生活饮用水、食品加工用水的水源或渔业用水时，不用调查冰封期的水质水文情况

43. 下列说法错误的是（　　）。

A. 污染源的定义：凡对环境质量可以造成影响的物质输入

B. 污染物（污染因子）：输入的物质和能量

C. 污染源调查应以收集现有资料为主

D. 在改扩建项目时，对项目改、扩建以前的污染源应详细了解，常需现场调查或测试

44. 关于污染源调查中的点源调查，下列说法错误的是（　　）。

A. 点源调查的繁简程度可根据评价等级及其与建设项目的关系而略有

不同

  B. 评价等级高而且现有污染源与建设项目距离较近时应该详细调查

  C. 调查内容：污染源的排放特点，污染源排放数据，用排水情况，废水、污水处理状况

  D. 如果排水口位于建设项目排水与受纳河流的混合过程段范围内，不需要详细调查

45. 调查点源污染源排放特点时，不需要了解的是（　　）。

  A. 排放形式，分散排放还是集中排放

  B. 排放口的平面位置图（附污染源平面位置图）及排放方向

  C. 排放口在断面上的位置

  D. 排水总量

46. 关于非点源调查，下列不正确的是（　　）。

  A. 调查原则：一般采用实测的方法，不进行资料收集

  B. 调查内容：工业类非点源污染源、其他非点源污染源

  C. 污染源采样分析方法：按《污水综合排放标准》（GB 8978—1996）规定执行

  D. 污染源资料的分析整理：对收集到的和实测的污染源资料进行检查，找出相互矛盾和错误之处

47. 根据《地表水环境质量标准》，下列不属于常规水质因子的是（　　）。

  A. 溶解氧   B. 化学耗氧量

  C. 五日生化需氧量   D. 水生生物

48. 关于调查水质因子下列说法正确的是（　　）。

  A. 根据建设项目特点、水域类别及评价等级以及建设项目所属行业的特征水质参数表选择常规水质因子

  B. 被调查水域的环境质量要求较高，或评价等级为一级，应考虑调查水生生物和底质

  C. 被调查水域的环境质量要求较高，或评价等级为二级，应考虑调查水生生物和底质

  D. 被调查水域的环境质量要求较高，且评价等级为一、二级，应考虑调查水生生物和底质

49. 关于河流水质采样取样方式，错误的是（　　）。

  A. 一级评价：每个取样点的水样均应分析，不取混合样

  B. 二级评价：需要预测混合过程段水质的场合，每次应将该段内各取样断面中每条垂线上的水样混合成一个水样。其他情况每个取样断面每次只取一个混合水样，即将断面上各处所取水样混合成一个

水样

C. 三级评价：原则上只取断面混合水样

D. 三级评价：每个取样点的水样均应分析，不取混合样

50. 河流水质采样，不符合断面上的取样垂线确定原则的是（　　）。

A. 小河：在取样断面的主流线上设一条取样垂线

B. 大河、中河，河宽小于 50m，在取样断面上各距岸边 1/3 水面宽处，设一条取样垂线，共两条垂线

C. 大河、中河，河宽小于 80m，在取样断面上各距岸边 1/3 水面宽处，设一条取样垂线，共两条垂线

D. 特大河由于水面较宽，在取样断面上的取样垂线数应适当增加

51. 河流水质采样，下列不属于垂线上取样点确定原则的是（　　）。

A. 在一条垂线上，水深大于 5m，在水面下 0.5m 处及距河底 0.5m 处，各取样一个

B. 水深为 1~5m，只在水面下 0.5m 处取一个样

C. 水深不足 1m 时，取样点距水面不应小于 0.5m

D. 评价三级小河时，不论河水深浅，只在一条垂线上一个点取一个样

52. 河口取样次数，下列说法正确的是（　　）。

A. 在规定的不同规模河口、不同等级的调查时期，每期调查一次，每次调查两天，一次在小潮期，一次在大潮期

B. 在不预测水温时，只在采样时间测水温；在预测水温时，要测日平均水温，一般可采用每隔 5~8h 测一次的方法求平均水温

C. 在规定的不同规模河口、不同等级的调查时期，每期调查一次，每次调查 3 天，一次在小潮期，两次在大潮期

D. 在不预测水温时，只在采样时间测水温；在预测水温时，要测日平均水温，一般可采用每隔 8~12h 测一次的方法求平均水温

53. 湖泊、水库水质取样，取样方式不正确的是（　　）。

A. 小型湖泊、水库：平均水深小于 10m，每个取样位置取一个水样

B. 小型湖泊、水库：水深大于 10m，一般只取一个混合样

C. 大型湖泊、水库：各取样位置上不同深度的水样均不混合

D. 大型湖泊、水库：一般只取大于一个的混合样

54. 水环境评价方法中一般水质因子的计算公式是（　　）。

A. $S_{i,j} = \dfrac{c_{i,j}}{c_{s,j}}$ 　　B. $S_{DO,j} = \dfrac{|DO_f - DO_j|}{DO_f - DO_s}$

C. $S_{DO,j} = 10 - 9\dfrac{DO_j}{DO_s}$ 　　D. $S_{pH,j} = \dfrac{7.0 - pH_j}{7.0 - pH_{sd}}$

55. 溶解氧评价方法的计算公式正确的是（　　）。

A. 当 $DO_j \geqslant DO_s$，$S_{DO,j} = \dfrac{|DO_f - DO_j|}{DO_f - DO_s}$

B. 当 $DO_j < DO_s$，$S_{DO,j} = \dfrac{|DO_f - DO_j|}{DO_f - DO_s}$

C. 当 $DO_j \geqslant DO_s$，$S_{DO,j} = \dfrac{DO_f - DO_s}{DO_f - DO_j}$

D. 当 $DO_j < DO_s$，$S_{DO,j} = \left|\dfrac{DO_f - DO_s}{DO_f - DO_j}\right|$

56. pH 值的评价方法中计算公式正确的是（　　）。

A. 当 $pH_j > 7.0$，$S_{pH,j} = \dfrac{7.0 - pH_j}{7.0 - pH_{sd}}$

B. 当 $pH_j \leqslant 7.0$，$S_{pH,j} = \dfrac{pH_j - 7.0}{pH_{su} - 7.0}$

C. 当 $pH_j \leqslant 7.0$：$S_{pH,j} = \dfrac{7.0 - pH_j}{7.0 - pH_{sd}}$

D. 当 $pH_j > 7.0$：$S_{pH,j} = \dfrac{pH_j - 7.0}{7.0 - pH_{su}}$

57. 内梅罗法的计算公式为（　　）。

A. $c = \sqrt{\dfrac{c_{极}^2 + c_{均}^2}{2}}$

B. $\bar{c}_j = \dfrac{1}{n} \sum\limits_{i=1}^{n} c_{ij}$

C. $I_i = \dfrac{c_i}{c_{0i}}$

D. $S_{i,j} = \dfrac{c_{i,j}}{c_{s,j}}$

58. 下列公式和参数定义错误的是（　　）。

A. 一般水质因子单项指数法：$S_{i,j} = \dfrac{c_{i,j}}{c_{s,j}}$

B. DO 为溶解氧单项指数法

当 $DO_j \geqslant DO_s$：$S_{DO,j} = \dfrac{|DO_f - DO_j|}{DO_f - DO_s}$

当 $DO_j < DO_s$：$S_{DO,j} = 10 - 9\dfrac{DO_j}{DO_s}$

C. pH 值为单项指数法

当 $pH_j \leqslant 7.0$：$S_{pH,j} = \dfrac{7.0 - pH_j}{7.0 - pH_{sd}}$

当 $pH_j > 7.0$：$S_{pH,j} = \dfrac{pH_j - 7.0}{pH_{su} - 7.0}$

D. 均值法计算公式：$c = \sqrt{\dfrac{c_{极}^2 + c_{均}^2}{2}}$

59. 下列不属于环境噪声现状调查目的的选项是 （   ）。

    A. 掌握评价范围内环境噪声现状，噪声敏感目标和人口分布情况

    B. 为环境噪声现状评价和预测评价提供基础资料

    C. 为管理决策部门提供环境噪声现状情况

    D. 评级范围内现有的噪声源种类、数量及相应的噪声级

60. 下列说法错误的是 （   ）。

    A. A声级一般用来评价噪声源，对特殊噪声源在测量A声级的同时还需要测量其频率特性

    B. 对突发噪声往往需要测量最大A声级 L_{Amax} 及其持续时间，脉冲噪声应同时测量A声级和脉冲周期

    C. 等效连续A声级即将某一段时间内连续暴露的不同A声级变化，用能量平均的方法以A声级表示该段时间内的噪声大小

    D. 计权等效连续感觉噪声级用于评价一般噪声

61. 等效连续A声级的数学表达式为 （   ）。

    A. $c = \sqrt{\dfrac{c_{极}^2 + c_{均}^2}{2}}$

    B. $WECPNL = \overline{EPNL} + 10\lg(N_1 + 3N_2 + 10N_3) - 39.4$

    C. $EQ = \sum\limits_{i=1}^{N} \dfrac{A_i}{N}$

    D. $L_{eq} = 10\lg\left(\dfrac{1}{T}\int_0^T 10^{0.1L_A(t)}\,dt\right)$

62. 计权等效连续感觉噪声级用于评价航空噪声，其计算公式为 （   ）。

    A. $c = \sqrt{\dfrac{c_{极}^2 + c_{均}^2}{2}}$

    B. $WECPNL = \overline{EPNL} + 10\lg(N_1 + 3N_2 + 10N_3) - 39.4$

    C. $EQ = \sum\limits_{i=1}^{N} \dfrac{A_i}{N}$

    D. $L_{eq} = 10\lg\left(\dfrac{1}{T}\int_0^T 10^{0.1L_A(t)}\,dt\right)$

63. 关于噪声源的数据获得途径，错误的是 （   ）。

    A. 类比测量法和引用已有数据两种途径

    B. 首先应当考虑引用已有数据

    C. 评价等级为一级必须采用类比测量法

    D. 评价等级二、三级，可引用已有的噪声源噪声级数据

64. 关于噪声测量时段，不正确的是 （   ）。

A. 应在声源正常运行工况的条件下选择适当时段测量

B. 每一测点，应分别进行昼间、夜间时段的测量，以便与相应标准对照

C. 对于噪声起伏较大的情况，应增加昼间、夜间的测量次数

D. 对于噪声起伏较大的情况，应适当减少昼间、夜间的测量次数

65. 关于植物的样方调查，不正确的是（   ）。

A. 确定样地大小：一般草本的样地在 $1m^2$ 以上

B. 确定样地大小：灌木林样地在 $10m^2$ 以上

C. 确定样地大小：乔木林样地在 $1000m^2$ 以上

D. 确定样地数目：用种与面积和关系曲线确定样地数目

66. 下列计算方法，公式错误的是（   ）。

A. 相对密度 $=\dfrac{\text{一个种的密度}}{\text{所有种的密度}}\times100\%$

B. 相对优势度 $=\dfrac{\text{一个种优势度}}{\text{所有种优势度}}\times100\%$

C. 相对频度 $=\dfrac{\text{一个种的频度}}{\text{所有种的频度}}\times100\%$

D. 重要值＝相对密度－相对优势度－相对频度

67. 下列说法不正确的是（   ）。

A. 遥感是指通过任何不接触被观测物体的手段来获取信息的过程和方法，包括航天遥感、航空遥感、船载遥感、雷达以及照相机摄制的图像

B. 遥感为景观生态学研究和应用提供的信息包括：地形、地貌、地表水体植被类型及其分布、土地利用类型及其面积、生物量分布、土壤类型及其水体特征、群落蒸腾量、叶面积指数及叶绿素含量等

C. 数据记录方式：以胶片记录，主要用于航空摄影；以计算机兼容磁带数据格式记录，主要用于航天遥感

D. 遥感的数据记录方式有三种

68. 关于景观遥感分类，下列说法错误的是（   ）。

A. 常见的数据预处理方法：大气校正、几何纠正、光谱比值、主成分、植被成分、帽状转换、条纹消除和质地分析等

B. 遥感影像分类包括：非监督分类、监督分类和特殊分类

C. 分类结果的后处理包括：光滑或过滤、几何校正、矢量化及人机交互解译

D. 分类精度评价，通常采用选取有代表性的检验区的方法，检验区的类型包括：监督分类的训练区、指定的同质检验区和随机选取检验区

69. 样地调查收割法中样地面积的确定，下列说法错误的是（   ）。

A. 森林选用 $1000m^2$ B. 疏林选用 $800m^2$

C. 灌木林选用 500m²   D. 草本群落选用 100m²

70. 生态系统质量计算式是（　　）。

A. $L_{eq} = 10\lg\left(\dfrac{1}{T}\displaystyle\int_0^T 10^{0.1L_A(t)}\,dt\right)$ B. $EQ = \displaystyle\sum_{i=1}^N \dfrac{A_i}{N}$

C. $c = \sqrt{\dfrac{c_{极}^2 + c_{均}^2}{2}}$ D. $S_{DO,j} = \dfrac{|DO_f - DO_j|}{DO_f - DO_s}$

71. 生态价值评价图法中，计算每个网格的生态价值指数的公式是（　　）。

A. $IEV = \displaystyle\sum_{i=1}^N (E_i \times R_i \times S_i \times V_i)$

B. $CV = \displaystyle\sum_{i=1}^N C_i$

C. $EQ = \displaystyle\sum_{i=1}^N \dfrac{A_i}{N}$

D. $L_{eq} = 10\lg\left(\dfrac{1}{T}\displaystyle\int_0^T 10^{0.1L_A(t)}\,dt\right)$

72. 扩展的生态价值评价法中计算各个栖息地的保护价值的公式是（　　）。

A. $IEV = \displaystyle\sum_{i=1}^N (E_i \times R_i \times S_i \times V_i)$

B. $CV = \displaystyle\sum_{i=1}^N C_i$

C. $EQ = \displaystyle\sum_{i=1}^N \dfrac{A_i}{N}$

D. $L_{eq} = 10\lg\left(\dfrac{1}{T}\displaystyle\int_0^T 10^{0.1L_A(t)}\,dt\right)$

73. 下列不属于法规确定的生态环境保护目标的是（　　）。

A. 具有代表性的各种类型的自然生态系统区域

B. 珍稀、濒危的野生动植物自然分布区域

C. 学校、医院和人口密集的居民社区

D. 具有重大科学文化价值的地质构造、著名溶洞和化石分布区、冰川、火山、温泉等自然遗迹

74. 不属于生态敏感保护目标识别指标的是（　　）。

A. 具有生态学意义的保护目标

B. 具有美学意义的保护目标

C. 具有科学文化意义的保护目标

D. 具有保障社会安定团结意义的保护目标

75. 确定土壤背景值时，剔除污染样品的方法是（　　）。

A. 样品中某元素含量的可疑值与该元素含量的平均值的偏差大于平均偏差的 2 倍，即认为该样品被污染，应剔除

B. 样品中某元素含量的可疑值与该元素含量的平均值的偏差大于平均偏差的 3 倍，即认为该样品被污染，应剔除

C. 样品中某元素含量的可疑值与该元素含量的平均值的偏差大于平均偏差的 4 倍，即认为该样品被污染，应剔除

D. 样品中某元素含量的可疑值与该元素含量的平均值的偏差大于平均偏差的 5 倍，即认为该样品被污染，应剔除

（二）多项选择题

1. 环境现状调查的方法主要有（　　）。

A. 收集资料法　　　　　　　B. 现场调查法

C. 类比法　　　　　　　　　D. 遥感法

2. 下列属于自然环境调查的基本内容的是（　　）。

A. 地理位置　　　　　　　　B. 地形地貌

C. 气候与气象　　　　　　　D. 地表水环境

3. 下列属于社会环境调查基本内容的是（　　）。

A. 社会经济　　　　　　　　B. 文物与景观

C. 人群健康状况　　　　　　D. 动植物与生态

4. 按污染源的几何形状，大气污染源可分为（　　）。

A. 点源　　　　B. 面源　　　　C. 线源　　　　D. 体源

5. 大气污染源按预测模式的模拟形式可以分为（　　）。

A. 点源　　　　B. 面源　　　　C. 线源　　　　D. 体源

6. 以下大气污染源中属于点源的是（　　）。

A. 道路机动车排放源　　　　B. 集气筒

C. 垃圾填埋场扬尘　　　　　D. 烟囱

7. 以下大气污染源中属于体源的是（　　）。

A. 焦炉炉体　　　B. 集气筒　　　C. 屋顶天窗　　　D. 烟囱

8. 以下属于非正常工况下污染物排放的是（　　）。

A. 点火开炉　　　　　　　　B. 污染物排放控制措施达不到应有效率

C. 设备检修　　　　　　　　D. 工艺设备运转异常

9. 复杂风场一般是由于（　　），形成局地风场或局地环流。

A. 地表的地理特征　　　　　B. 地形特征

C. 气象特征　　　　　　　　D. 土地利用不一致

10. 以下属于复杂风场的是（　　）。

A. 海陆风　　　　　B. 山谷风　　　　　C. 城市热岛环流　　　D. 河流风

11. 大气环境影响评价中，要调查评价范围内所有环境空气敏感区，并列表给出环境空气敏感区内（　　）。

    A. 主要保护对象的名称　　　　　　　　B. 大气环境功能区划级别

    C. 与项目的相对距离、方位　　　　　　D. 受保护对象的范围和数量

12. 以下关于大气污染源的调查与分析方法，正确的是（　　）。

    A. 对于新建项目可通过类比调查、物料衡算或设计资料确定

    B. 对于评价范围内在建项目的污染源调查，可使用已批准的环境影响报告书中的资料

    C. 对于评价范围内未建项目的污染源调查，可使用前一年度例行监测资料或进行实测

    D. 对于分期实施的工程项目，可利用前期工程最近 3 年内的验收监测资料、年度例行监测资料或进行实测

13. 大气污染源排污概况调查的内容包括（　　）。

    A. 在满负荷排放下，按分厂或车间逐一统计各有组织排放源和无组织排放源的主要污染物排放量

    B. 对改、扩建项目应给出现有工程排放量、扩建工程排放量，以及现有工程经改造后的污染物预测削减量，并按上述三个量计算最终排放量

    C. 对于毒性较大的污染物还应估计其非正常排放量

    D. 对于周期性排放的污染源，还应给出周期性排放系数

14. 大气污染源调查中，点源调查内容包括（　　）。

    A. 各主要污染物正常排放量和非正常排放量

    B. 烟气出口速度

    C. 排气筒出口处烟气温度

    D. 排气筒底部中心坐标

15. 大气污染源调查中，面源调查内容包括（　　）。

    A. 各主要污染物正常排放量　　　　　　B. 面源初始排放高度

    C. 矩形面源与正东方向逆时针的夹角　　D. 近圆形面源的中心点坐标

16. 大气污染源调查中，体源调查内容包括（　　）。

    A. 体源中心点坐标　　　　　　　　　　B. 体源所在位置的海拔高度

    C. 体源排放速率、排放工况　　　　　　D. 初始横向和垂直扩散参数

17. 大气污染源调查中，线源调查内容包括（　　）。

    A. 线源几何尺寸　　　　　　　　　　　B. 道路宽度

    C. 各种车型的污染物排放速率　　　　　D. 各时段车流量、车型比例

18. 大气污染源调查中，颗粒物粒径分布的调查内容包括（　　）。

A. 颗粒物粒径分级　　　　　　　　　B. 颗粒物的分级粒径

C. 各级颗粒物的质量密度　　　　　　D. 各级颗粒物所占的质量比

19. 空气质量现状调查资料的来源有（　　　）。

A. 评价范围内及邻近评价范围的各例行空气质量监测点的近三年与项目有关的监测资料

B. 收集近两年与项目有关的历史监测资料

C. 进行现场监测

D. 咨询有关专家

20. 大气环境影响评价中，应对照各污染物有关的环境质量标准，分析其长期浓度和短期浓度的达标情况。其中长期浓度包括（　　　）。

A. 年均浓度　　　B. 季均浓度　　　C. 月均浓度　　　D. 日均浓度

21. 以下关于大气环境影响监测的说法中正确的是（　　　）。

A. 一级评价项目应进行二期（春季、秋季）监测

B. 二级评价项目可取一期不利季节进行监测

C. 二级评价项目必要时应作二期监测

D. 三级评价项目必要时可作一期监测

22. 气象观测资料的调查要求与（　　　）有关。

A. 项目的评价等级　　　　　　　　　B. 地形复杂程度

C. 水平流场是否均匀一致　　　　　　D. 污染物排放是否连续稳定

23. 常规气象观测资料包括（　　　）。

A. 正常状况气象观测资料　　　　　　B. 非正常状况气象观测资料

C. 常规地面气象观测资料　　　　　　D. 常规高空气象探测资料

24. 气候统计资料包括（　　　）。

A. 年平均风速和风向玫瑰图　　　　　B. 年平均气温

C. 年平均相对湿度和降水量　　　　　D. 日照

25. 地面气象观测资料的常规调查项目包括（　　　）。

A. 干球温度　　　B. 降水类型　　　C. 低云量　　　D. 水平能见度

26. 地面气象观测资料的选择调查项目包括（　　　）。

A. 风速　　　　　B. 海平面气压　　　C. 相对湿度　　　D. 湿球温度

27. 常规高空气象探测资料的调查项目包括（　　　）。

A. 探空数据层数　　　B. 降水类型　　　C. 相对湿度　　　D. 气温温度

28. 下列说法错误的是（　　　）。

A. 地球上的水蒸发为水汽，经上升、输送、冷却、凝结，在适当条件下降落到地面，这种不断的反复过程称为水循环

B. 在海洋和陆地之间进行的，称为小循环

C. 在海洋或陆地内部进行的，称为大循环

D. 降落的雨、雪、雹等统称为降水

29. 关于河川径流，下列概念正确的是（　　）。

A. 流量 Q：单位时间通过河流某一断面的水量，单位为 m^3/s

B. 径流总量 W：在 T 时段内通过河流某一断面的总水量，$W=QT$

C. 径流深 Y：$Y=\dfrac{QT}{1000F}$（F 为流域面积，单位 km^2）

D. 径流系数 α：某一时段内径流深与相应降雨深 P 的比值

30. 河川径流主要变化有（　　）。

A. 年际变化　　　　　　　　　　B. 年内变化

C. 地区变化　　　　　　　　　　D. 周期变化

31. 针对水文现象所存在的基本规律，主要的研究途径包括（　　）。

A. 成因分析　　　　　　　　　　B. 数理统计

C. 地区综合　　　　　　　　　　D. 资料分析

32. 下列选项不正确的是（　　）。

A. 对于恒定均匀流，基本方程为：$v=C\sqrt{RI}$，$Q=vA$

B. 对于非恒定流，一般可以用一维圣维南方程描述。河道有侧向入流时，基本方程为：

$$\frac{\partial A}{\partial T}+\frac{\partial Q}{\partial x}=q$$

$$\frac{\partial Q}{\partial t}+2\frac{Q}{A}\frac{\partial Q}{\partial x}+\left(gA-\frac{Q^2}{A^2}B\right)\frac{\partial z}{\partial x}=-gS_f+\frac{Q^2}{A^2}\frac{\partial A}{\partial x}\bigg|_z+q(v_q-v)$$

C. 河流断面流速计算中，有足够实测资料时选用的计算公式

为：$\begin{cases}v=\alpha Q^B\\H=\gamma Q^B\\B=\dfrac{1}{\alpha\gamma}Q^{(1-\beta-\delta)}\end{cases}$

D. 河流断面流速计算的经验公式为：$\begin{cases}v=\dfrac{Q}{A}\\A=BH\\H=\dfrac{A}{B}\end{cases}$

33. 下列选项中公式运用正确的是（　　）。

A. 分子扩散：$P_{x_i}=-D_m\dfrac{\partial c}{\partial x_i}$

B. 紊动扩散通量：$P_{x_i}=u'_{x_i}c'=-D_t\dfrac{\partial \bar{c}}{\partial x_i}$

C. 剪切断面离散通量：$P_x = \langle \hat{u}_x \hat{c} \rangle = -D_L \dfrac{\partial \langle c' \rangle}{\partial x}$

D. 横向混合系数：$D_L = \dfrac{0.011 u^2 B^2}{h u^*}$

34. 湖泊、水库的水量平衡关系式 $W_入 = W_出 + W_损 \pm \Delta W$，下列参数定义正确的是（　　）。

A. $W_入$ 为湖泊、水库的时段来水总量，包括湖、库面降水量，水汽凝结量，入湖、库地表径流与地下径流量

B. $W_出$ 为湖泊、水库的时段内出水量，包括出湖、库的地表径流与地下径流量与工农业及生活用水量等

C. $W_损$ 为时段内湖泊、水库的水面蒸发与渗漏等损失总量

D. ΔW 为时段内湖泊、水库蓄水量的增减值

35. 按照成因分类，湖流可以分为（　　）。

A. 风成流　　　　B. 梯度流　　　　　　C. 惯性流　　　　D. 混合流

36. 下列选项正确的是（　　）。

A. 湖水的混合方式分为紊动混合和对流混合

B. 紊动混合是由湖水密度差异产生的

C. 对流混合是由风力和水力坡度作用产生的

D. 湖中水位有节奏的升降变化，成为波漾或定振波

37. 湖泊、水库水温是否分层，通常用湖泊、水库水替换的次数指标 α 和 β 经验性指标来判断，下列正确的是（　　）。

A. $\alpha = \dfrac{年总入流量}{湖泊、水库总容积}$

B. $\beta = \dfrac{一次洪水总量}{湖泊、水库总容积}$

C. $\alpha < 10$，认为湖泊、水库为混合型

D. 洪水时以 β 指标为第二判断指标，当 $\beta < \dfrac{1}{2}$，洪水对湖泊水温分层几乎没有影响

38. 湖泊、水库水量与总容积是随时间而变的，关于计算中的标准，正确的是（　　）。

A. 一般以年水量变化的频率为 10% 代表为多水年

B. 一般以年水量变化的频率为 75% 代表为多水年

C. 一般以年水量变化的频率为 50% 代表为中水年

D. 一般以年水量变化的频率为 75% 代表为少水年

39. 入湖、库径流是指通过各种渠道进入湖泊、水库的径流，通常由三部分组

成，它们分别是（　　）。

    A. 通过干支流水文站或计算断面进入湖泊、水库的径流

    B. 集水面积上计算断面没有控制的区间进入湖泊、水库的区间径流

    C. 直接降落在湖、水库水面上的雨水

    D. 进入湖泊地下水储量的水量

40. 下列说法正确的是（　　）。

    A. 海湾是海洋凸入陆地的那部分水域

    B. 湾口开阔、水深，形状呈喇叭形的海湾属于闭塞型海湾

    C. 闭塞型海湾是指湾口的宽度和水深相对浅窄，水交换和水更新的能力差的海湾

    D. 根据海湾的形状、湾口的大小和深浅以及通过湾口与外海的水交换能力可以把海湾分为闭塞型和开敞型两类

41. 根据海湾的形状、湾口的大小和深浅以及通过湾口与外海的水交换能力可以把海湾分为（　　）。

    A. 深水湾和浅水湾   B. 开放型和半开放型

    C. 开敞型   D. 闭塞型

42. 下列说法正确的是（　　）。

    A. 水流的动力条件是污染物在河口海湾中得以输移扩散的决定性因素

    B. 在河口海湾等近海水域，潮流对污染物的输移和扩散起主要作用

    C. 潮流是内外海潮波进入沿岸海域和海湾时的变形而形成的浅海特有的潮波运动形态

    D. 潮流对于海域内污染物的输运和扩散，海湾的水交换起着非常重要的作用

43. 水环境现状调查包括（　　）。

    A. 资料收集   B. 现场调查

    C. 环境监测   D. 遥感监测

44. 水环境现状调查和监测过程中，确定调查范围的原则（　　）。

    A. 在确定某具体建设开发项目地表水环境现状调查范围时，应尽量按照将来污染物排放进入天然水体后可能达到水域使用功能质量标准要求的范围，并考虑评价等级的高低后决定

    B. 当下游附近有敏感区（水源地、自然保护区）时，调查范围应考虑延长到敏感区上游边界，以满足预测敏感区所受影响的需要

    C. 当下游附近有敏感区（水源地、自然保护区）时，调查范围应考虑延长到敏感区下游边界，以满足预测敏感区所受影响的需要

    D. 当下游附近有敏感区（水源地、自然保护区）时，调查范围不用做任

何改变

45. 水环境现状调查和监测过程中，调查时间确定原则（   ）。

A. 根据当地水文资料确定河流、湖泊、水库的丰水期、平水期、枯水期，同时确定最能代表这三个时期的季节和月份

B. 评价等级不同，对调查时期的要求有所不同

C. 当被调查的范围内面源污染严重，丰水期水质劣于枯水期时，一、二级评价的各类水域应调查丰水期，若时间允许，三级也应调查丰水期

D. 冰封期较长的水域，且作为生活饮用水、食品加工用水的水源或渔业用水时，应调查冰封期的水质水文情况

46. 水文调查和水文测量包括的内容有（   ）。

A. 河流水文调查和水文测量应根据评价等级和河流规模确定工作内容，主要有：丰水期、平水期、枯水期的划分；河段的平直及弯曲；过水断面积、坡度、水位、水深、河宽、流量、流速及其分布、水温、糙率及泥沙含量等

B. 感潮河口的工作内容：除与河流相同的内容外，还需调查感潮河段的范围，涨潮、落潮及平潮时的水位、水深、流向、流速及其分布；横断面形状、水面坡度、河潮间隙、潮差和历时等

C. 湖泊、水库的工作内容：湖泊、水库的面积和形状，附有平面图；丰水期、平水期、枯水期的划分；流入、流出的水量；水力滞留时间或交换周期；水量的调度和储量；水深；水温分层情况及水流状况等

D. 降雨调查工作内容：需要预测建设项目的面源污染时，应调查历年的降雨资料

47. 关于影响地表水环境的污染物的分类，说法正确的是（   ）。

A. 按排放方式可分为点源、线源和面源

B. 按污染性质可分为持久性污染物、非持久性污染物、水体酸碱度和热效应四类

C. 点源：污染物产生的源点和进入环境的方式为点

D. 面源：污染物产生的源点为面，进入环境的方式可为面、线或点，位置不固定

48. 影响地表水环境的污染物的分类，按污染性质可分为（   ）。

A. 持久性污染物   B. 非持久性污染物

C. 水体酸碱度   D. 热效应

49. 点源调查的内容包括（   ）。

A. 污染源的排放特点   B. 污染源排放数据

C. 用排水情况   D. 废水、污水处理状况

50. 关于非点源调查，下列正确的是 （　　）。

A. 调查内容：工业类非点源污染源、其他非点源污染源

B. 调查原则：一般采用实测的方法，不进行资料收集

C. 污染源采样分析方法：按《污水综合排放标准》（GB 8978—1996）规定执行

D. 污染源资料的分析整理：对收集到的和实测的污染源资料进行检查，找出相互矛盾和错误之处

51. 需要调查的水质因子种类分别是 （　　）。

A. 常规水质因子　　　　　　　　　　B. 特殊水质因子

C. 其他方面因子　　　　　　　　　　D. 微环境水质因子

52. 关于调查水质因子下列说法正确的是 （　　）。

A. 根据建设项目特点、水域类别及评价等级以及建设项目所属行业的特征水质参数表选择特殊水质因子

B. 被调查水域的环境质量要求较高，或评价等级为一级，应考虑调查水生生物和底质

C. 被调查水域的环境质量要求较高，或评价等级为二级，应考虑调查水生生物和底质

D. 被调查水域的环境质量要求较高，且评价等级为一、二级，应考虑调查水生生物和底质

53. 河流水质采样取样断面应布设于 （　　）。

A. 调查范围的两端

B. 调查范围内重点保护水域及重点保护对象附近的水域

C. 重点水工构筑物和水文站附近

D. 建设项目拟建排污口上游 500m 处

54. 关于河流水质采样取样方式，正确的是 （　　）。

A. 一级评价：原则上只取断面混合水样

B. 二级评价：需要预测混合过程段水质的场合，每次应将该段内各取样断面中每条垂线上的水样混合成一个水样；其他情况每个取样断面每次只取一个混合水样，即将断面上各处所取水样混合成一个水样

C. 一级评价：每个取样点的水样均应分析，不取混合样

D. 三级评价：原则上只取断面混合水样

55. 河流水质采样，符合断面上的取样垂线确定原则的是 （　　）。

A. 特大河由于水面较宽，在取样断面上的取样垂线数应适当增加

B. 大河、中河，河宽小于80m，在取样断面上各距岸边 1/3 水面宽处，设一条取样垂线，共两条垂线

C. 大河、中河，河宽小于 50m，在取样断面上各距岸边 1/3 水面宽处，
设一条取样垂线，共两条垂线

D. 小河：在取样断面的主流线上设一条取样垂线

56. 河流水质采样，垂线上取样点的确定原则正确的是（　　）。

A. 在一条垂线上，水深大于 5m，在水面下 0.5m 处及距河底 0.5m 处，
各取样一个

B. 水深为 1~5m，只在水面下 0.5m 处取一个样

C. 水深不足 1m 时，取样点距水面不应小于 0.3m，距河底也不应小
于 0.3m

D. 评价三级小河时，不论河水深浅，只在一条垂线上一个点取一个样

57. 河流取样次数的原则包括（　　）。

A. 在规定的不同规模河流、不同评价等级的调查时期中，每个水期调查
一次，每次调查 3~4 天，至少有一天对所有已选点的水质因子取样
分析

B. 在不预测水温时，只在采样时测水温；预测水温时，要测日水温的变
化情况

C. 一般情况，每天每个水质因子只取一个样，水质变化很大时，每隔一
定时间采样一次

D. 一般情况，每天每个水质因子取两个样，水质变化很大时，每隔一定
时间采样两次

58. 河口水质的取样断面布设原则是（　　）。

A. 排污口拟建于河口感潮段内

B. 其下游应设置取样断面的数目与位置，应根据感潮段的实际情况决定

C. 应根据感潮段的实际情况决定

D. 其上游取样断面的布设原则与河流相同

59. 湖泊、水库水质取样，取样位置的布设原则包括（　　）。

A. 取样位置应尽量覆盖推荐的整个调查范围

B. 能切实反映湖泊、水库的水质和水文特点

C. 可采用以建设项目的排放口为中心，向周围辐射的布设采样位置

D. 一级评价：每个取样点的水样均应分析，不取混合样

60. 湖泊、水库水质取样，取样位置上取样点的布设原则有（　　）。

A. 大中型湖泊、水库，当平均水深小于 10m 时，设在水面下 0.5m 处，
但此点距底不应超过 0.5m

B. 大中型湖泊、水库，平均水深大于 10m 时，先查明其水温有无分层现
象，如有斜温层，在水面下 0.5m 和斜温层以下，距底 0.5m 以上处各

取一个水样

    C. 小型湖泊、水库，当平均水深大于 10m 时，在水面下 0.5m 和水深 10m 并距底 0.5m 以上处各设一个取样点

    D. 小型湖泊、水库，水深小于 10m 时，在水面下和距底 0.5m 以上处各设一个取样点

61. 关于湖泊水库取样次数，正确的是（   ）。

    A. 在所规定的不同规模湖泊、不同评价等级的调查时期中，每期调查一次，每次调查 7 天，至少有一天对所有已选定的水质参数取样分析

    B. 在所规定的不同规模湖泊、不同评价等级的调查时期中，每期调查一次，每次调查 3～4 天，至少有一天对所有已选定的水质参数取样分析

    C. 表层溶解氧和水温每隔 6h 测一次，并在调查期内适当检测藻类

    D. 表层溶解氧和水温每隔 8h 测一次，并在调查期内适当检测藻类

62. 水样采集、保存和分析的方法包括（   ）。

    A. 河口水样盐度<3‰者，同河流、湖泊等的原则与方法；盐度≥3‰的，按海湾原则与方法执行

    B. 河口水样盐度<5‰，同河流、湖泊等的原则与方法；盐度≥5‰的，按海湾原则与方法执行

    C. 河口水样盐度<7‰，同河流、湖泊等的原则与方法；盐度≥7‰的，按海湾原则与方法执行

    D. 河流、湖泊、水库水样保存、分析的原则和方法按《地表水环境质量标准》

63. 下列公式正确的是（   ）。

    A. 一般水质因子单项指数法：$S_{i,j}=c_{i,j}/c_{s,j}$

    B. DO 为溶解氧单项指数法：

$$当\ DO_j \geqslant DO_s，\ S_{DO,j}=\frac{|DO_f-DO_j|}{DO_f-DO_s}$$

$$当\ DO_j < DO_s，\ S_{DO,j}=10-9\frac{DO_j}{DO_s}$$

    C. pH 值为单项指数法：

$$当\ pH_j \leqslant 7.0，\ S_{pH,j}=\frac{7.0-pH_j}{7.0-pH_{sd}}$$

$$当\ pH_j > 7.0，\ S_{pH,j}=\frac{pH_j-7.0}{pH_{su}-7.0}$$

    D. 内梅罗法计算公式为：$c=\sqrt{\dfrac{c_{极}^2+c_{均}^2}{2}}$

64. 环境噪声现状调查目的包括（   ）。

A. 掌握评价范围内环境噪声现状，噪声敏感目标和人口分布情况

B. 为环境噪声现状评价和预测评价提供基础资料

C. 为管理决策部门提供环境噪声现状情况

D. 评价范围内各功能区噪声现状，边界噪声超标状况及受影响人口分布和敏感目标超标情况

65. 环境噪声现状调查内容有（　　）。

A. 评价范围内环境噪声现状情况

B. 评级范围内现有的噪声敏感目标及相应的噪声功能区划和应执行的噪声标准

C. 评价范围内各功能区噪声现状，边界噪声超标状况及受影响人口分布和敏感目标超标情况

D. 评级范围内现有的噪声源种类、数量及相应的噪声级

66. 环境噪声现状调查方法有（　　）。

A. 收集资料法　　　　　　　　B. 现场调查法

C. 遥感法　　　　　　　　　　D. 收集资料法和现场调查法相结合

67. 以下关于噪声级正确的是（　　）。

A. A声级一般用来评价噪声源，对特殊噪声源在测量A声级的同时还需要测量其频率特性

B. 等效连续A声级即将某一段时间内连续暴露的不同A声级变化，用能量平均的方法以A声级表示该段时间内的噪声大小

C. 计权等效连续感觉噪声级用于评价航空噪声

D. 对突发噪声往往需要测量最大A声级 L_{Amax} 及其持续时间，脉冲噪声应同时测量A声级和脉冲周期

68. 以下计算公式正确的是（　　）。

A. 等效连续A声级数学表达式为：$L_{eq} = 10\lg\left(\dfrac{1}{T}\displaystyle\int_0^T 10^{0.1L_A(t)}\,\mathrm{d}t\right)$

B. 计权等效连续感觉噪声级的计算公式为：
$WECPNL = EPNL + 10\lg(N_1 + 3N_2 + 10N_3) - 39.4$

C. 当 $pH_j \leqslant 7.0$，$S_{pH,j} = \dfrac{pH_j - 7.0}{pH_{su} - 7.0}$

D. 当 $pH_j > 7.0$，$S_{pH,j} = \dfrac{7.0 - pH_j}{7.0 - pH_{sd}}$

69. 环境噪声测量标准方法包括（　　）。

A.《城市区域环境噪声测量方法》（GB/T 14623—93）

B.《工业企业厂界噪声测量方法》（GB 12349—90）

C.《建筑施工场界噪声测量方法》（GB 12524—90）

D. 《铁路边界噪声限值及其测量方法》(GB 12525—90)

70. 噪声源噪声级数据包括（　　）。

A. 声压级

B. A声级、A声功率级

C. 倍频带声功率级

D. 有效感觉噪声级

71. 环境噪声现状测量量要求包括（　　）。

A. 高声级的突发性噪声测量量包括计权等效连续感觉噪声

B. 机场飞机噪声的测量量为最大A声级及噪声持续时间

C. 对较为特殊的噪声源应同时测量声级的频率特性和A声级

D. 脉冲噪声应同时测量A声级及脉冲周期

72. 环境噪声现状测量记录内容包括（　　）。

A. 测量仪器型号、级别，仪器使用过程的校准情况

B. 各测量点的编号、测量时段和对应的声级数据

C. 有关声源运行情况

D. 有关设备损耗情况

73. 环境噪声现状评价包括（　　）。

A. 噪声源现状评价

B. 声环境质量现状评价

C. 噪声源预测评价

D. 声环境预测评价

74. 环境噪声现状评价原则包括（　　）。

A. 噪声源现状评价：评价在评价范围内现有噪声源种类、数量及相应的噪声级、噪声特性、进行主要噪声源分析等

B. 环境噪声现状评价：评价在评价范围内的环境噪声现状、主要噪声源分析及受噪声影响的人口分布

C. 环境噪声现状评价结果应用表格和图示来表达

D. 需要绘制现状WECPNL的等声级线图

75. 对工矿企业环境噪声现状水平调查方法包括（　　）。

A. 现有车间，重点为处于85dB以上的噪声源分布及声级分析

B. 厂区内一般采用网格法布点测量

C. 厂界噪声水平测量点布置在厂界外1m处，间隔为50~100m

D. 生活居住区，可以用网格法，也可以针对敏感目标监测

76. 公路铁路环境噪声现状水平调查方法包括（　　）。

A. 调查评价范围内有关城镇、学校、医院、居民区或农村生活区在沿线分布和建筑情况以及相应的噪声标准

B. 敏感目标较多时，分路段测量环境噪声背景值

C. 存在现有噪声源时，应调查其分布状况和对周围敏感目标影响的范围和程度

D. 厂界噪声水平测量点布置在场界外 1m 处，间隔为 50～100m

77. 飞机场环境噪声现状水平调查方法是（　　）。

　　A. 机场周围环境调查，应调查评价范围内声环境功能区划、敏感目标和人口分布，噪声源种类、数量和相应的噪声级

　　B. 没有明显噪声源的，可以根据评价等级选择 3～6 个测点

　　C. 改扩建工程，分别选择 5～12 个测点进行飞机噪声监测

　　D. 每种机型测量的起降状态不得少于 3 次

78. 关于生态环境调查，下列说法正确的是（　　）。

　　A. 生态环境调查至少要进行两个阶段

　　B. 影响识别和评价因子筛选前要进行初次调查和现场踏勘

　　C. 环境影响评价中要进行详细勘测和调查

　　D. 环境影响评价后要再次进行勘测和调查

79. 生态环境现状调查内容包括（　　）。

　　A. 自然环境调查和生态系统调查

　　B. 区域资源和社会经济状况调查

　　C. 区域土地利用规划、发展规划、环境规划的调查

　　D. 区域生态环境历史变迁情况、主要生态环境问题及自然灾害等的调查

80. 生态环境的调查方法有（　　）。

　　A. 收集现有资料　　　　　　　　　B. 访问专家

　　C. 野外调查　　　　　　　　　　　D. 收集遥感资料

81. 植物的样方调查步骤包括（　　）。

　　A. 确定样地大小：一般草本的样地在 $1m^2$ 以上；灌木林样地在 $10m^2$ 以上；乔木林样地在 $100m^2$ 以上

　　B. 确定样地数目：用种与面积和关系曲线确定样地数目

　　C. 样地排列：系统排列或随机排列两种方式

　　D. 收集现有资料加以分析

82. 计算植被中物种重要值的步骤包括（　　）。

　　A. 相对密度计算　　　　　　　　　B. 相对优势度计算

　　C. 相对频度计算　　　　　　　　　D. 重要值计算

83. 水生生态调查内容包括（　　）。

　　A. 初级生产量　　　　　　　　　　B. 浮游生物

　　C. 底栖生物　　　　　　　　　　　D. 有时还有水生植物调查

84. 初级生产量的测定方法有（　　）。

　　A. 氧气测定法　　　　　　　　　　B. 二氧化碳测定法

　　C. 放射性标记物测定法　　　　　　D. 叶绿素测定法

85. 浮游生物调查指标包括 （   ）。
    A. 种类组成及分布
    B. 细胞总量
    C. 主要类群
    D. 鱼卵和仔鱼的数量及种类、分布

86. 底栖生物调查指标包括 （   ）。
    A. 总生物量和密度
    B. 种类及其生物量、密度
    C. 种类、组成、分布
    D. 群落与优势种

87. 潮间带生物调查指标包括 （   ）。
    A. 种类组成与分布
    B. 生物量
    C. 群落
    D. 底质

88. 鱼类调查指标包括 （   ）。
    A. 种类组成与分布
    B. 渔获密度、组成与分布
    C. 渔获生物量、组成与分布
    D. 经济鱼类和常见鱼类

89. 景观遥感数据的常见预处理方法包括 （   ）。
    A. 大气校正
    B. 植被成分
    C. 帽状转换
    D. 质地分析

90. 地理信息系统的数据结构种类包括 （   ）。
    A. 矢量结构
    B. 栅格结构
    C. 层次结构
    D. 并行结构

91. 地理信息系统常用功能包括 （   ）。
    A. 空间数据的录入
    B. 缓冲区分析
    C. 栅格图层的叠加
    D. 空间数据的更新显示

92. 陆地生态系统生产能力估测的主要方法有 （   ）。
    A. 地方已有成果应用法
    B. 遥感法
    C. 区域蒸散模式
    D. 参考权威著作提供的数据

93. 测定生产力的方法包括 （   ）。
    A. 皆伐实测法
    B. 平均木法
    C. 将研究地段的林木按其大小分级，在各级内再取平均木，再换成单位
       面积的干重
    D. 随机抽样法

94. 生态环境现状评价的一般要求包括 （   ）。
    A. 阐明生态系统的类型、基本结构和特点
    B. 阐明域内自然资源赋存和优势资源及其利用状况
    C. 阐明域内不同生态系统间的相关关系及连通情况，各生态因子间的相
       互关系

D. 明确主要的或敏感的保护目标

95. 有较大保护价值的野生生物包括（　　）。

A. 已经知道具有经济价值的物种

B. 有助于进行科学研究的物种

C. 有利于研究种群生态学的物种

D. 某些正在把自己从原来的生存范围内向其他类型栖息地延伸、扩展的物种

96. 栖息地评价的主要方法有（　　）。

A. 分类法　　　　　　　　　　　B. 相对生态评价图法

C. 生态价值评价图法　　　　　　D. 扩展的生态价值评价法

97. 栖息地评价分类法主要分为（　　）。

A. 第一类：野生生物物种的最主要的栖息地

B. 第二类：对野生生物有中等意义的栖息地

C. 第三类：对野生生物意义不大的栖息地

D. 第四类：对野生生物完全没有意义的栖息地

98. 生态完整性评价指标包括（　　）。

A. 植被连续性　　　　　　　　　B. 生态系统组成完整性

C. 生态系统空间结构完整性　　　D. 生物多样性

99. 下列属于法规确定的生态环境敏感保护目标的是（　　）。

A. 具有代表性的各种类型的自然生态系统区域

B. 珍稀、濒危的野生动植物自然分布区域

C. 具有重大科学文化价值的地质构造、著名溶洞和化石分布区、冰川、火山、温泉等自然遗迹

D. 学校、医院和居民区

100. 敏感保护目标识别指标包括（　　）。

A. 具有生态功能区和具有社会安全意义的保护目标

B. 生态脆弱区

C. 人类建立的各种具有生态环境保护意义的对象

D. 环境质量急剧退化或环境质量达不到环境功能区划要求的地域、水域

101. 我国空气质量功能区一般分为（　　）。

A. 一类区为自然保护区、风景游览区和其他需要保护的地区

B. 二类区为城镇规划中确定的居民区、商业交通居民区混住区、文化区、一般工业区和农村地区

C. 三类区为特定工业区

D. 四类区为高原、无人区

102. 区域环境承载力的主要研究对象是（　　　）。

A. 区域环境系统的微观结构、特征和功能

B. 区域地理地形、资源种类、人口密度

C. 区域商贸、文化外来人口的分布

D. 区域社会经济活动的方向、规模

二、参考答案

（一）单项选择题

1. D	2. B	3. B	4. D	5. D	6. C
7. A	8. C	9. B	10. B	11. C	12. A
13. C	14. B	15. C	16. D	17. C	18. B
19. C	20. D	21. A	22. B	23. C	24. C
25. B	26. D	27. A	28. B	29. B	30. C
31. A	32. D	33. B	34. C	35. C	36. B
37. A	38. B	39. D	40. A	41. D	42. D
43. A	44. D	45. D	46. A	47. D	48. D
49. D	50. C	51. C	52. A	53. D	54. A
55. A	56. C	57. A	58. D	59. D	60. D
61. D	62. B	63. B	64. D	65. C	66. D
67. D	68. B	69. B	70. B	71. A	72. B
73. C	74. D	75. C			

（二）多项选择题

1. ABD	2. ABCD	3. ABC	4. ABCD	5. ABCD	6. BD
7. AC	8. ABCD	9. AD	10. ABC	11. ABCD	12. AB
13. ABCD	14. BCD	15. ABD	16. ABCD	17. ABCD	18. ABCD
19. ACD	20. ABC	21. BCD	22. ABCD	23. CD	24. ABCD
25. AC	26. BCD	27. AD	28. BC	29. ABCD	30. ABC
31. ABC	32. CD	33. ABC	34. ABCD	35. ABCD	36. AD
37. ABD	38. AC	39. ABC	40. ACD	41. CD	42. ABCD
43. ABC	44. AB	45. ABCD	46. ABCD	47. BCD	48. ABCD
49. ABCD	50. ACD	51. ABC	52. AD	53. ABCD	54. BCD
55. ACD	56. ABCD	57. ABC	58. AC	59. ABC	60. BC
61. BC	62. AD	63. ABCD	64. ABC	65. BCD	66. ABD
67. ABCD	68. AB	69. ABCD	70. ABCD	71. CD	72. ABC

73. AB	74. ABC	75. ABCD	76. ABC	77. ABCD	78. ABC
79. ABCD	80. ABCD	81. ABC	82. ABCD	83. ABCD	84. ABCD
85. ABCD	86. ABCD	87. ABCD	88. ABCD	89. ABCD	90. ABC
91. ABCD	92. ACD	93. ABCD	94. ABCD	95. ABCD	96. ABCD
97. ABC	98. ABCD	99. ABC	100. ABCD	101. ABC	102. AD

三、习题解析

（一）单项选择题

4. 自然环境调查的基本内容包括：地理位置、地质、地形地貌、气候与气象、地表水环境、地下水环境、土壤与水土流失、动植物与生态。

5. A 项是按照污染源的几何形状划分；B 项是按照污染源的运动特征划分；C 项是按照污染源排放污染物的时间长短划分。

6. A 项是按照污染源排放污染物的时间长短划分；B 项是按照污染源的几何高度划分；D 项是按照污染源的运动特性划分。

7. 对于一、二级评价项目应调查分析 ABCD 四项，对于三级评价项目可只调查分析项目污染源。

29. 在海洋和陆地之间进行的，称为大循环；在海洋或陆地内部进行的，称为小循环。

30. 洪水季节或上游有电站的不恒定泄流或河道位于感潮段等，河道中水流处于非恒定流流态。

31. B 项为非恒定流计算公式；C 项和 D 项为河流断面流速计算公式。

32. 横向混合系数公式：$M_y = 0.6(1 \pm 0.5)hu^*$

纵向离散系数的 Fischer 公式：$D_L = \dfrac{0.011u^2B^2}{hu^*}$

37. 一般以年水量变化的频率为 10% 代表为多水年，50% 代表中水年，75%～95% 代表少水年。

38. 河口与一般河流最显著的区别是河口受到潮汐的影响。

39. 湾口开阔、水深，形状呈喇叭形的海湾属于开敞型海湾。

43. 凡对环境质量可以造成影响的物质和能量输入统称污染源。

46. 非点源调查基本上采用收集资料的方法，一般不进行实测。

52. B 项和 D 项，在不预测水温时，只在采样时间测水温；在预测水温时，要测日平均水温，一般可采用每隔 4～6h 测一次的方法求平均水温。C 项，在规定的不同规模河口、不同等级的调查时期，每期调查一次，每次调查两天，一次在小潮期，一次在大潮期。

54. B 项和 C 项为溶解氧的计算公式；D 项为 pH 值的计算公式。

57. B 项为平均值统计公式；C 项为单项质量指数公式；D 项为一般水质因子公式。

58. D 项为内梅罗法计算公式。

60. 计权等效连续感觉噪声级用于评价航空噪声。

63. 获得噪声源数据时，首先应该考虑类比测量法。

65. 确定样地大小时，一般草本的样地在 $1m^2$ 以上；灌木林样地在 $10m^2$ 以上；乔木林样地在 $100m^2$ 以上。

66. 重要值＝相对密度＋相对优势度＋相对频度

68. 遥感影像分为非监督分类和监督分类两种。

69. 样地调查收割法中确定样地面积时，森林选用 $1000m^2$；疏林及灌木林选用 $500m^2$；草本群落选用 $100m^2$。

（二）多项选择题

2. 同单项选择第 4 题。

6. 选项 A 属于线源，选项 C 属于面源。

7. 选项 BD 属于点源

12. 选项 C，对于评价范围内的在建和未建项目的污染源调查，可使用已批准的环境影响报告书中的资料；选项 D，对于分期实施的工程项目，可利用前期工程最近 5 年内的验收监测资料、年度例行监测资料或进行实测。

14. 只需要调查各主要污染源的正常排放量即可，对于毒性较大的物质需要调查非正常排放量。

15. 需调查矩形面源与正北方向逆时针的夹角。

19. 选项 B 正确的说法是收集近三年与项目有关的历史监测资料。

20. 日平均浓度和小时平均浓度属于短期浓度。

21. 一级评价项目应进行二期（冬季、夏季）监测。

32. C 项和 D 项的公式颠倒了。

36. 紊动混合是由风力和水力坡度作用产生的；对流混合是由湖水密度差异产生的。

37. $\alpha<10$，认为湖泊、水库为稳定分层型；$\alpha>10$，认为湖泊、水库为混合型。

38. 同单项选择第 37 题。

47. 地表水环境的污染物按照排放方式可以分为点源和面源。

58. 河口水质的取样，其上游应设置取样断面的数目与位置，应根据感潮段的实际情况决定；其下游取样断面的布设原则与河流相同。

71. 环境噪声测量量为等效连续 A 声级；高声级的突发性噪声测量量还应为最大 A 声级及噪声持续时间；机场飞机噪声的测量量为计权等效连续感觉

噪声。

79. 生态环境现状调查的内容包括：①自然环境调查；②生态系统调查；③区域资源和社会经济状况调查；④区域敏感保护目标调查；⑤区域土地利用规划、发展规划、环境规划的调查；⑥区域生态环境历史变迁情况、主要生态环境问题及自然灾害等的调查。

83. 水生生态调查内容包括：初级生产量、浮游生物、底栖生物、潮间带生物和鱼类资源等，有时还有水生植物调查等。

85. 浮游生物的调查指标包括：①种类组成及分布；②细胞总量；③生物量；④主要类群；⑤主要优势种及分布；⑥鱼卵和仔鱼的数量及种类、分布。

86. 底栖生物调查的指标包括：①总生物量和密度；②种类及其生物量、密度；③种类、组成、分布；④群落与优势种；⑤底质。

88. 鱼类调查的指标包括：①种类组成与分布；②渔获密度、组成与分布；③渔获生物量、组成与分布；④鱼类区系特征；⑤经济鱼类和常见鱼类；⑥特有鱼类；⑦保护鱼类。

89. 景观遥感数据的常见预处理方法有：大气校正、几何纠正、光谱比值、主成分、植被成分、帽状转换、条纹消除和质地分析等。

91. 地理信息系统的常用功能包括：①空间数据的录入；②空间数据的查询；③空间数据分析；④缓冲区分析；⑤叠加分析；⑥栅格图层的叠加；⑦空间数据的更新显示；⑧空间数据的打印输出；⑨空间数据局部删除、局部截取和分割。

94. 生态环境现状评价的一般要求为：

① 阐明生态系统的类型、基本结构和特点；

② 评价区内居优势的生态系统及其环境功能或生态功能规划；

③ 阐明域内自然资源赋存和优势资源及其利用状况；

④ 阐明域内不同生态系统间的相关关系及连通情况，各生态因子间的相互关系；

⑤ 明确区域生态系统主要约束条件以及所研究的生态系统的特殊性；

⑥ 明确主要的或敏感的保护目标。

95. 有较大保护价值的野生生物包括：

① 已经知道具有经济价值的物种；

② 对于研究人类和行为学有意义的物种；

③ 有助于进行科学研究的物种；

④ 能给人某种美的享受的物种；

⑤ 有利于研究种群生态学的物种；

⑥ 已经广泛研究并有文件规定属于保护对象的物种；

⑦ 某些正在把自己从原来的生存范围内向其他类型栖息地延伸、扩展的物种。

98. 生态完整性评价指标包括：植被连续性、生态系统组成完整性、生态系统空间结构完整性、生物多样性、生物量和生产力水平。

第四章　环境影响识别与评价因子的筛选

第一节　重点内容

一、环境影响识别的一般要求

1. 环境影响的基本概念

对于建设项目，环境影响就是指拟建项目与环境之间的相互作用，包括拟建项目的各项活动对环境各个要素的影响。在采取了减缓措施后，环境影响则为消除或者减缓环境影响之后的剩余影响。

环境影响评价的基本任务是根据拟建项目的特征和拟选厂址周围的环境状况预测环境变化。

2. 环境影响识别的基本内容

（1）定义

通过系统地检查拟建项目的各项"活动"与各环境要素之间的关系，识别可能的环境影响。包括环境影响因子、影响对象（环境因子）、环境影响程度和环境影响的方式。

（2）分类

按照拟建项目的"活动"对环境要素的作用属性，环境影响可以划分为有利影响、不利影响、直接影响、间接影响、短期影响、长期影响、可逆影响、不可逆影响等。

（3）任务

区分、筛选出显著的、可能影响项目决策和管理的、需要进一步评价的主要环境影响（或问题）。

（4）相关影响因素

环境影响的程度和显著性与拟建项目的"活动"特征、强度以及相关环境要素的承载能力有关。

（5）影响程度的划分（五级）

见表4-1。

拟建项目的"活动"按四个阶段划分：①建设前期；②建设期；③运行期；④服务期满后。

3. 环境影响识别技术的考虑因素

表 4-1　环境影响程度规划

级别	判　断　标　准
极端不利	外界压力引起某个环境因子无法替代、恢复和重建的损失,这种损失是永久的、不可逆的
非常不利	外界压力引起某个环境因子严重而长期的损害或损失,其代替、恢复和重建非常困难和昂贵,并需很长的时间
中度不利	外界压力引起某个环境因子的损害和破坏,其替代或恢复是可能的,但相当困难且可能要较高的代价,并需比较长的时间
轻度不利	外界压力引起某个环境因子的轻微损失或暂时性破坏,其再生、恢复与重建可以实现,但需要一定的时间
微弱不利	外界压力引起某个环境因子的暂时性破坏或受干扰,环境的破坏或干扰能较快地自动恢复或再生,或者其替代与重建比较容易实现

建设项目的环境影响识别,一般考虑以下方面:

(1) 项目的特性;

(2) 项目涉及的当地环境特性及环境保护要求 (如自然环境、社会环境、环境保护功能区划、环境保护规划等);

(3) 识别主要的环境敏感区和环境敏感目标;

(4) 从自然环境和社会环境两方面识别环境影响;

(5) 突出对重要的或社会关注的环境要素的识别。

4. 环境影响初步识别

考虑项目类型、规模、可能对环境敏感区的影响等,将其划分为三类,见表 4-2。

表 4-2　建设项目环境影响初步识别

级别	判　断　标　准
重大影响	(1)原料、产品或生产过程中涉及的污染物种类多、数量大或毒性大,难以在环境中降解的建设项目 (2)可能造成生态系统结构重大变化、重要生态功能改变或生物多样性明显减少的建设项目 (3)可能对脆弱生态系统产生较大影响或可能引发和加剧自然灾害的建设项目 (4)容易引起跨行政区环境影响纠纷的建设项目 (5)所有流域开发、开发区建设、城市新区建设和旧区改建等区域性开发活动或建设项目
轻度影响	(1)污染因素单一,而且污染物种类少、产生量小或毒性较低的建设项目 (2)对地形、地貌、水文、土壤、生物多样性等有一定的影响,但不改变生物系统结构和功能的建设项目 (3)基本不对环境敏感区造成影响的小型建设项目
影响很小	(1)基本不产生废水、废气、废渣、粉尘、恶臭、噪声、振动、热污染、放射性、电磁波等不利环境影响的建设项目 (2)基本不改变地形、地貌、水文、土壤、生物多样性等,不改变生物系统结构和功能的建设项目 (3)不对环境敏感区①造成影响的小型建设项目

① 环境敏感区:需特殊保护地区、生态敏感与脆弱区、社会关注区。

二、环境影响识别方法

1. 清单法

$$
\text{清单法} \begin{cases} \text{简单型清单} \\ \text{描述型清单} \begin{cases} \text{环境资源分类清单} \\ \text{问卷式清单} \end{cases} \\ \text{分级型清单} \end{cases}
$$

环境影响识别常用的是描述型清单。

2. 矩阵法

$$
\text{矩阵法} \begin{cases} \text{相关矩阵法} \\ \text{迭代矩阵法} \end{cases}
$$

环境影响识别中，一般采用相关矩阵法。

3. 其他识别方法

（1）叠图法，用于涉及地理空间较大的建设项目。

（2）影响网络法，可识别间接影响和累积影响。

三、环境影响评价因子的筛选方法

1. 大气环境影响评价因子的筛选方法

（1）筛选原则

① 根据污染物最大地面浓度占有率 P_i 及其地面浓度达标准限值 10％时所对应的最远距离 $D_{10\%}$ 确定主要污染因子。

② 考虑在评价区内已造成严重污染的污染物。

③ 列入国家主要污染物总量控制指标的污染物。

（2）最大地面浓度占有率 P_i（％）的计算

$$P_i = \frac{C_i}{C_{0i}} \times 100\%$$

式中　P_i——第 i 个污染物的最大地面浓度占标率，％；

　　　C_i——采用估算模式计算出的第 i 个污染物的最大地面浓度，mg/m^3；

　　　C_{0i}——第 i 个污染物的环境空气质量标准，mg/m^3。

C_{0i} 一般选用 GB 3095 中 1h 平均取样时间的二级标准的浓度限值；对于没有小时浓度限值的污染物，可取日平均浓度限值的三倍值；对该标准中未包含的污染物，可参照 TJ 36 中的居住区大气中有害物质的最高容许浓度的一次浓度限值。如已有地方标准，应选用地方标准中的相应值。对某些上述标准中都未包含的污染物，可参照国外有关标准选用，但应作出说明，报环保主管部门批准后执行。

2. 水环境影响评价因子的筛选方法

水质因子参见本书第三章"四、地表水环境现状调查与评价"。

筛选原则：根据对拟建物项目废水排放的特点和水质现状调查的结果，选择其中主要的污染物，对地表水环境危害较大以及国家和地方要求控制的污染物作为评价因子。

对于河流水体，可按下式计算结果的大小将水质参数排序后选取。

$$ISE = \frac{C_{pi}Q_{pi}}{(C_{si}-C_{hi})Q_{hi}}$$

式中　C_{pi}——水污染物 i 的排放浓度，mg/L；

　　　Q_{pi}——含水污染物 i 的废水排放量，m³/s；

　　　C_{si}——水质参数 i 的地表水水质标准，mg/L；

　　　C_{hi}——河流上游水质参数 i 的浓度，mg/L；

　　　Q_{hi}——河流上游来流的流量，m³/s。

第二节　习题与答案

一、练习题

（一）单项选择题

1. 拟建项目与环境之间的相互作用关系是（　　　）。

　　A. ［拟建项目］＋［环境］→｛变化的环境｝

　　B. ［拟建项目］＋［活动］→｛变化的环境｝

　　C. ［拟建项目］＋［环境］→｛活动｝

　　D. ［拟建项目］＋［要素］→｛变化的环境｝

2. 采取了减缓措施后，环境影响的表述为（　　　）。

　　A. ［拟建项目］＋［活动］→｛变化的环境｝

　　B. ［拟建项目］＋［环境］→｛变化的环境｝

　　C. （活动）$_i$（要素）$_j$→（预测和评价）→减缓措施→（剩余影响）$_{ji}$

　　D. （活动）$_i$（要素）$_j$→（影响）$_{ji}$→（预测和评价）→减缓措施→（剩余影响）$_{ji}$

3. 环境影响识别的任务是（　　　）。

　　A. 区分、筛选出显著的、可能影响项目决策和管理的、需要进一步评价的主要环境影响（或问题）

　　B. 预测不利的环境影响，采取各种减缓措施

　　C. 系统地检查各种"活动"与环境要素之间的关系

　　D. 根据拟建项目的特征和拟选厂址周围的环境状况预测环境变化

4. 如按 5 级划分不利环境影响，5 个等级分别是（　　　）。

　　A. 极端不利、非常不利、一般不利、轻度不利、微弱不利

　　B. 极端不利、非常不利、中度不利、轻度不利、微弱不利

　　C. 特别不利、非常不利、中度不利、轻度不利、微弱不利

　　D. 非常不利、极端不利、中度不利、轻度不利、微弱不利

5. 关于五级划分环境影响程度的指标，下列表述正确的是（   ）。

    A. 极端不利：外界压力引起某个环境因子严重而长期的损害或损失，其代替、恢复和重建非常困难和昂贵，并需很长的时间

    B. 非常不利：外界压力引起某个环境因子无法替代、恢复和重建的损失，这种损失是永久的、不可逆的

    C. 中度不利：外界压力引起某个环境因子的损害和破坏，其替代或恢复是可能的，但相当困难且可能要较高的代价，并需比较长的时间

    D. 轻度不利：外界压力引起某个环境因子的暂时性破坏或受干扰，环境的破坏或干扰能较快地自动恢复或再生，或者其替代与重建比较容易实现

6. 《建设项目环境保护分类管理名录》将环境影响划分为（   ）。

    A. 重大影响、轻度影响、影响很小三类

    B. 重大影响、轻度影响、轻微影响三类

    C. 重大影响、中度影响、影响很小三类

    D. 重大影响、中度影响、轻微影响三类

7. 下列表述错误的是（   ）。

    A. 对地形、地貌、水文、土壤、生物多样性等有一定的影响，但不改变生物系统结构和功能的建设项目划入"轻度影响"的项目

    B. 原料、产品或生产过程中涉及的污染物种类多、数量大或毒性大，难以在环境中降解的建设项目划入"重大影响"的项目

    C. 基本不产生废水、废气、废渣、粉尘、恶臭、噪声、振动、热污染、放射性、电磁波等不利环境影响的建设项目划入"轻度影响"的项目

    D. 基本不改变地形、地貌、水文、土壤、生物多样性等，不改变生物系统结构和功能的建设项目划入"影响很小"的项目

8. 最大地面浓度占有率 P_i 的计算公式正确的是（   ）。

    A. $P_i = \dfrac{Q_i}{C_{0i}} \times 10^{11}$ B. $P_i = \dfrac{C_i}{C_{0i}} \times 100\%$

    C. $P_i = \dfrac{Q_i}{Q_{0i}} \times 100\%$ D. $P_i = \dfrac{C_{0i}}{Q_i} \times 10^{9}$

（二）多项选择题

1. 下列选项正确的是（   ）。

    A. 对于建设项目：[拟建项目]＋[环境]→{变化的环境}

    B. 拟建项目和环境的相互关系为：

       [拟建项目]＝(活动)$_1$,(活动)$_2$,…,(活动)$_m$

       [环境]＝(要素)$_1$,(要素)$_2$,…,(要素)$_n$

       (活动)$_i$(要素)$_j$→(影响)$_{ji}$

    C. 采取了减缓措施后，环境影响表述为：

（活动）$_i$（要素）$_j$→（影响）$_{ji}$→减缓措施→（剩余影响）$_{ji}$

  D. 采取了减缓措施后，环境影响表述为：

（活动）$_i$（要素）$_j$→（影响）$_{ji}$→（预测和评价）→减缓措施→（剩余影响）$_{ji}$

2. 环境影响识别的内容包括（ ）。

  A. 环境影响因子   B. 影响对象（环境因子）

  C. 环境影响程度   D. 环境影响的方式

3. 按照拟建项目的"活动"对环境要素的作用属性，环境影响可以划分为（ ）。

  A. 有利影响、不利影响   B. 直接影响、间接影响

  C. 短期影响、长期影响   D. 可逆影响、不可逆影响

4. 环境影响的程度和显著性的相关因素包括（ ）。

  A. 拟建项目的"活动"特征   B. 拟建项目的"活动"强度

  C. 相关环境要素的承载能力   D. 各项环境要素指标本底值

5. 关于五级划分环境影响程度的指标，下列表述正确的是（ ）。

  A. 极端不利：外界压力引起某个环境因子无法替代、恢复和重建的损失，这种损失是永久的、不可逆的

  B. 非常不利：外界压力引起某个环境因子严重而长期的损害或损失，其代替、恢复和重建非常困难和昂贵，并需很长的时间

  C. 中度不利：外界压力引起某个环境因子的损害和破坏，其替代或恢复是可能的，但相当困难且可能要较高的代价，并需比较长的时间

  D. 轻度不利：外界压力引起某个环境因子的轻微损失或暂时性破坏，其再生、恢复与重建可以实现，但需要一定的时间

6. 拟建项目的"活动"的阶段划分包括（ ）。

  A. 建设前期   B. 建设期

  C. 运行期   D. 服务期满后

7. 建设项目的环境影响识别，一般考虑以下方面（ ）。

  A. 项目的特性

  B. 项目涉及的当地环境特性及环境保护要求

  C. 识别主要的环境敏感区和环境敏感目标

  D. 从自然环境和社会环境两方面识别环境影响

8. 建设项目的环境影响识别的主要任务（ ）。

  A. 识别出可能导致的主要环境影响（影响对象）

  B. 识别出主要环境影响因子（项目中造成主要环境影响者）

  C. 说明环境影响属性（性质），判断影响程度、影响范围和可能的时间跨度

  D. 采取一系列缓解措施

9. 《建设项目环境保护分类管理名录》将环境影响划分为（   ）。

    A. 重大影响   B. 轻度影响   C. 影响很小   D. 轻微影响

10. 划入"重大影响"的项目的特征包括（   ）。

    A. 原料、产品或生产过程中涉及的污染物种类多、数量大或毒性大，难以在环境中降解的建设项目

    B. 可能造成生态系统结构重大变化、重要生态功能改变或生物多样性明显减少的建设项目

    C. 可能对脆弱生态系统产生较大影响或可能引发和加剧自然灾害的建设项目

    D. 容易引起跨行政区环境影响纠纷的建设项目

11. 划入"轻度影响"的项目的特征有（   ）。

    A. 污染因素单一，而且污染物种类少、产生量小或毒性较低的建设项目

    B. 对地形、地貌、水文、土壤、生物多样性等有一定的影响，但不改变生物系统结构和功能的建设项目

    C. 基本不对环境敏感区造成影响的小型建设项目

    D. 所有流域开发、开发区建设、城市新区建设和旧区改建等区域性开发活动或建设项目

12. 划入"影响很小"的项目的特征有（   ）。

    A. 基本不产生废水、废气、废渣、粉尘、恶臭、噪声、振动、热污染、放射性、电磁波等不利环境影响的建设项目

    B. 基本不改变地形、地貌、水文、土壤、生物多样性等，不改变生物系统结构和功能的建设项目

    C. 基本不对环境敏感区造成影响的小型建设项目

    D. 不对环境敏感区造成影响的小型建设项目

13. 环境敏感区包括（   ）。

    A. 厂矿企业工作区   B. 生态敏感与脆弱区

    C. 社会关注区   D. 需特殊保护地区

14. 清单法分类包括（   ）。

    A. 简单型清单   B. 综合型清单

    C. 分级型清单   D. 描述型清单

15. 环境影响识别方法包括（   ）。

    A. 清单法   B. 矩阵法   C. 叠图法   D. 影响网络法

二、参考答案

（一）单项选择题

1. A   2. D   3. A   4. B   5. C   6. A

7. C   8. B

（二）多项选择题

1. ABD   2. ABCD   3. ABCD   4. ABC   5. ABCD   6. ABCD

7. ABCD   8. ABC   9. ABC   10. ABCD   11. ABC   12. ABD

13. BCD   14. ACD   15. ABCD

三、习题解析

（一）单项选择题

5. 极端不利：外界压力引起某个环境因子无法替代、恢复和重建的损失，这种损失是永久的、不可逆的。

非常不利：外界压力引起某个环境因子严重而长期的损害或损失，其代替、恢复和重建非常困难和昂贵，并需很长的时间。

中度不利：外界压力引起某个环境因子的损害和破坏，其替代或恢复是可能的，但相当困难且可能要较高的代价，并需比较长的时间。

轻度不利：外界压力引起某个环境因子的轻微损失或暂时性破坏，其再生、恢复与重建可以实现，但需要一定的时间。

微弱不利：外界压力引起某个环境因子的暂时性破坏或受干扰，环境的破坏或干扰能较快地自动恢复或再生，或者其替代与重建比较容易实现。

7. C 项属于影响很小的项目。

（二）多项选择题

5. 同单项选择第 5 题。

7. 建设项目的环境影响识别一般需要考虑：①项目的特征；②项目涉及的当地环境特性及环境保护要求；③识别主要的环境敏感区和环境敏感目标；④从自然环境和社会环境两方面识别环境影响；⑤突出对重要的或社会关注的环境要素的识别。

10. 重大影响项目包括：

（1）原料、产品或生产过程中涉及的污染物种类多、数量大或毒性大，难以在环境中降解的建设项目；

（2）可能造成生态系统结构重大变化、重要生态功能改变或生物多样性明显减少的建设项目；

（3）可能对脆弱生态系统产生较大影响或可能引发和加剧自然灾害的建设项目；

（4）容易引起跨行政区环境影响纠纷的建设项目；

（5）所有流域开发、开发区建设、城市新区建设和旧区改建等区域性开发活动或建设项目。

11. 轻度影响项目包括：

（1）污染因素单一，而且污染物种类少、产生量小或毒性较低的建设项目；

（2）对地形、地貌、水文、土壤、生物多样性等有一定的影响，但不改变生物系统结构和功能的建设项目；

（3）基本不对环境敏感区造成影响的小型建设项目。

12. 影响很小的项目包括：

（1）基本不产生废水、废气、废渣、粉尘、恶臭、噪声、振动、热污染、放射性、电磁波等不利环境影响的建设项目；

（2）基本不改变地形、地貌、水文、土壤、生物多样性等，不改变生物系统结构和功能的建设项目；

（3）不对环境敏感区造成影响的小型建设项目。

13. 环境敏感区包括：需特殊保护地区、生态敏感与脆弱区、社会关注区。

14. 清单分析法包括：简单型清单、描述型清单、分级型清单。

15. 环境影响识别方法包括：清单法、矩阵法、叠图法、影响网络法。

第五章　环境影响预测与评价

第一节　重点内容

一、大气环境影响预测与评价

1. 预测内容与步骤

大气环境影响预测用于判断项目建成后对评价范围大气环境影响的程度和范围。常用的大气环境影响预测方法是通过建立数学模型来模拟各种气象条件、地形条件下的污染物在大气中输送、扩散、转化和清除等物理、化学机制。

大气环境影响预测的步骤一般为：①确定预测因子；②确定预测范围；③确定计算点；④确定污染源计算清单；⑤确定气象条件；⑥确定地形数据；⑦确定预测内容和设定预测情景；⑧选择预测模式；⑨确定模式中的相关参数；⑩进行大气环境影响预测与评价。

2. 预测因子

预测因子应根据评价因子而定，选取有环境空气质量标准的评价因子作为预测因子。

3. 预测范围

预测范围应覆盖评价范围，同时还应考虑污染源的排放高度、评价范围的主导风向、地形和周围环境敏感区的位置等进行适当调整。

计算污染源对评价范围的影响时，一般取东西向为 X 坐标轴、南北向为 Y 坐标轴，项目位于预测范围的中心区域。

4. 计算点

计算点可分三类：环境空气敏感区、预测范围内的网格点以及区域最大地面浓度点。应选择所有的环境空气敏感区中的环境空气保护目标作为计算点。

预测网格点的分布应具有足够的分辨率以尽可能精确预测污染源对评价范围的最大影响，预测网格可以根据具体情况采用直角坐标网格或极坐标网格，并应覆盖整个评价范围。预测网格点设置方法见表 5-1。

表 5-1　预测网格点设置方法

预测网格方法		直角坐标网格	极坐标网格
布点原则		网格等间距或近密远疏法	径向等间距或距源中心近密远疏法
预测网格点	距离源中心≤1000m	50～100m	50～100m
网格距	距离源中心>1000m	100～500m	100～500m

区域最大地面浓度点的预测网格设置，应依据计算出的网格点浓度分布而定，在高浓度分布区，计算点间距应不大于 50m。对于临近污染源的高层住宅楼，应适当考虑不同代表高度上的预测受体。

5. 气象条件

计算小时平均浓度需采用长期气象条件，进行逐时或逐次计算。选择污染最严重的（针对所有计算点）小时气象条件和对各环境空气保护目标影响最大的若干个小时气象条件（可视对各环境空气敏感区的影响程度而定）作为典型小时气象条件。

计算日平均浓度需采用长期气象条件，进行逐日平均计算。选择污染最严重的（针对所有计算点）日气象条件和对各环境空气保护目标影响最大的若干个日气象条件（可视对各环境空气敏感区的影响程度而定）作为典型日气象条件。

6. 地形数据

在非平坦的评价范围内，地形的起伏对污染物的传输、扩散会有一定的影响。对于复杂地形下的污染物扩散模拟需要输入地形数据。

地形数据的来源应予以说明，地形数据的精度应结合评价范围及预测网格点的设置进行合理选择。

7. 确定预测内容和设定预测情景

大气环境影响预测内容依据评价工作等级和项目的特点而定。一级评价项目预测内容一般包括：

① 全年逐时或逐次小时气象条件下，环境空气保护目标、网格点处的地面浓度和评价范围内的最大地面小时浓度；

② 全年逐日气象条件下，环境空气保护目标、网格点处的地面浓度和评价范围内的最大地面日平均浓度；

③ 长期气象条件下，环境空气保护目标、网格点处的地面浓度和评价范围内的最大地面年平均浓度；

④ 非正常排放情况，全年逐时或逐次小时气象条件下，环境空气保护目标的最大地面小时浓度和评价范围内的最大地面小时浓度；

⑤ 对于施工期超过一年的项目，并且施工期排放的污染物影响较大，还应预测施工期间的大气环境质量。

二级评价项目预测内容为上述①～④项内容。三级评价项目可不进行上述预测。

根据预测内容设定预测情景，一般考虑五个方面的内容：污染源类别、排放方案、预测因子、气象条件、计算点。

污染源类别分新增加污染源、削减污染源和被取代污染源及其他在建、拟建项目相关污染源。新增污染源分正常排放和非正常排放两种情况。

排放方案分工程设计或可行性研究报告中现有排放方案和环评报告所提出的

推荐排放方案，排放方案内容根据项目选址、污染源的排放方式以及污染控制措施等进行选择。

常规预测情景组合见表 5-2。

表 5-2　常规预测情景组合

序号	污染源类别	排放方案	预测因子	计算点	常规预测内容
1	新增污染源（正常排放）	现有方案/推荐方案	所有预测因子	环境空气保护目标 网格点 区域最大地面浓度点	小时浓度 日平均浓度 年均浓度
2	新增污染源（非正常排放）	现有方案/推荐方案	主要预测因子	环境空气保护目标 区域最大地面浓度点	小时浓度
3	削减污染源（若有）	现有方案/推荐方案	主要预测因子	环境空气保护目标	日平均浓度 年均浓度
4	被取代污染源（若有）	现有方案/推荐方案	主要预测因子	环境空气保护目标	日平均浓度 年均浓度
5	其他在建、拟建项目相关污染源（若有）		主要预测因子	环境空气保护目标	日平均浓度 年均浓度

8. 预测模式

（1）估算模式

估算模式是一种单源预测模式，可计算点源、面源和体源等污染源的最大地面浓度，以及建筑物下洗和熏烟等特殊条件下的最大地面浓度，估算模式中嵌入了多种预设的气象组合条件，包括一些最不利的气象条件，此类气象条件在某个地区有可能发生，也有可能不发生。经估算模式计算出的最大地面浓度大于进一步预测模式的计算结果。对于小于 1 小时的短期非正常排放，可采用估算模式进行预测。

（2）进一步预测模式

① AERMOD 模式系统

AERMOD 是一个稳态烟羽扩散模式，可基于大气边界层数据特征模拟点源、面源、体源等排放出的污染物在短期（小时平均、日平均）、长期（年平均）的浓度分布，适用于农村或城市地区、简单或复杂地形。AERMOD 考虑了建筑物尾流的影响，即烟羽下洗。

模式使用每小时连续预处理气象数据模拟大于等于 1 小时平均时间的浓度分布。AERMOD 包括两个预处理模式，即 AERMET 气象预处理和 AERMAP 地形预处理模式。

AERMOD 适用于评价范围小于等于 50km 的一级、二级评价项目。

② ADMS 模式系统

ADMS 可模拟点源、面源、线源和体源等排放出的污染物在短期（小时平均、日平均）、长期（年平均）的浓度分布，还包括一个街道窄谷模型，适用于农村或城市地区、简单或复杂地形。模式考虑了建筑物下洗、湿沉降、重力沉降和干沉降以及化学反应等功能。化学反应模块包括计算一氧化氮，二氧化氮和臭氧等之间的反应。ADMS 有气象预处理程序，可以用地面的常规观测资料、地表状况以及太阳辐射等参数模拟基本气象参数的廓线值。在简单地形条件下，使用该模型模拟计算时，可以不调查探空观测资料。

ADMS-EIA 版适用于评价范围小于等于 50km 的一级、二级评价项目。

③ CALPUFF 模式系统

CALPUFF 是一个烟团扩散模型系统，可模拟三维流场随时间和空间发生变化时污染物的输送、转化和清除过程。CALPUFF 适用于从 50 公里到几百公里范围内的模拟尺度，包括了近距离模拟的计算功能，如建筑物下洗、烟羽抬升、排气筒雨帽效应、部分烟羽穿透、次层网格尺度的地形和海陆的相互影响、地形的影响；还包括长距离模拟的计算功能，如干、湿沉降的污染物清除、化学转化、垂直风切变效应、跨越水面的传输、熏烟效应以及颗粒物浓度对能见度的影响。适合于特殊情况，如稳定状态下的持续静风、风向逆转、在传输和扩散过程中气象场时空发生变化下的模拟。

CALPUFF 适用于评价范围大于等于 50km 的一级评价项目，以及复杂风场下的一级、二级评价项目。

9. 模式中的相关参数

在进行大气环境影响预测时，应对预测模式中的有关参数进行说明。

（1）化学转化

在计算 1h 平均浓度时，可不考虑 SO_2 的转化；在计算日平均或更长时间平均浓度时，应考虑化学转化。SO_2 转化可取半衰期为 4h。

对于一般的燃烧设备，在计算小时或日平均浓度时，可以假定 $NO_2/NO_x = 0.9$；在计算年平均浓度时，可以假定 $NO_2/NO_x = 0.75$。

在计算机动车排放 NO_2 和 NO_x 比例时，应根据不同车型的实际情况而定。

（2）重力沉降

在计算颗粒物浓度时，应考虑重力沉降的影响。

10. 大气环境影响预测分析与评价

① 对环境空气敏感区的环境影响分析，应考虑其预测值和同点位处的现状背景值的最大值的叠加影响；对最大地面浓度点的环境影响分析可考虑预测值和所有现状背景值的平均值的叠加影响。

② 叠加现状背景值，分析项目建成后最终的区域环境质量状况，即：新增污染源预测值＋现状监测值－削减污染源计算值（如果有）－被取代污染源计算值（如果有）＝项目建成后最终的环境影响。若评价范围内还有其他在建项目、已批复环境影响评价文件的拟建项目，也应考虑其建成后对评价范围的共同影响。

③ 分析典型小时气象条件下，项目对环境空气敏感区和评价范围的最大环境影响，分析是否超标、超标程度、超标位置，分析小时浓度超标概率和最大持续发生时间，并绘制评价范围内出现区域小时平均浓度最大值时所对应的浓度等值线分布图。

④ 分析典型日气象条件下，项目对环境空气敏感区和评价范围的最大环境影响，分析是否超标、超标程度、超标位置，分析日平均浓度超标概率和最大持续发生时间，并绘制评价范围内出现区域日平均浓度最大值时所对应的浓度等值线分布图。

⑤ 分析长期气象条件下，项目对环境空气敏感区和评价范围的环境影响，分析是否超标、超标程度、超标范围及位置，并绘制预测范围内的浓度等值线分布图。

⑥ 分析评价不同排放方案对环境的影响，即从项目的选址、污染源的排放强度与排放方式、污染控制措施等方面评价排放方案的优劣，并针对存在的问题（如果有）提出解决方案。

⑦ 对解决方案进行进一步预测和评价，并给出最终的推荐方案。

11. 大气环境防护距离

采用推荐模式中的大气环境防护距离模式计算各无组织源的大气环境防护距离。计算出的距离是以污染源中心点为起点的控制距离，并结合厂区平面布置图，确定控制距离范围，超出厂界以外的范围，即为项目大气环境防护区域。

当无组织源排放多种污染物时，应分别计算，并按计算结果的最大值确定其大气环境防护距离。对于属于同一生产单元（生产区、车间或工段）的无组织排放源，应合并作为单一面源计算并确定其大气环境防护距离。

在大气环境防护距离内不应有长期居住的人群。

二、地表水环境影响预测与评价

1. 水体污染物的迁移转化

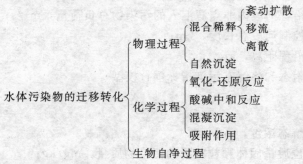

2. 水环境影响预测方法

（1）分类

预测方法分类：数学模式法、物理模型法、类比分析法和专业判断法。

（2）水质预测因子的筛选

水质因子的确定要既能说明问题又不宜过多，应少于水环境现状调查的水质因子数目。具体筛选方法可参考第三章"三、环境影响评价因子的筛选方法"。

（3）预测条件

① 受纳水体的水质状况。

② 拟预测的排污状况。

③ 预测的设计水文条件。

④ 水质模型参数和边界条件。

3. 河流水环境影响预测方法

（1）河流稀释混合模式

① 点源

$$c=\frac{c_p Q_p + c_h Q_h}{Q_p + Q_h}$$

式中　c——完全混合的水质浓度，mg/L；

Q_p——上游来水设计水量，m^3/s；

c_p——设计水质浓度，mg/L；

Q_h——污水设计流量，m^3/s；

c_h——设计排放浓度，mg/L。

② 非点源

$$c=\frac{c_p Q_p + c_h Q_h}{Q}+\frac{W_s}{86.4Q}$$

$$Q=Q_p+Q_h+\frac{Q_s}{x_s}x$$

式中　W_s——沿程河段内非点源汇入的污染物总负荷量，kg/d；

Q——下游 x 距离处河段流量，m^3/s；

Q_s——沿程河段内非点源汇入的污染物总负荷量，m^3/s；

x_s——控制河段总长度，km；

x——沿程距离，km。

③ 考虑吸附态和溶解态污染指标耦合模型

$$K_p=\frac{X}{c}$$

式中　c——溶解态浓度，mg/L；

X——单位质量固体颗粒吸附的污染物质量，mg/kg；

K_p——分配系数，L/mg。

对于有毒有害污染物：$c=\dfrac{c_T}{1+K_p S \times 10^{-6}}$

式中　c_T——总浓度，mg/L；

　　S——悬浮固体浓度，mg/L。

（2）河流的一维稳态水质模式

$$\frac{\partial(Ac)}{\partial T}+\frac{\partial(Qc)}{\partial x}=\frac{\partial}{\partial x}\left(D_L A\frac{\partial c}{\partial x}\right)+A(S_L+S_B)+AS_K$$

式中　A——河流横断面面积；

　　c——水质组分浓度；

　　Q——河流流量；

　　D_L——综合的纵向离散系数；

　　S_L——直接的点源或非点源强度；

　　S_B——上游区域进入的源强；

　　S_K——动力学转化率。

若稳态，忽略纵向离散，一阶动力学反应速率 K，河流无侧旁入流，河流横断面面积为常数，上游来流量 Q_u，上游来流水质浓度 c_u，污水排放流量 Q_e，污染物排放浓度 c_e，则上述微分方程的解为：

$$c=c_0\exp[-Kx/(86400u)]$$
$$c_0=(c_u Q_u+c_e Q_e)/(Q_u+Q_e)$$

式中　K——一阶动力反应速率，d^{-1}；

　　u——河流流速，m/s；

　　x——沿河流方向距离，m；

　　c——位于污染源下游 x 处的水质浓度，mg/L。

（3）Streeter-Phelps 模式

假设条件：①河流为一维恒定流，污染物在河流横断面上完全混合；②氧化和复氧都是一级反应，反应速率常数是定常的，氧亏的净变化仅是水中有机物耗氧和通过液-气界面的大气复氧的函数。

$$\begin{cases} c=c_0\exp\left(-\frac{K_1 x}{86400u}\right) \\ D=\frac{K_1 c_0}{K_2-K_1}\left[\exp\left(-\frac{K_1 x}{86400u}\right)-\exp\left(-\frac{K_2 x}{86400u}\right)\right]+D_0\exp\left(-\frac{K_2 x}{86400u}\right) \end{cases}$$

$$D=DO_f-DO$$
$$c_0=(c_p Q_p+c_h Q_h)/(Q_p+Q_h)$$
$$D_0=(D_p Q_p+D_h Q_h)/(Q_p+Q_h)$$

式中　D——亏氧量，mg/L；

　　D_0——计算初始断面亏氧量，mg/L；

　　D_p——上游来水中溶解氧亏值，mg/L；

　　D_h——污水中溶解氧亏值，mg/L；

u——河流断面平均流速，m/s；

x——沿程距离，m；

c——沿程浓度，mg/L；

DO——溶解氧浓度，mg/L；

DO_f——饱和溶解氧浓度，mg/L；

K_1——耗氧系数，d^{-1}；

K_2——复氧系数，d^{-1}。

（4）河流二维稳态水质模式

① 二维稳态水质方程

顺直均匀河流：$u\dfrac{\partial c}{\partial x}=M_x\dfrac{\partial^2 c}{\partial x^2}+M_y\dfrac{\partial^2 c}{\partial y^2}+S_K$

用累积流量坐标表示的二维水质方程：$\dfrac{\partial c}{\partial x}=M_c\dfrac{\partial^2 c}{\partial q_c^2}-Kc\sqrt{u}$

② 连续点源的河流二维水质模式

在岸边排放，忽视对岸反射作用：

$$c(x,q_c)=\frac{M}{(\pi M_c x)^{1/2}}\exp\left(-\frac{Kx}{u}\right)\exp\left(-\frac{q_c^2}{4M_c x}\right)$$

岸边浓度：$\qquad c(x,0)=\dfrac{M}{(\pi M_c x)^{\frac{1}{2}}}\exp\left(-\dfrac{Kx}{u}\right)$

离岸排放，忽视远岸反射作用：

$$c(x,q_c)=\frac{M}{(4\pi M_c x)^{1/2}}\exp\left(-\frac{Kx}{u}\right)\cdot\left\{\exp\left[-\frac{(q_c-q_{cs})^2}{4M_c x}\right]+\exp\left[-\frac{(q_c+q_{cs})^2}{4M_c x}\right]\right\}$$

（5）常规污染物瞬时点源排放水质预测模式

① 瞬时点源的河流一维水质模式

$$\frac{\partial c}{\partial t}+u\frac{\partial c}{\partial x}=D_L\frac{\partial^2 c}{\partial x^2}-Kc$$

在距离瞬时点源下游 x 处的污染物浓度峰值为：

$$c_{\max}(x)=\frac{M}{2A_c(\pi D_L t)^{\frac{1}{2}}}\exp\left(-\frac{Kx}{u}\right)$$

② 瞬时点源的河流二维水质模式

$$\frac{\partial c}{\partial t}+u\frac{\partial c}{\partial x}=M_x\frac{\partial^2 c}{\partial x^2}+M_y\frac{\partial^2 c}{\partial y^2}-Kc$$

忽视河岸反射作用：

$$c(x,y,t)=\frac{M}{(4\pi t)(M_x M_y)^{\frac{1}{2}}}\exp\left(-\frac{Kx}{u}\right)\exp\left[-\frac{(x-ut)^2}{4M_x t}\right]$$

$$\left[\exp\left(-\frac{(y+y_0)^2}{4M_y t}\right)+\exp\left(-\frac{(y-y_0)^2}{4M_y t}\right)\right]$$

（6）有毒有害污染物瞬时点源排放预测模式

河流水体中溶解态的浓度分布：

$$c(x,t)=\frac{M_D}{2A_c(\pi D_L t)^{\frac{1}{2}}}\exp\left[\frac{-(x-ut)^2}{4D_L t}-K_e t\right]+$$

$$\frac{K_V'}{K_V'+\sum K_i}\times\frac{P}{K_H}[1-\exp(-K_e t)]$$

$$K_e=\frac{K_V'+\sum K_i}{1+K_P S}$$

$$M_D=\frac{M}{1+K_P S}$$

$$K_V'=K_V/D$$

式中　c——溶解态浓度；

M——泄漏的化学品总量；

K_V——挥发速率；

D——水深；

$\sum K_i$——一级动力学转化速率；

P——水面上大气中有毒污染物的分压；

K_H——亨利常数；

K_P——分配系数；

S——悬浮颗粒物浓度。

（7）河流水质模型选择

见表 5-3。

表 5-3　河流水质模型选择

污染物特征	河　段	适用的水质模型
持久性污染物（连续排放）	完全混合河段	河流完全混合模式
	横向混合过程段	河流二维稳态混合模式 河流二维稳态累积流量模式
	沉降作用明显的河段	河流一维稳态模式，沉降作用近似为 $\frac{dc}{dt}=-K_3 c$
非持久性污染物（连续排放）	完全混合河段	河流一维稳态模式，一级动力学方程 $\frac{dc}{dt}=-K_1 c$
	横向混合过程段	河流二维稳态混合衰减模式 河流二维稳态累积流量衰减模式
	沉降作用明显的河段	河流一维稳态模式，考虑沉降作用的反应方程式近似为 $\frac{dc}{dt}=-(K_1+K_3)c(K_1,K_3$ 分别为降解速率和沉降速率$)$
溶解氧		河流一维 DO-BOD 耦分模式
瞬时源	中、小河流	河流一维准稳态模式
	大型河流	河流二维准稳态模式

4. 河流水质模型参数的确定方法

河流水质模型参数的确定方法有：公式计算和经验估值、室内模拟实验测定、现场实测、水质数学模型测定。

(1) 耗氧系数 K_1 的单独估值方法

① 实验室测定法

$$K_1 = K_1' + (0.11 + 54I)u/H$$

② 两点法

$$K_1 = \frac{86400u}{\Delta x} \ln \frac{C_A}{C_B}$$

③ 多点法

$$K_1 = \frac{86400u\left(m\sum_{i=1}^{m} x_i \ln c_i - \sum_{i=1}^{m} \ln c_i \sum_{i=1}^{m} x_i\right)}{\left(\sum_{i=1}^{m} x_i\right)^2 - m\sum_{i=1}^{m} x_i^2}$$

④ Kol 法

$$K_1 = \frac{86400}{\Delta x} \ln \frac{\exp(-K_2 \Delta x/u)(DO_2 - DO_1) - DO_3 + DO_2}{\exp(-K_2 \Delta x/u)(DO_3 - DO_2) - DO_4 + DO_3}$$

(2) 复氧系数 K_2 的单独估值方法——经验公式法

① 欧康那-道宾斯公式

$$K_{2(20℃)} = 294 \frac{(D_m u)^{\frac{1}{2}}}{H^{3/2}}, C_z \geqslant 17$$

$$K_{2(20℃)} = 824 \frac{D_m^{0.5} I^{0.25}}{H^{1.25}}, C_z < 17$$

$$C_z = \frac{1}{n} H^{\frac{1}{6}}$$

$$D_m = 1.774 \times 10^{-4} \times 1.037^{(T-20)}$$

② 欧文斯等人经验式

$$K_{2(20℃)} = 5.34 \frac{u^{0.67}}{H^{1.85}} (0.1m \leqslant H \leqslant 0.6m, u \leqslant 1.5m/s)$$

③ 丘吉尔经验式

$$K_{2(20℃)} = 5.03 \frac{u^{0.696}}{H^{1.673}} (0.6m \leqslant H \leqslant 8m, 0.6m/s \leqslant u \leqslant 1.8m/s)$$

(3) K_1、K_2 的温度校正

$$K_{1或2(T)} = K_{1或2(20℃)} \theta^{(T-20)}$$

温度常数 θ 取值范围：

对 K_1，$\theta = 1.02 \sim 1.06$，一般取 1.047；

对 K_2，$\theta = 1.015 \sim 1.047$，一般取 1.024。

（4）混合系数的经验公式单独估算法

① 泰勒法求横向混合系数

$$M_y = (0.058H + 0.0065B)(gHI)^{\frac{1}{2}}$$

② 费舍尔法求纵向离散系数

$$D_L = 0.011u^2B^2/hu^*$$

（5）混合系数的示踪试验测定法

示踪物质要求：

① 在水体中不沉降、不降解，不产生化学反应；

② 测定简单准确；

③ 经济；

④ 对环境无害。

示踪物质投放方式有瞬时投放、有限时段投放和连续恒定投放三种。

（6）多参数优化法所需数据

① 各测点的位置，各排放口的位置，河流分段的断面位置。

② 水文方面：u，Q_h，H，B，I，u_{max}。

③ 水质方面：拟预测水质参数在各测点的浓度以及数学模式中所涉及的参数。

④ 各测点的取样时间。

⑤ 各排放口的排放量、排放浓度。

⑥ 支流的流量及其水质。

（7）沉降系数 K_3 和综合削减系数 K 的估值方法

① 利用两点法确定 $K_1 + K_3$ 或 K。

② 利用多点法确定 $K_1 + K_3$ 或 K。

③ 利用多参数优化法确定 K_3、K。

（8）水质模型的标定与检验

标定方法有：平均值比较、回归分析和相对误差。

水质模型的检验中要求考虑水质参数的灵敏度分析。

灵敏度分析：给予对水质计算结果较敏感的系数值一个微小扰动，对相应于各组次实测水质的污染负荷、流量、水温条件进行水质计算，比较计算值和实测值。

5. 湖泊、水库水环境影响预测方法

（1）湖泊、水库水质箱模式

$$V\frac{dc}{dt} = Qc_E - Qc + S_c + \gamma(c)V$$

式中　V——湖泊中水的体积，m^3，

　　　　Q——平衡时流入与流出湖泊的流量，m^3/a；

c_E——流入湖泊的水量中水质组分浓度，g/m^3；

c——湖泊中水质组分浓度，g/m^3；

S_c——如非点源一类的外部源或汇，m^3；

$\gamma(c)$——水质组分在湖泊中的反应速率。

（2）湖泊、水库富营养化预测模型（磷负荷模型）

① Vollenweider 负荷模型

$$[P] = \frac{L_P}{q(1 + \sqrt{T_R})}$$

式中　$[P]$——磷的年平均浓度，mg/m^3；

L_P——年总磷负荷/水面面积，mg/m^2；

q——年入流水量/水面面积，m^3/m^2；

T_R——容积/年出流水量，m^3/m^3。

② Dillon 负荷模型

$$[P] = \frac{L_P T_R (1 - \varphi)}{\bar{\partial}}$$

$$\varphi = 1 - \frac{q_0 [P]_0}{\sum\limits_{i=1}^{N} q_i [P]_i}$$

式中　$[P]$——春季对流时期磷平均浓度，mg/L；

φ——磷滞留系数；

$\bar{\partial}$——平均深度，m；

q_0——湖泊出流水量，m^3/a；

$[P]_0$——出流磷浓度，mg/L；

N——入流源数目；

q_i——由源 i 的入湖水量，m^3/a；

$[P]_i$——入流 i 的磷浓度，mg/L。

6. 河口、海湾水环境影响预测方法

（1）潮汐河流一维水质预测模式

① 一维的潮汐河流水质方程

$$\frac{\partial (Ac)}{\partial t} = -\frac{\partial (Qc)}{\partial x} + \frac{\partial}{\partial x}\left(E_x A \frac{\partial c}{\partial x}\right) + A(S_L + S_B) + AS_K$$

② 一维潮汐平均的水质方程

$$\frac{\partial (\overline{Ac})}{\partial t} = -\frac{\partial (\overline{AU_f c})}{\partial x} + \frac{\partial}{\partial x}\left(\overline{AE_x}\frac{\partial \bar{c}}{\partial x}\right) + \overline{A}(\overline{S_L} + \overline{S_B}) + \overline{AS_K}$$

（2）潮汐河口二维水质预测模式

$$\frac{\partial c}{\partial t} = -u\frac{\partial c}{\partial x} - v\frac{\partial c}{\partial y} + \frac{\partial}{\partial x}\left(M_x\frac{\partial c}{\partial x}\right) + \frac{\partial}{\partial y}\left(M_y\frac{\partial c}{\partial y}\right) + S_L + S_B + S_K$$

（3）海湾二维水质预测模式

① 海湾潮流模式

$$\frac{\partial z}{\partial t} + \frac{\partial}{\partial x}\big[(h+z)u\big] + \frac{\partial}{\partial y}\big[(h+z)v\big] = 0$$

$$\frac{\partial u}{\partial t} + u\frac{\partial u}{\partial x} + v\frac{\partial u}{\partial y} - fv + g\frac{\partial z}{\partial x} + g\frac{u(u^2+v^2)^{\frac{1}{2}}}{C_z^2(h+z)} = 0$$

$$\frac{\partial v}{\partial t} + u\frac{\partial v}{\partial x} + v\frac{\partial v}{\partial y} - fv + g\frac{\partial z}{\partial y} + g\frac{v(u^2+v^2)^{\frac{1}{2}}}{C_z^2(h+z)} = 0$$

② 海湾二维水质模式

$$\frac{\partial\big[(h+z)c\big]}{\partial t} + \frac{\partial\big[(h+z)uc\big]}{\partial x} + \frac{\partial\big[(h+z)uc\big]}{\partial y} =$$

$$\frac{\partial}{\partial x}\left[(h+z)M_x\frac{\partial c}{\partial x}\right] + \frac{\partial}{\partial y}\left[(h+z)M_y\frac{\partial c}{\partial y}\right] + S_P$$

三、地下水环境影响评价与防护

1. 污染物进入饱气带、含水层的途径及其在含水层中的运移特征

（1）地下水的污染途径

污染物进入饱气带、含水层的途径有以下四种。

① 间歇入渗型　指雨水或灌溉水等使污染物随水通过非饱水带，间断地渗入含水层。如淋滤固体废物堆引起的地下水污染。

② 连续入渗型　由污水聚集地（如污水渠、污水池、污水渗井等）和受污染的地表水体，连续向含水层渗透而造成的地下水污染。

③ 越流型　污染物通过越流方式从已受污染的含水层转移到未受污染的含水层，如通过破损的井管污染潜水和承压水。

④ 径流型　污染物通过地下径流进入含水层，污染潜水或承压水，如污染物经地下岩溶通道进入含水层。

（2）污染物在含水层中的运移特征

污染物在含水层中的运移机制主要有：对流和弥散、机械过滤、吸附和解吸、化学反应、溶解与沉淀、降解与转化、放射性衰变七种。

2. 防止污染物进入地下水含水层的主要措施

防止污染物进入地下水含水层的主要措施是消除地下水污染源和切除污染物渗入地下含水层的途径。具体如下：

（1）改进工艺，减少污染物排放量，严格污染物排放标准；

（2）妥善处置工业废渣和生活垃圾，酸性矿井水、高矿化度矿井水经处理后

方可外排；

（3）禁止用渗坑、渗井方式排放废水，严格控制污水灌溉水质；

（4）兴建地下工程设施或进行地下勘探及采矿时，应采取防护措施，防止地下水污染；

（5）开采地下水时，应防止已被污染的潜水渗入地下水，并防止水质差异很大的各层地下水相互渗透；

（6）人工回灌补给地下水时，不得恶化地下水质；

（7）建立地下水动态监测网，及时发现水量、水质变化，找出影响因素，为地下水污染预测提供依据。

四、声环境影响预测与评价

1. 声环境影响评价基础

（1）声音三要素

声源、介质、接收器。

（2）噪声级的相加

① 公式法

对数换算：$P_1 = P_0 10^{L_1/20}$，$P_2 = P_0 10^{L_2/20}$

能量加和：$(P_{1+2})^2 = P_0^2 (10^{L_1/10} + 10^{L_2/10})$

合成声压级：$L_{总} = 10 \lg \left(\sum_{i=1}^{n} 10^{\frac{L_i}{10}} \right)$

② 查表法

（3）噪声级的相减

$$L_1 = 10 \lg (10^{0.1 L_{合}} - 10^{0.1 L_2})$$

2. 噪声衰减

（1）点声源随传播距离增加引起的衰减

$$\Delta L = 10 \lg \frac{1}{4\pi r^2}$$

式中　ΔL——距离增加产生衰减值，dB；

　　　r——点声源至受声点的距离，m。

① 无指向性点源几何发散衰减的基本公式

$$L(r) = L(r_0) - 20 \lg (r/r_0)$$

式中　$L(r)$，$L(r_0)$——r，r_0 处的声级。

② 具有指向性声源几何发散衰减的计算式

$$L(r) = L(r_0) - 20 \lg (r/r_0)$$

$$L_A(r) = L_A(r_0) - 20 \lg (r/r_0)$$

（2）线声源随传播距离增加引起的衰减

$$\Delta L = 10 \lg \frac{1}{2\pi r l}$$

式中　ΔL——距离增加产生衰减值，dB；

　　　　r——线声源至受声点的距离，m；

　　　　l——线声源的长度，m。

① 无限长线声源

$$L(r)=L(r_0)-10\lg(r/r_0)$$

② 有限长线声源

$$L_P(r)=L_W+10\lg\left[\frac{1}{r}\arctan\left(\frac{l_0}{2r}\right)\right]-8$$

或　　　　$$L_P(r)=L_P(r_0)+10\lg\left[\frac{\frac{1}{r}\arctan\left(\frac{l_0}{2r}\right)}{\frac{1}{r_0}\arctan\left(\frac{l_0}{2r_0}\right)}\right]$$

（3）噪声从室内向室外传播的声级差计算

$$NR=L_1-L_2=TL+6$$

$$L_1=L_{W1}+10\lg\left(\frac{Q}{4\pi r^2}+\frac{4}{R}\right)$$

式中　TL——隔墙（或窗户）的传输损失；

　L_1,L_2——靠近开口（或窗户）处室内和室外的声级；

　L_{W1}——某个室内声源在靠近开口（或窗户）处产生的倍频带声功率级；

　r——某个室内声源在靠近开口（或窗户）处的距离；

　R——房间常数；

　Q——方向性因子。

3. 声环境影响预测

（1）声环境影响预测的方法

① 收集预测需要掌握的基础资料。

② 确定预测范围和预测点。

③ 预测时要说明噪声源噪声级数据的具体来源。

④ 选用恰当的预测模式和参数进行影响预测计算，说明具体参数选取的依据、计算结果的可靠性及误差范围。

⑤ 按每间隔 5dB 绘制等声级图。

（2）预测点噪声级计算的基本步骤和方法

① 选取坐标系，确定各噪声点的位置和预测点位置。

② 计算出噪声从各点声源传播到预测点的声衰减量。

③ 计算出各声源单独作用时在预测点产生的 A 声级。

④ 确定预测计算的时段和各声源的发声持续时间。

⑤ 计算预测点时段内的等效连续 A 声级：

$$L_{Aeq} = 10\lg\left[\frac{\sum\limits_{i=1}^{n} t_i 10^{0.1 L_{Ai}}}{T}\right]$$

（3）等声级图绘制

① 计算出各网格点上的噪声级。

② 计算并绘制出等声级线。

4. 声环境影响评价

（1）基本要求和方法

① 评价项目建设环境噪声现状。

② 评价建设项目在建设期、运行期噪声影响程度、超标范围和超标状况。

③ 分析受影响人口的分布状况。

④ 分析建设项目的噪声源分布和引起超标的主要噪声源或主要超标原因。

⑤ 分析建设项目选址、设备布置和选型的合理性，分析项目设计中已有的噪声防治措施的适用性和防治效果。

⑥ 评价必须增加或调整的适用本工程的噪声防治措施，分析其经济、技术的可行性。

⑦ 提出针对该项工程有关环境噪声监督管理、环境监督计划的城市规划方面的建议。

（2）工矿企业声环境影响评价

① 按厂区周围敏感目标所处的环境功能区类别评价噪声影响的范围和程度，说明受影响人口情况。

② 分析主要影响的噪声源，说明厂界和功能区超标原因。

③ 评价厂区总图布置和控制噪声措施方案的合理性和可行性，提出必要的替代方案。

④ 明确必须增加的噪声控制措施及其降噪效果。

（3）公路、铁路声环境影响评价

① 评价沿线评价范围内各敏感目标按标准要求预测声级的达标及超标状况，并分析受影响人口的分布情况。

② 对工程沿线两侧的城镇规划受到噪声影响的范围绘制等声级曲线，明确合理的噪声控制距离和规划建设控制要求。

③ 结合工程选线和建设方案布局，评价其合理性和可行性，必要时提出环境替代方案。

④ 对提出的各种噪声防治措施需进行经济技术论证，在多方案比选后规定应采取的措施并说明措施降噪效果。

（4）机场飞机噪声环境影响评价

① 依据《机场周围飞机噪声环境标准》（GB 9660—88）评价 WECPNL 评价量 70dB、75dB、80dB、85dB、90dB 等值线范围内各敏感目标的数目，受影响人口的分布情况。

② 结合工程选址和机场跑道方案布局，评价其合理性和可行性，必要时提出环境替代方案。

③ 对超过标准的环境敏感区，按照等值线范围的不同提出不同的降噪措施，并进行经济技术论证。

五、生态环境影响预测与评价

1. 基本概念

生态环境影响：生态系统受到外来作用时所发生的响应与变化。

生态环境影响预测：科学地分析与预估生态受到外来作用时所发生的响应与变化的趋势。

生态环境影响评价：对影响预测的结果进行显著性分析、人为地判别可否接受的过程。

2. 生态环境影响预测内容

（1）生态环境影响预测内容包括：影响因素分析、生态环境受体分析、生态影响效应分析。

（2）自然生态系统的影响包括：整体性影响、敏感性影响。

（3）生态整体性影响可以从区域或流域、景观生态、生态系统或生物群落等不同的层次分析。

（4）生态环境敏感性目标包括法定的、科学评价认定的或者社会和局部地域的。

3. 生态环境影响预测方法和技术要点

（1）生态影响预测方法

① 一般采取类比分析、生态机理分析、景观生态学的方法进行文字分析与定性描述。

② 采用数学模拟进行预测。

③ 在现状定量调查基础上，根据项目建设生态破坏的程度进行推算。

（2）注意要点

① 持生态整体性观念。

② 持生态系统为开放性系统观。

③ 持生态系统为地域差异性系统观。

④ 持生态系统为动态变化的系统观。

⑤ 做好深入细致的工程分析。

⑥ 做好敏感保护目标的影响分析。

⑦ 正确处理依法评价影响和科学评价影响的问题。

⑧ 正确处理一般评价和生态环境影响特殊性问题。

4. 生态环境影响评价

(1) 生态环境影响评价定义

对某种生态环境的影响是否显著、严重以及可否为社会和生态接受进行的判读。

(2) 生态环境影响评价的目的

① 评价影响的性质和影响程度、影响的显著性，以决定行止。

② 评价生态影响的敏感性和主要受影响的保护目标，以决定保护的优先性。

③ 评价资源和社会价值的得失，以决定取舍。

(3) 生态环境影响评价的指标

① 生态学评价指标与基准。

② 可持续发展评估指标和基准。

③ 以政策与战略作为评估指标与基准。

④ 以环境保护法规和资源保护法规作为评估基准。

⑤ 以经济价值损益和得失作为评估指标和标准。

⑥ 社会文化评估基准。

(4) 生态影响评价指标来源

① 国家、行业和地方规定的标准。

② 规划确定的目标、指标和区划功能。需要特别注意的区域有：重要生态功能区、敏感保护目标、城市规划区、水土保持区和其他地方规划区。

③ 背景或本底值。包括：区域土壤背景值、区域植被覆盖率与生物量、区域水土流失本底值和建设项目进行前项目所在地的生态背景值。

④ 以科学研究已证明的"阈值"或"生态承载力"作为标准。

⑤ 特定生态问题的限值。包括：水土流失侵蚀模数限值（土壤允许流失量）、草原生态系统的五等八级、土地沙漠化等级划分、生物物种保护四级（受威胁、渐危、濒危、灭绝）。

5. 生态环境影响预测与评价方法——类比法

(1) 定义

通过既有开发工程及其已显现的环境影响后果的调查结果来近似地分析说明拟建工程可能发生的环境影响。

(2) 类比分析方法技术要点

① 选择合适的类比对象，主要从工程和生态环境两个方面考虑。

② 选择可重点类比调查的内容，主要针对某一个或某一类问题进行类比调

查分析。

（3）类比调查方法

① 资料调查。

② 实地监测或调查。

③ 景观生态调查法。

④ 公众参与调查法。

（4）类比调查分析

① 统计性分析。

② 单因子类比分析。

③ 综合性类比分析。

④ 替代方案类比分析。

6. 水土流失预测与评价方法

（1）侵蚀模数预测方法

① 已有资料调查法。

② 物理模型法。

③ 现场调查法。

④ 水文手册查算法。

⑤ 土壤侵蚀及产沙数学模型法。

（2）水土流失评价

水土流失评价主要根据土壤侵蚀强度分级。

① 土壤侵蚀允许量标准

土壤允许流失量定义：长时期内能保持土壤的肥力和维持土地生产力基本稳定的最大土壤流失量。

② 水力侵蚀、重力侵蚀的强度分级

可分为：微度侵蚀；轻度侵蚀；中度侵蚀；强度侵蚀；极强度侵蚀；剧烈侵蚀。

③ 风蚀强度分级

风力侵蚀的强度分级按植被覆盖度、年风蚀厚度、侵蚀模数三项指标划分。

7. 水体富营养化预测

水体富营养化是指人为因素引起的湖泊、水库中氮、磷增加对其水生生态产生不良的影响。其主因是磷增加，同时也与氮含量、水温及水体特征有关。

（1）流域污染源调查

① 湖泊总磷浓度

$$\rho_P = L(1-R)p/\overline{z}$$
$$p = Q/V$$

② 最大可接受负荷量：总磷浓度 10mg/m³。

③ 总磷的收支数据计算法：输出系数法和实测法。

④ 总磷的外负荷和内负荷

外负荷：从湖泊外部输入的磷。

内负荷：由湖泊内释放的磷引起的富营养化。

（2）营养物质负荷法预测富营养化

① 总磷负荷规范化公式

$$TP = \frac{L_P/q_s}{1+\sqrt{T_w}}$$

② 湖泊富营养化等级

TP<10mg/m³ 为贫营养；TP 在 10～20mg/m³ 为中营养；TP>20mg/m³ 为富营养。

（3）营养状况指数法预测富营养化

① 营养状况指数 TSI 计算

透明度参数式：TSI=60－14.41lnSD

叶绿素 a 参数式：TSI=9.81lnChl＋30.6

总磷参数式：TSI=14.42lnTP＋4.15

② 营养状况评判标准

TSI<40 为贫营养；TSI 在 40～50 为中营养；TSI>50 为富营养。

8. 景观美学影响评价

（1）基本知识

景观：指视觉意义上的景物、景色、景象和印象，即美学意义上的景观。

景观可以分为自然景观和人文景观两大类。人文景观还包括自然与人文合成的城市景观。

（2）建设项目景观影响评价程序

① 确定视点。

② 进行敏感性识别。

③ 对评价重点进行景观阈值评价、美学评价、资源性评价。

④ 景观美学影响评价。

⑤ 景观保护措施研究和美学效果与技术经济评价。

（3）敏感度评价指标

① 视角或相对坡度。

② 相对距离。

③ 视见频率。

④ 景观醒目程度。

（4）阈值评价

景观阈值：景观体对外界干扰的耐受能力、同化能力和恢复能力。

（5）美学评价

包括自然景观实体的客观美学评价和评价者的主观观感两部分。一般以客观美学评价为主，以主观观感评价为辅。

六、固体废物环境影响评价

1. 固体废物概述

（1）固体废物的范围

① 在生产、生活和其他活动中产生的丧失原有利用价值或者虽未丧失利用价值但被抛弃或者放弃的固态、半固态和置于容器中的气态的物品、物质。

② 法律、行政法规规定纳入固体废物管理的物品、物质。

③ 不能排入水体的液态废物和不能排入大气的置于容器中的气态废物。

（2）固体废物的来源

① 居民生活。

② 商业、机关。

③ 市政维护、管理部门。

④ 矿业。

⑤ 冶金、金属结构、交通、机械等工业。

⑥ 建筑材料工业。

⑦ 食品加工业。

⑧ 橡胶、皮革、塑料等工业。

⑨ 石油化工工业。

⑩ 电器、仪器仪表等工业。

⑪ 纺织服装工业。

⑫ 造纸、木材、印刷等工业。

⑬ 核工业和放射性医疗单位。

⑭ 农业。

（3）固体废物的分类

见图 5-1。

（4）固体废物的特点

① 数量巨大、种类繁多、成分复杂。

② 资源和废物的相对性。

③ 危害具有潜在性、长期性和灾难性。

④ 处理过程的终态、污染环境的源头。

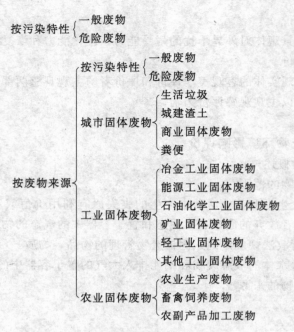

图 5-1 固体废物的分类

2. 固体废物中污染物进入环境的方式及迁移转化

(1) 污染物进入环境的方式

见表 5-4。

表 5-4 污染物进入环境的方式

序号	影响类别	污染物进入环境的方式
1	对大气环境的影响	①固体废物在堆存和处理处置过程中产生有害气体 ②堆放的固体废物中的细微颗粒、粉尘等可随风飞扬 ③焚烧法处理固体废物引起大气污染
2	对水环境的影响	①直接污染:把水体作为固体废物的接纳体 ②间接污染:固体废物在堆积过程中,经过自身分解和雨水淋溶产生的渗滤液流入江河、湖泊和渗入地下引起地表水和地下水污染
3	对土壤环境的影响	①废物堆放、储存和处置过程中有害组分污染土壤 ②固体废物的堆放占用土地
4	对人体健康的影响	①固体废物堆放、处理和处置过程中,有害成分浸出液通过地表水、地下水、大气和土壤等环境介质直接或间接被人体吸收 ②某些物质相混时,发生不良反应,包括热反应、产生有毒气体和产生可燃性气体

(2) 固体废物中污染物的释放

污染物的释放分为有控排放和无控排放,见表 5-5。

填埋渗滤液的来源：①降水直接落入填埋场；②地表水进入填埋场；③地下水进入填埋场；④处置在填埋场中的废物中含有的部分水。

表 5-5　污染物排放方式

序　号	排入环境	排　放　方　式
1	大气	①挥发，大部分不可控 ②颗粒物质排放，可控
2	水体	①直接倾倒 ②填埋场渗滤液

（3）固体废物对人体健康影响的途径

见图 5-2。

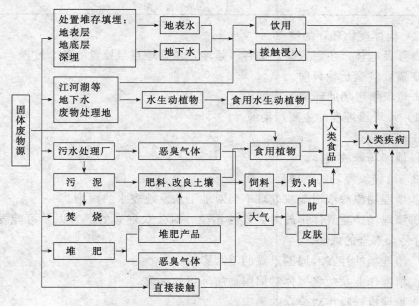

图 5-2　固体废物化学物质致人疾病的途径

（4）填埋场渗滤液中污染物的迁移转化

① 渗滤液实际渗流速度

$$v = \frac{q}{\eta_e}$$

式中　v——渗滤液实际渗流速度，cm/s；

　　　q——单位时间渗漏率，cm/s；

　　　η_e——多孔介质的有效空隙度。

② 污染物迁移速度

$$v' = \frac{v}{R_d}$$

式中 R_d——污染物在地质介质中的滞留因子，无量纲。

3. 固体废物环境影响评价的主要内容及特点

(1) 固体废物环境影响评价的类型与内容

见表 5-6。

表 5-6　固体废物环境影响评价的类型与内容

固体废物环境影响评价类型	评　价　内　容
一般工程项目产生的固体废物，由产生、收集、运输、处理到最终处置的环境影响评价	①污染源调查； ②污染防治措施的调查清单； ③提出最终处置措施方案
对处理、处置固体废物设施建设项目的环境影响评价	①厂址选择； ②污染控制项目； ③污染物排放限制

(2) 固体废物环评的特点

① 涉及固体产生、收集、储存、运输、预处理直至处置的各个过程。

② 需要规避运输风险。

4. 垃圾填埋场的环境影响评价

(1) 垃圾填埋场的主要污染源

① 渗滤液。

② 填埋场释放气体。

(2) 垃圾填埋场的主要环境影响

① 填埋场渗滤液泄漏或处理不当对地下水及地表水的污染。

② 填埋场产生气体排放对大气的污染、对公众健康的危害以及可能发生的爆炸对公众安全的威胁。

③ 填埋场的存在对周围景观的不利影响。

④ 填埋作业及垃圾堆体对周围地质环境的影响。

⑤ 填埋机械噪声对公众的影响。

⑥ 填埋场滋生的害虫、昆虫、啮齿动物以及在填埋场觅食的鸟类和其他动物可能传播疾病。

⑦ 填埋垃圾中的塑料袋、纸张以及尘土等在未来得及覆土压实的情况下可能飘出场外，造成环境污染和景观破坏。

⑧ 流经填埋场区的地表径流可能受到污染。

(3) 垃圾填埋场环境影响评价的主要工作内容

① 场址选择评价

场址评价主要是评价拟选场地是否符合选址标准，其方法是根据场地自然条件，采用选址标准逐项进行评判。评价的重点是场地的水文地质条件、工程地质条件、土壤自净能力等。

② 自然、环境质量现状评价

主要评价拟选场地及其周围的空气、地表水、地下水、噪声等自然环境质量状况。其方法一般是根据监测值与各种标准，采用单因子和多因子综合评判法。

③ 工程污染因素分析

主要是分析填埋场建设过程中和建成投产后可能产生的主要污染源及其污染物以及其数量、种类和排放方式等。其方法一般有计算、类比、经验计算等。

④ 施工期影响评价

评价施工期场地内排放生活污水，各类施工机械产生的机械噪声、振动以及二次扬尘对周围地区产生的环境影响。

⑤ 水环境影响预测与评价

主要评价填埋场衬里结构安全性以及渗滤液排出对周围水环境的影响。

⑥ 大气环境影响预测与评价

a. 释放气体。根据排气系统的结构，预测和评价排气系统的可靠性、排气利用的可能性以及排气对环境的影响。

b. 恶臭。评价运输、填埋过程中以及封场后可能对环境的影响。

⑦ 噪声环境影响预测与评价

评价垃圾运输、场地施工、垃圾填埋操作、封场各阶段由各种机械产生的振动和噪声对环境的影响。

⑧ 污染防治措施

a. 渗滤液的治理和控制措施以及填埋场衬里破裂补救措施。

b. 释放气的导排或综合利用措施以及防臭措施。

c. 减振防噪措施。

⑨ 环境经济损益分析

计算评价污染防治设施投资以及所产生的经济、社会、环境效益。

⑩ 其他评价项目

a. 结合填埋场周围的土地、生态情况，对土壤、生态、景观等进行评价。

b. 对洪涝特征年产生的过量渗滤液以及垃圾释放气体因物理、化学条件异变而产生垃圾爆炸等进行风险事故评价。

第二节　习题与答案

一、练习题

（一）单项选择题

1. 大气环境影响预测的步骤包括：①确定预测范围；②确定预测因子；

③确定气象条件；④确定污染源计算清单；⑤确定计算点；⑥确定地形数据；⑦进行大气环境影响预测与评价；⑧选择预测模式；⑨确定模式中的相关参数；⑩确定预测内容和设定预测情景。

正确的顺序是（　　）。

A. ①②③④⑤⑥⑦⑧⑨⑩　　　　B. ②①④③⑩⑨⑧⑦⑥⑤

C. ②①⑤④③⑥⑩⑧⑨⑦　　　　D. ①②④⑤③⑥⑦⑩⑧⑨

2. 区域最大地面浓度点的预测网格设置，应依据计算出的网格点浓度分布而定，在高浓度分布区，计算点间距应（　　）。

A. ≥30m　　　B. ≤30m　　　C. ≥50m　　　D. ≤50m

3. 大气环境影响预测的内容包括：

① 全年逐时或逐次小时气象条件下，环境空气保护目标、网格点处的地面浓度和评价范围内的最大地面小时浓度；

② 全年逐日气象条件下，环境空气保护目标、网格点处的地面浓度和评价范围内的最大地面日平均浓度；

③ 长期气象条件下，环境空气保护目标、网格点处的地面浓度和评价范围内的最大地面年平均浓度；

④ 非正常排放情况，全年逐时或逐次小时气象条件下，环境空气保护目标的最大地面小时浓度和评价范围内的最大地面小时浓度；

⑤ 对于施工期超过一年的项目，并且施工期排放的污染物影响较大，还应预测施工期间的大气环境质量。

其中二级评价项目的预测内容包括（　　）。

A. ①②③④⑤　　B. ①②③④　　C. ①②③⑤　　D. ②③④

4. 进行大气环境影响预测时，在计算（　　）时，可不考虑 SO_2 的转化。

A. 1h平均浓度　　B. 日平均浓度　　C. 月平均浓度　　D. 年平均浓度

5. SO_2 转化的半衰期可取（　　）。

A. 1h　　　　B. 2h　　　　C. 4h　　　　D. 8h

6. 进行大气环境影响预测时，对于一般的燃烧设备，在计算小时或日平均浓度时，可以假定 $NO_2/NO_x=$（　　）。

A. 1　　　　B. 0.9　　　　C. 0.75　　　　D. 0.5

7. 进行大气环境影响预测时，对于一般的燃烧设备，在计算年平均浓度时，可以假定 $NO_2/NO_x=$（　　）。

A. 1　　　　B. 0.9　　　　C. 0.75　　　　D. 0.5

8. 大气环境影响预测中，在计算机动车排放 NO_2 和 NO_x 比例时，可以假定 $NO_2/NO_x=$（　　）。

A. 1　　B. 0.9　　C. 0.75　　D. 根据不同车型的实际情况而定

9. 下列说法不正确的是（　　　）。

A. 物理过程：指污染物在水体中的混合稀释和自然沉淀过程

B. 化学过程：污染物在水体中发生的理化性质变化等化学反应。对水体净化起作用的主要是氧化还原反应

C. 生物自净过程：微生物在溶解氧充分的情况下，将一部分有机污染物当作食饵消耗掉，将另一部分有机污染物氧化分解为无害的简单无机物

D. 紊动扩散是指水流的紊动特性引起的水中污染物自低浓度向高浓度区转化

10. 在河流中，影响污染物输移的最主要的物理过程是（　　　）。

A. 对流　　　　B. 横向扩散　　　　C. 纵向扩散　　　　D. 以上三者

11. 河流稀释混合模式中点源稀释混合模式是（　　　）。

A. $c=\dfrac{c_p Q_p + c_h Q_h}{Q_p + Q_h}$ 　　　　　B. $c=\dfrac{c_p Q_p + c_h Q_h}{Q} + \dfrac{W_s}{86.4Q}$

C. $c=\dfrac{c_T}{1+K_p S \times 10^{-6}}$ 　　　　　D. $c=c_0 \exp\left(\dfrac{-Kx}{86400u}\right)$

12. 河流的一维稳态水质模式为（　　　）。

A. $u\dfrac{\partial c}{\partial x} = M_x \dfrac{\partial^2 c}{\partial x^2} + M_y \dfrac{\partial^2 c}{\partial y^2} + S_K$

B. $\dfrac{\partial(Ac)}{\partial T} + \dfrac{\partial(Qc)}{\partial x} = \dfrac{\partial}{\partial x}\left(D_L A \dfrac{\partial c}{\partial x}\right) + A(S_L + S_B) + AS_K$

C. $\begin{cases} c=c_0 \exp\left(-\dfrac{K_1 x}{86400u}\right) \\ D=\dfrac{K_1 c_0}{K_2 - K_1}\left[\exp\left(-\dfrac{K_1 x}{86400u}\right) - \exp\left(-\dfrac{K_2 x}{86400u}\right)\right] + D_0 \exp\left(-\dfrac{K_2 x}{86400u}\right) \end{cases}$

D. $\dfrac{\partial c}{\partial x} = M_c \dfrac{\partial^2 c}{\partial q_c^2} - Kc\sqrt{u}$

13. Streeter-Phelps 模式是（　　　）。

A. $\begin{cases} c=c_0 \exp\left(-\dfrac{K_1 x}{86400u}\right) \\ D=\dfrac{K_1 c_0}{K_2 - K_1}\left[\exp\left(-\dfrac{K_1 x}{86400u}\right) - \exp\left(-\dfrac{K_2 x}{86400u}\right)\right] + D_0 \exp\left(-\dfrac{K_2 x}{86400u}\right) \end{cases}$

B. $u\dfrac{\partial c}{\partial x} = M_x \dfrac{\partial^2 c}{\partial x^2} + M_y \dfrac{\partial^2 c}{\partial y^2} + S_K$

C. $c(x, q_c) = \dfrac{M}{(\pi M_c x)^{1/2}} \exp\left(-\dfrac{Kx}{u}\right) \exp\left(-\dfrac{q_c^2}{4 M_c x}\right)$

D. $\dfrac{\partial c}{\partial t} + u\dfrac{\partial c}{\partial x} = D_L \dfrac{\partial^2 c}{\partial x^2} - Kc$

14. 常规污染物瞬时点源河流一维水质预测模式的基本水质方程为：

$$\frac{\partial c}{\partial t}+u\,\frac{\partial c}{\partial x}=D_{\mathrm{L}}\,\frac{\partial^2 c}{\partial x^2}-Kc$$

那么，在距离瞬时点源下游 x 处的污染物浓度峰值表达式为（　　　）。

A. $c(x,q_{\mathrm{c}})=\dfrac{M}{(\pi M_{\mathrm{c}} x)^{\frac{1}{2}}}\exp\left(-\dfrac{Kx}{u}\right)\exp\left(-\dfrac{q_{\mathrm{c}}^2}{4M_{\mathrm{c}} x}\right)$

B. $c_{\max}(x)=\dfrac{M}{2A_{\mathrm{c}}(\pi D_{\mathrm{L}} t)^{\frac{1}{2}}}\exp\left(-\dfrac{Kx}{u}\right)$

C. $c(x,y,t)=\dfrac{M}{(4\pi t)(M_x M_y)^{\frac{1}{2}}}\exp\left(-\dfrac{Kx}{u}\right)\exp\left[-\dfrac{(x-ut)^2}{4M_x t}\right]$

$$\left\{\exp\left[-\dfrac{(y+y_0)^2}{4M_y t}\right]+\exp\left[-\dfrac{(y-y_0)^2}{4M_y t}\right]\right\}$$

D. $c=\dfrac{c_{\mathrm{T}}}{1+K_{\mathrm{p}} S\times10^{-6}}$

15. 推流迁移过程中，污染物的（　　　）保持不变。

A. 所处位置　　　　　　　　　　B. 污染物的浓度

C. 污染物质量通量　　　　　　　D. 污染物的化学组成

16. 如果监测数据样本量较小，而数据值变化幅度较大，则水质参数选取（　　　）。

A. 监测数据的平均值　　　　　　B. 监测数据的最大值

C. 平均值与最大值的均方根　　　D. 平均值与最大值的立方根

17. 地表水环境影响预测方法的理论基础是（　　　）。

A. 污染物的自身特性　　　　　　B. 水体的自净特性

C. 水体的水质指标　　　　　　　D. 水体的污染特性

18. 在潮汐河口和海湾中，最重要的质量输移机理是（　　　）。

A. 水平面的输移　　　　　　　　B. 垂向输移

C. 潮汐输移　　　　　　　　　　D. 扩散

19. 在水质预测中使用的时间尺度，按逐渐增加水质模型复杂性的顺序为（　　　）。

A. 稳态、准稳态、动态　　　　　B. 动态、稳态、准稳态

C. 动态、准稳态、稳态　　　　　D. 稳态、动态、准稳态

20. 公式法计算噪声级的相加步骤正确的是（　　　）。

① $(P_{1+2})^2=P_0^2(10^{\frac{L_1}{10}}+10^{\frac{L_2}{10}})$ 　　　② $P_1=P_0 10^{\frac{L_1}{20}}$，$P_2=P_0 10^{\frac{L_2}{20}}$

③ $L_{总}=10\lg\left(\sum_{i=1}^{n}10^{\frac{L_i}{10}}\right)$

A. ①②③   B. ②①③   C. ③②①   D. ②③①

21. 噪声级相减的公式为（　　）。

A. $(P_{1+2})^2 = P_0^2 (10^{\frac{L_1}{10}} + 10^{\frac{L_2}{10}})$　　　B. $P_1 = P_0 10^{\frac{L_1}{20}}$，$P_2 = P_0 10^{\frac{L_2}{20}}$

C. $L_总 = 10\lg\left(\sum_{i=1}^{n} 10^{\frac{L_i}{10}}\right)$　　　D. $L_1 = 10\lg(10^{0.1L_合} - 10^{0.1L_2})$

22. 无指向性点源几何发散衰减的基本公式为（　　）。

A. $L(r) = L(r_0) - 20\lg(r/r_0)$　　　B. $\Delta L = 10\lg[1/(4\pi r^2)]$

C. $L_A(r) = L_A(r_0) - 20\lg(r/r_0)$　　　D. $\Delta L = 10\lg[1/(2\pi rl)]$

23. 线声源随传播距离增加引起的衰减量公式为（　　）。

A. $\Delta L = 10\lg[1/(2\pi rl)]$　　　B. $L(r) = L(r_0) - 10\lg(r/r_0)$

C. $NR = L_1 - L_2 = TL + 6$　　　D. $L_1 = L_{W_1} + 10\lg\left(\dfrac{Q}{4\pi r^2} + \dfrac{4}{R}\right)$

24. 预测点噪声级计算的基本步骤的正确顺序是（　　）。

① 计算出噪声从各点声源传播到预测点的声衰减量。

② 计算出各声源单独作用时在预测点产生的 A 声级。

③ 选取坐标系，确定各噪声点的位置和预测点位置。

④ 确定预测计算的时段和各声源的发声持续时间。

⑤ 计算预测点时段内的等效连续 A 声级：$L_{Aeq} = 10\lg\left[\dfrac{\sum\limits_{i=1}^{n} t_i 10^{0.1 L_{Ai}}}{T}\right]$。

A. ①②③④⑤　　B. ③①②④⑤　　C. ①③②④⑤　　D. ③②①④⑤

25. 下列定义中错误的是（　　）。

A. 生态环境影响定义：生态系统受到外来作用时所发生的响应与变化

B. 生态环境影响预测：科学地分析与预估生态受到外来作用时所发生的响应与变化的趋势

C. 生态环境影响评价：对影响预测的结果进行显著性分析、人为地判别可否接受的过程

D. 生态环境影响评价：对现状影响的结果进行显著性分析、人为地判别可否接受的过程

26. 生态影响预测一般采用（　　）进行如水土流失、水体富营养化等内容的预测。

A. 类比分析　　　　　　　B. 生态机理分析

C. 景观生态学分析　　　　D. 数学模拟

27. 下列不属于生态环境影响评价指标的是（　　）。

A. 生态学评价指标与基准

B. 可持续发展评估指标和基准

C. 以政策与战略作为评估指标与基准

D. 正确处理依法评价影响和科学评价影响的问题

28. 关于类比法,不正确的是 (   )。

    A. 定义:通过既有开发工程及其已显现的环境影响后果的调查结果来近似地分析说明拟建工程可能发生的环境影响

    B. 选择合适的类比对象,主要从工程方面考虑

    C. 选择可重点类比调查的内容,主要针对某一个或某一类问题进行类比调查分析

    D. 类比分析一般不会对两项工程做全方位的比较分析

29. 水力侵蚀、重力侵蚀的强度分级包括 (   )。

    A. 微度侵蚀;轻度侵蚀;中度侵蚀;强度侵蚀;极强度侵蚀;剧烈侵蚀

    B. 轻度侵蚀;中度侵蚀;强度侵蚀

    C. 微度侵蚀;中度侵蚀;剧烈侵蚀

    D. 微度侵蚀;轻度侵蚀;中度侵蚀;强度侵蚀;剧烈侵蚀

30. 下列说法不正确的是 (   )。

    A. 水体富营养化定义:人为因素引起的湖泊、水库中氮增加对其水生生态产生不良的影响

    B. 水体富营养化的主因是磷增加,同时也与氮含量、水温及水体特征有关

    C. 土壤允许流失量定义:长时期内能保持土壤的肥力和维持土地生产力基本稳定的最大土壤流失量

    D. 类比法定义:通过既有开发工程及其已显现的环境影响后果的调查结果来近似地分析说明拟建工程可能发生的环境影响

31. 生态制图编制的步骤:

①图件编辑和配准;②图件提取;③图件的录入;④图件输出;⑤空间分析。

正确的顺序是 (   )。

    A. ①②③④⑤   B. ③①②⑤④

    C. ①③④②⑤   D. ③①②④⑤

32. 下列说法错误的是 (   )。

    A. 景观:指视觉意义上的景物、景色、景象和印象,即美学意义上的景观

    B. 景观可以分为自然景观和人文景观两大类

C. 景观阈值：景观体对外界干扰的耐受能力，同化能力和恢复能力

D. 美学评价是指自然景观实体的客观美学评价

33. 建设项目景观影响评价程序：

① 对评价重点进行景观阈值评价、美学评价、资源性评价；

② 确定视点；

③ 进行敏感性识别；

④ 景观保护措施研究和美学效果与技术经济评价；

⑤ 景观美学影响评价。

正确的顺序是（　　）。

 A. ①②③④⑤   B. ②③①⑤④

 C. ①③④②⑤   D. ③①②④⑤

34. 下列废物来源正确的是（　　）。

 A. 居民生活：管道、碎砌体、沥青及其他建筑材料，含有易爆、易燃腐蚀性、放射性废物以及废汽车、废电器、废器具等

 B. 市政维护、管理部门：废石、尾矿、金属、废木、砖瓦、水泥、砂石等

 C. 建筑材料工业：金属、水泥、黏土、陶瓷、石膏、石棉、砂、石、纸、纤维等

 D. 石油化工工业：金属、玻璃、木、橡胶、塑料、化学药剂、研磨料、陶瓷、绝缘材料等

35. 下列不属于农业固体废物的是（　　）。

 A. 农业生产废物   B. 畜禽饲养废物

 C. 农副产品加工废物   D. 生活垃圾

36. 用于预测建筑垃圾产生量的公式是（　　）。

 A. $J_s = \dfrac{Q_s D_s}{1000}$ B. $W_s = \dfrac{P_s C_s}{1000}$

 C. $W_{SR} = KA\dfrac{\mathrm{d}h}{\mathrm{d}L}$ D. $E_r = 2pW\sqrt{\dfrac{DLu}{\pi F} \times \dfrac{m}{M}}$

37. 用于计算生活垃圾产生量的公式是（　　）。

 A. $J_s = \dfrac{Q_s D_s}{1000}$ B. $W_s = \dfrac{P_s C_s}{1000}$

 C. $W_{SR} = KA\dfrac{\mathrm{d}h}{\mathrm{d}L}$ D. $E_r = 2pW\sqrt{\dfrac{DLu}{\pi F} \times \dfrac{m}{M}}$

38. 用 Scholl Canyon 模型计算填埋场产气速率的公式是（　　）。

 A. $q(t) = kY_0 \mathrm{e}^{-(kt)^3}$ B. $q(t) = kY_0 \mathrm{e}$

C. $q(t) = k^2 Y_0 e^{-(kt)^2}$ D. $q(t) = k Y_0 e^{-kt}$

39. 城市生活垃圾填埋场产生的气体主要是（　　）。
    A. 挥发性有机物
    B. 甲烷和二氧化碳
    C. 甲烷和一氧化碳
    D. 甲烷、二氧化碳、一氧化碳、氮气和硫化氢

40. 预测和评价填埋场恶臭气体通常选择的预测评价因子是（　　）。
    A. H_2S、NH_3 B. CO_2、CO
    C. CH_4、CO_2 D. CO_2、NH_3

41. 下列不属于大气环境容量与污染物总量控制主要内容的是（　　）。
    A. 选择总量控制指标因子：COD，氨氮
    B. 对所涉及的区域进行环境功能规划，确定各功能区环境空气质量目标
    C. 根据环境质量现状，分析不同功能区环境质量达标情况
    D. 结合当地地形和气象条件，选择适当方法，确定开发区大气环境容量

（二）多项选择题

1. 大气环境影响预测的计算点包括（　　）。
    A. 环境空气敏感区   B. 预测范围内的网格点
    C. 区域最大地面浓度点   D. 区域最小地面浓度点

2. 大气环境影响一级评价项目的预测内容包括（　　）。
    A. 全年逐时或逐次小时气象条件下，环境空气保护目标、网格点处的地面浓度和评价范围内的最大地面小时浓度
    B. 长期气象条件下，环境空气保护目标、网格点处的地面浓度和评价范围内的最大地面年平均浓度
    C. 非正常排放情况，全年逐时或逐次小时气象条件下，环境空气保护目标的最大地面小时浓度和评价范围内的最大地面小时浓度
    D. 对于施工期超过一年的项目，并且施工期排放的污染物影响较大，还应预测施工期间的大气环境质量

3. 大气环境影响评价预测中，根据预测内容设定预测情景，一般应考虑（　　）。
    A. 地形条件   B. 排放方案   C. 预测因子   D. 计算点

4. 污染物进入饱气带、含水层的途径有（　　）。
    A. 间歇入渗型   B. 连续入渗型   C. 压力入渗型   D. 越流型

5. 污染物在含水层中的运移机制主要有（　　）。

A. 对流和弥散　　　B. 机械过滤　　　C. 吸附和解吸　　　D. 降解与转化

6. 防止污染物进入地下水含水层的主要措施有（　　）。

A. 改进工艺，减少污染物排放量，严格污染物排放标准

B. 禁止用渗坑、渗井方式排放废水，严格控制污水灌溉水质

C. 兴建地下工程设施或进行地下勘探及采矿时，应采取防护措施，防止地下水污染

D. 开采地下水时，应防止已被污染的潜水渗入地下水，并防止水质差异很大的各层地下水相互渗透

7. 生物自净过程主要影响因素有（　　）。

A. 溶解氧　　　　　　　　　　B. 有机污染物的性质、浓度

C. 温度　　　　　　　　　　　D. 微生物的种类、数量

8. 水环境预测方法分类包括（　　）。

A. 数学模式法　　　B. 物理模型法　　　C. 类比分析法　　　D. 资料调研法

9. 水环境影响预测条件包括（　　）。

A. 受纳水体的水质状况　　　　B. 拟预测的排污状况

C. 预测的设计水文条件　　　　D. 水质模型参数和边界条件

10. 下列水质模型正确的是：（　　）。

A. 点源河流稀释混合模式：$c = \dfrac{c_p Q_p + c_h Q_h}{Q} + \dfrac{W_s}{86.4 Q}$

B. 非点源河流稀释混合模式：$c = \dfrac{c_p Q_p + c_h Q_h}{Q_p + Q_h}$

C. 河流的一维稳态水质模式：$\dfrac{\partial (Ac)}{\partial T} + \dfrac{\partial (Qc)}{\partial x} = \dfrac{\partial}{\partial x}\left(D_L A \dfrac{\partial c}{\partial x}\right) + A(S_L + S_B) + AS_K$

D. Streeter-Phelps 模式：

$$\begin{cases} c = c_0 \exp\left(-\dfrac{K_1 x}{86400 u}\right) \\ D = \dfrac{K_1 c_0}{K_2 - K_1}\left[\exp\left(-\dfrac{K_1 x}{86400 u}\right) - \exp\left(-\dfrac{K_2 x}{86400 u}\right)\right] + D_0 \exp\left(-\dfrac{K_2 x}{86400 u}\right) \end{cases}$$

11. 下列水质模型正确的是（　　）。

A. 顺直均匀河流二维稳态水质基本方程：$u \dfrac{\partial c}{\partial x} = M_x \dfrac{\partial^2 c}{\partial x^2} + M_y \dfrac{\partial^2 c}{\partial y^2} + S_K$

B. 用累积流量坐标表示的二维水质方程：$\dfrac{\partial c}{\partial x} = M_c \dfrac{\partial^2 c}{\partial q_c^2} - Kc / \overline{u}$

C. 连续点源的河流二维水质模式（离岸排放，忽视远岸反射作用）：

$c(x, q_c) = \dfrac{M}{(\pi M_c x)^{\frac{1}{2}}} \exp\left(-\dfrac{Kx}{u}\right) \exp\left(-\dfrac{q_c^2}{4 M_c x}\right)$

D. 连续点源的河流二维水质模式（在岸边排放，忽视对岸反射作用）：

$$c(x,q_c) = \frac{M}{(4\pi M_c x)^{\frac{1}{2}}} \exp\left(-\frac{Kx}{u}\right)\left\{\exp\left[-\frac{(q_c - q_{cs})^2}{4M_c x}\right] + \exp\left[-\frac{(q_c + q_{cs})^2}{4M_c x}\right]\right\}$$

12. 关于氧垂曲线，正确的是（   ）。

A. 氧垂曲线的最低点称为临界氧亏点

B. 临界氧亏点的亏氧量称为最大亏氧量

C. 氧垂曲线图上临界氧亏点的右侧，耗氧大于复氧

D. 在临界氧亏点处，耗氧和复氧平衡

13. 不是临界氧亏点位置计算公式的是（   ）。

A. $u\frac{\partial c}{\partial x} = M_x\frac{\partial^2 c}{\partial x^2} + M_y\frac{\partial^2 c}{\partial y^2} + S_K$

B. $X_c = \frac{M}{(\pi M_c x)^{\frac{1}{2}}}\exp\left(-\frac{Kx}{u}\right)$

C. $x_c = \frac{86400}{K_2 - K_1}\ln\left[\frac{K_2}{K_1}\left(1 - \frac{D_0}{c_0} \times \frac{K_2 - K_1}{K_1}\right)\right]$

D. $X_c = c_0\exp[-Kx/(86400u)]$

14. 下列属于湖泊富营养化预测模型的是（   ）。

A. $[P] = \frac{L_P}{q(1 + \sqrt{T_R})}$ B. $[P] = \frac{L_P T_R(1 - \varphi)}{\bar{\partial}}$

C. $[P] = c_E\left(\frac{1}{1 + Kt}\right)$ D. $[P] = Qc_E - Qc + S_c + \gamma(c)V$

15. 选择水质模型时，需要考虑的技术问题有（   ）。

A. 水质模型的空间维数   B. 水质模型所描述的时间尺度

C. 污染负荷、源和汇   D. 模拟预测的河段范围

16. 关于水质模型维数，正确的是（   ）。

A. 大多数河流采用二维稳态模型

B. 对于大中型河流的废水排放，横向浓度梯度较明显时，需要采用二维模型进行预测评价

C. 一般不采用三维模型

D. 不考虑混合距离的重金属污染物、部分有毒物质及其他保守物质的下游浓度预测，可采用零维模型

17. 影响河流水质状况的污染负荷、源和汇包括（   ）。

A. 来自城市污水处理厂的点源   B. 来自工矿企业的点源

C. 来自城市下水道系统的城市径流   D. 河床内的源和汇

18. 按照污染物在水环境中的输移、衰减的特点，一般利用水质模型进行预

测评价的污染物种类有（　　）。

    A. 持久性有机物   B. 非持久性有物

    C. 酸和碱   D. 废热

19. 河流水质模型参数的确定方法包括（　　）。

    A. 公式计算和经验估值   B. 室内模拟实验测定

    C. 现场实测   D. 水质数学模型标定

20. 示踪实验法中，示踪物质的选择要求有（　　）。

    A. 具有在水体中不沉降、不降解、不产生化学反应

    B. 测定简单准确   C. 经济

    D. 对环境无害

21. 水质模型的标定常用方法有（　　）。

    A. 平均值的比较   B. 回归分析

    C. 相对误差   D. 资料分析

22. 声音三要素包括（　　）。

    A. 声源   B. 介质   C. 接收器   D. 听众

23. 噪声级的相加一般采用（　　）等方法。

    A. 公式法   B. 实际测量法   C. 查表法   D. 资料调查法

24. 声环境影响预测的步骤包括（　　）。

    A. 收集预测需要掌握的基础资料

    B. 确定预测范围和预测点

    C. 预测时要说明噪声源噪声级数据的具体来源

    D. 选用恰当的预测模式和参数进行影响预测

25. 下列属于声环境影响评价基本要求和方法的是（　　）。

    A. 评价项目建设环境噪声现状

    B. 评价建设项目在建设期、运行期噪声影响程度、超标范围和超标状况

    C. 分析受影响人口的分布状况

    D. 分析建设项目的噪声源分布和引起超标的主要噪声源或主要超标原因

26. 工矿企业声环境影响评价的基本要求和内容有（　　）。

    A. 按厂区周围敏感目标所处的环境功能区类别评价噪声影响的范围和程度，说明受影响人口情况。

    B. 分析主要影响的噪声源，说明厂界和功能区超标原因。

    C. 评价厂区总图布置和控制噪声措施方案的合理性和可行性，提出必要的替代方案

D. 明确必须增加的噪声控制措施及其降噪效果

27. 公路、铁路声环境影响评价的基本要求和内容有（　　　）。

   A. 评价沿线评价范围内各敏感目标按标准要求预测声级的达标及超标状况，并分析受影响人口的分布情况

   B. 对工程沿线两侧的城镇规划受到噪声影响的范围绘制等声级曲线，明确合理的噪声控制距离和规划建设控制要求

   C. 结合工程选线和建设方案布局，评价其合理性和可行性，必要时提出环境替代方案

   D. 对提出的各种噪声防治措施需进行经济技术论证，在多方案比选后规定应采取的措施并说明措施降噪效果

28. 机场飞机噪声环境影响评价的基本要求和内容有（　　　）。

   A. 依据《机场周围飞机噪声环境标准》（GB 9660—88）评价 WECPNL 评价量 70dB、75dB、80dB、85dB、90dB 等值线范围内各敏感目标的数目，受影响人口的分布情况

   B. 结合工程选址和机场跑道方案布局，评述其合理性和可行性，必要提出环境替代方案

   C. 对超过标准的环境敏感区，按照等值线范围的不同提出不同的降噪措施，并进行经济技术论证

   D. 对提出的各种噪声防治措施需进行经济技术论证，在多方案比选后规定应采取的措施并说明措施降噪效果

29. 生态环境影响预测内容包括（　　　）。

   A. 影响因素分析　　　　　　　　B. 生态环境受体分析

   C. 生态影响效应分析　　　　　　D. 生态因素分析

30. 生态整体性影响可以从（　　　）等不同的层次分析。

   A. 区域或流域　　　B. 景观生态　　　C. 生态系统　　　D. 生物群落

31. 生态环境影响的特点包括（　　　）。

   A. 生态环境影响是一个从量变到质变的过程，显示累积性影响特点

   B. 生态环境影响也常具有区域性或流域性的特点

   C. 生态环境影响具有高度相关和综合性

   D. 生态环境影响具有整体性特点

32. 生态环境敏感性目标定义包括（　　　）。

   A. 法定的敏感性目标　　　　　　B. 科学评价认定的敏感性目标

   C. 社会的敏感性目标　　　　　　D. 局部地域的敏感性目标

33. 应用景观生态学方法分析时，需要回答的问题是（　　　）。

   A. 生态系统是否毁灭或是否严重恶化

B. 生态系统是否可正向演替或自然恢复

C. 生态系统的恢复稳定性是否增加

D. 生态系统的阻抗稳定性是否增加

34. 应用传统生态学方法作分析时，需要回答的问题是（　　　）。

　　A. 生态系统的生物多样性是否减少

　　B. 生态系统的阻抗稳定性是否增加

　　C. 生态系统是否毁灭或是否严重恶化

　　D. 生态系统是否可正向演替或自然恢复

35. 生态环境影响预测或分析时，需要注意的要点有（　　　）。

　　A. 持生态整体性观念

　　B. 持生态系统为开放性系统观

　　C. 持生态系统为地域差异性系统观

　　D. 持生态系统为动态变化的系统观

36. 生态环境影响评价的目的是（　　　）。

　　A. 评价生态环境影响的现状情况

　　B. 评价影响的性质和影响程度、影响的显著性，以决定行止

　　C. 评价生态影响的敏感性和主要受影响的保护目标，以决定保护的优
　　　　先性

　　D. 评价资源和社会价值的得失，以决定取舍

37. 生态环境影响评价的指标有（　　　）。

　　A. 生态学评价指标与基准

　　B. 可持续发展评估指标和基准

　　C. 以政策与战略作为评估指标与基准

　　D. 以环境保护法规和资源保护法规作为评估基准

38. 生态影响评价指标来源有（　　　）。

　　A. 国家、行业和地方规定的标准

　　B. 规划确定的目标、指标和区划功能

　　C. 以专家确定的"阈值"或"生态承载力"作为标准

　　D. 特定生态问题的限值

39. 类比调查方法有（　　　）。

　　A. 资料调查　　　　　　　　　　B. 实地监测或调查

　　C. 景观生态调查法　　　　　　　D. 公众参与调查法

40. 类比调查分析的方法有（　　　）。

　　A. 统计性分析　　　　　　　　　B. 单因子类比分析

　　C. 综合性类比分析　　　　　　　D. 替代方案类比分析

41. 侵蚀模数预测方法有（　　　）。

A. 已有资料调查法　　　　　　　　B. 物理模型法

C. 现场调查法　　　　　　　　　　D. 估算法

42. 风力侵蚀的强度分级按（　　）指标划分。

A. 植被覆盖度　　　　　　　　　　B. 年风蚀厚度

C. 侵蚀模数　　　　　　　　　　　D. 侵蚀程度

43. 总磷的收支数据计算法包括（　　）。

A. 输出系数法　　　　　　　　　　B. 实测法

C. 总磷负荷规范化计算法　　　　　D. 营养状况指数法

44. 评价水体富营养化的方法包括（　　）。

A. 评分法　　　　　　　　　　　　B. 营养物质负荷法

C. 输出系数法　　　　　　　　　　D. 营养状况指数法

45. 下列说法正确的是（　　）。

A. 湖泊总磷分为外负荷和内负荷两类

B. 外负荷：输入量＝输出量＋Δ 储存量

C. 内负荷模型：$\begin{cases} \rho_P = L_{ext}/q_s(1-R_{pred}) + (L_{ext}/q_s) \\ L_{int} = (R_{obs} - R_{pred}) \\ R_{obs} = (P_{int} - P_{out})/P_{int} \\ R_{pred} = 15/(18 + q_s) \end{cases}$

D. 总磷负荷规范化公式：$TP = \dfrac{L_P/q_s}{1 + \sqrt{T_w}}$

46. 下列属于营养状况指数 TSI 计算式的是（　　）。

A. 透明度参数式：$TSI = 60 - 14.41\ln SD$

B. 叶绿素 a 参数式：$TSI = 9.81\ln Chl + 30.6$

C. 总磷参数式：$TSI = 14.42\ln TP + 4.15$

D. 总磷负荷规范化公式：$TSI = \dfrac{L_P/q_s}{1 + \sqrt{T_w}}$

47. 生态制图的要求有（　　）。

A. 生态影响评价的图件需由正规比例的基础图件和评价成果图件组成

B. 三级评价项目要完成土地利用现状图和关键评价因子的评价成果图

C. 二级评价项目要完成土地利用现状图、植被分布图、资源分布图等基础图件和主要评价因子的评价和预测成果图

D. 一级项目还要用图形、图像显示评价区域全方位的评价和预测成果

48. 敏感度评价的判别指标有（　　）。

A. 平坦度　　　　　　　　　　　　B. 相对位置

C. 视见频率　　　　　　　　　　　D. 景观醒目程度

49. 固体废物分类正确的是 （   ）。

A. 农业固体废物 ⎰ 农业生产废物
⎱ 畜禽饲养废物
农副产品加工废物

B. 固体废物 ⎰ 城市固体废物
⎱ 工业固体废物
农业固体废物

C. 城市固体废物 ⎰ 生活垃圾
城建渣土
商业固体废物
⎱ 粪便

D. 工业固体废物 ⎰ 冶金工业固体废物
能源工业固体废物
石油化学工业固体废物
矿业固体废物
轻工业固体废物
⎱ 其他工业固体废物

50. 固体废物的特点有 （   ）。

A. 数量巨大、种类繁多、成分复杂

B. 资源和废物的相对性

C. 危害具有潜在性、长期性和灾难性

D. 处理过程的终态、污染环境的源头

51. 固体废物对环境的影响包括 （   ）。

A. 对大气环境的影响   B. 对水环境的影响

C. 对土壤环境的影响   D. 对景观的影响

52. 固体废物包括 （   ）。

A. 在生产、生活和其他活动中产生的丧失原有利用价值的固态、半固态物品

B. 虽未丧失利用价值但被抛弃或者放弃的固态、半固态的物品、物质

C. 法律、行政法规规定纳入固体废物管理的物品、物质

D. 不能排入水体的液态废物和不能排入大气的置于容器中的气态废物

53. 城市固体废物包括 （   ）。

A. 生活垃圾   B. 城建渣土   C. 商业固体废物   D. 粪便

54. 下列属于工业固体废物的是 （   ）。

A. 冶金工业固体废物   B. 能源工业固体废物

C. 石油化学工业固体废物   D. 商业固体废物

55. 固体废物污染物进入大气环境的途径有（　　）。
    A. 固体废物在堆存和处理处置过程中产生有害气体
    B. 堆放的固体废物中的细微颗粒、粉尘等可随风飞扬
    C. 焚烧法处理固体废物引起大气污染
    D. 固体废物堆放、处理和处置过程中，有害成分浸出

56. 固体废物对水环境的影响包括（　　）。
    A. 把水体作为固体废物的接纳体
    B. 固体废物在堆积过程中，经过自身分解和雨水淋溶产生的渗滤液流入江河、湖泊和渗入地下引起地表水和地下水污染
    C. 废物堆放、储存和处置过程中挥发，污染大气中的水
    D. 固体废物堆放、处理和处置过程中，有害成分浸出

57. 填埋场址地质屏障作用可分为（　　）。
    A. 隔离作用和去除作用　　　　　　B. 阻隔和阻滞作用
    C. 去除作用　　　　　　　　　　　D. 降解作用

58. 环境过程的分类为（　　）。
    A. 形态变化过程：酸碱平衡、吸附/解析
    B. 迁移过程：沉淀和溶解
    C. 转化过程：生物降解、光反应、水解、氧化-还原
    D. 生物积累：生物浓缩、生物放大

59. 垃圾填埋场主要污染源有（　　）。
    A. 渗滤液　　　　　　　　　　　　B. 填埋场释放气体
    C. 恶臭气体　　　　　　　　　　　D. 蚊蝇等害虫

60. 一般工程项目产生的固体废物，由产生、收集、运输、处理到最终处置的环境影响评价内容有（　　）。
    A. 污染源调查　　　　　　　　　　B. 污染防治措施的调查清单
    C. 提出最终处置措施方案　　　　　D. 污染物排放限制

61. 对处理、处置固体废物设施建设项目的环境影响评价的内容包括（　　）。
    A. 厂址选择　　　　　　　　　　　B. 污染控制项目
    C. 污染物排放限制　　　　　　　　D. 提出最终处置措施方案

62. 固体废物环评的特点有（　　）。
    A. 涉及固体产生、收集、储存、运输、预处理直至处置的各个过程
    B. 需要规避运输风险
    C. 考虑对居民生活区的潜在污染威胁
    D. 对地下水和土壤的分析比较详细

63. 垃圾填埋场主要环境影响有（　　）。

A. 填埋场渗滤液泄漏或处理不当对地下水及地表水的污染

B. 填埋场产生气体排放对大气的污染、对公众健康的危害以及可能发生的爆炸对公众安全的威胁

C. 填埋场的存在对周围景观的不利影响

D. 填埋作业及垃圾堆体对周围地质环境的影响

64. 垃圾填埋场环境影响评价的主要工作内容包括（　　）。

    A. 场址选择评价　　　　　　　　　B. 自然、环境质量现状评价

    C. 工程污染因素分析　　　　　　　D. 施工期影响评价

65. 垃圾填埋场污染防治措施的主要内容有（　　）。

    A. 渗滤液的治理和控制措施以及填埋场衬里破裂补救措施

    B. 释放气的导排或综合利用措施以及防臭措施

    C. 减振防噪措施

    D. 评价垃圾运输、场地施工、垃圾填埋操作、封场各阶段由各种机械产生的振动和噪声对环境的影响

二、参考答案

（一）单项选择题

1. C	2. D	3. B	4. A	5. C	6. B
7. C	8. D	9. D	10. D	11. A	12. B
13. A	14. B	15. B	16. C	17. D	18. A
19. A	20. B	21. D	22. A	23. A	24. B
25. D	26. D	27. D	28. B	29. A	30. A
31. B	32. B	33. B	34. C	35. D	36. A
37. B	38. D	39. B	40. C	41. A	

（二）多项选择题

1. ABC	2. ABCD	3. BCD	4. ABD	5. ABCD	6. ABCD
7. ABD	8. ABC	9. ABCD	10. CD	11. AB	12. ABD
13. ABD	14. AB	15. ABCD	16. BCD	17. ABCD	18. ABCD
19. ABCD	20. ABCD	21. ABC	22. ABC	23. AC	24. ABCD
25. ABCD	26. ABCD	27. ABCD	28. ABC	29. ABC	30. ABCD
31. ABCD	32. ABCD	33. CD	34. ACD	35. ABCD	36. BCD
37. ABCD	38. ABD	39. ABCD	40. ABCD	41. ABC	42. ABC
43. AB	44. ABD	45. ACD	46. ABC	47. ABCD	48. CD
49. ABCD	50. ABCD	51. ABC	52. ABCD	53. ABCD	54. ABC
55. ABC	56. AB	57. BC	58. ABCD	59. AB	60. ABC
61. ABC	62. AB	63. ABCD	64. ABCD	65. ABC	

三、习题解析

（一）单项选择题

11. B 项为非点源混合模型；C 项为有毒有害污染物溶解态的浓度；D 项为河流一维稳态水质模型方程解。

12. A 项为河流二维稳态水质模型；C 项为 Steeter-Phelps 模式；D 项为累计流量的二维水质方程。

21. A、B、C 项都是噪声级相加的公式。

28. 选择合适的类比对象，应从工程和生态环境两个方面考虑。

30. 水体富营养化主要是指人为因素引起的湖泊、水库中氮、磷增加对其水生生态产生不良的影响。

35. 农业固体废物包括：秸秆、蔬菜、水果、果树枝条、糠秕、人和畜禽粪便、农药等。

（二）多项选择题

10. A 项为非点源河流稀释混合模式；B 项为点源河流稀释混合模式。

11. C 项为连续点源的河流二维水质模式（在岸边排放，忽视对岸反射作用）；D 项为连续点源的河流二维水质模式（离岸排放，忽视远岸反射作用）。

12. 氧垂曲线图上临界氧亏点的左侧，耗氧大于复氧；临界氧亏点的右侧，复氧大于耗氧。

16. 大多数河流采用一维稳态模型。

17. 影响河流水质状况的污染负荷、源和汇包括：①来自城市污水处理厂的点源；②来自工矿企业的点源；③来自城市下水道系统的城市径流；④非点源；⑤河流上游或支流带入的污染物；⑥河床内的源和汇。

24. 声环境影响预测的步骤包括：

① 收集预测需要掌握的基础资料；

② 确定预测范围和预测点；

③ 预测时要说明噪声源噪声级数据的具体来源；

④ 选用恰当的预测模式和参数进行影响预测计算，说明具体参数选取的依据、计算结果的可靠性及误差范围；

⑤ 按每间隔 5dB 绘制等声级图。

25. 声环境影响评价基本要求和方法包括：

① 评价项目建设环境噪声现状；

② 评价建设项目在建设期、运行期噪声影响程度、超标范围和超标状况；

③ 分析受影响人口的分布状况；

④ 分析建设项目的噪声源分布和引起超标的主要噪声源或主要超标原因；

⑤ 分析建设项目选址、设备布置和选型的合理性，分析项目设计中已有的噪声防治措施的适用性和防治效果；

⑥ 评价必须增加或调整的适用本工程的噪声防治措施，分析其经济、技术的可行性；

⑦ 提出针对该项工程有关环境噪声监督管理、环境监督计划的城市规划方面的建议。

33. A 项和 B 项是应用传统生态学分析时需要回答的问题。

35. 生态环境影响预测或分析时，需要注意要点有：①持生态整体性观念；②生态系统为开放性系统观；③持生态系统为地域差异性系统观；④持生态系统为动态变化的系统观；⑤做好细致的工程分析；⑥做好敏感保护目标的影响分析；⑦正确处理依法评价影响和科学评价影响的问题；⑧正确处理一般评价和生态环境影响特殊性问题。

37. 生态环境影响评价的指标有：①生态学评价指标与基准；②可持续发展评估指标和基准；③以政策与战略作为评估指标与基准；④以环境保护法规和资源保护法规作为评估基准；⑤以经济价值损益和得失作为评估指标和标准；⑥社会文化评估基准。

38. 生态影响评价指标来源有：①国家、行业和地方规定的标准；②规划确定的目标、指标和区划功能；③背景或本底值；④以科学研究已证明的"阈值"或"生态承载力"作为标准；⑤特定生态问题的限值。

41. 侵蚀模数预测方法有：①已有资料调查法；②物理模型法；③现场调查法；④水文手册查算法；⑤土壤侵蚀及产沙数学模型法。

48. 敏感度评价指标有：视角或相对坡度、相对距离、视见频率、景观醒目程度。

54. 工业固体废物包括：冶金工业固体废物、能源工业固体废物、石油化学工业固体废物、矿业固体废物、轻工业固体废物和其他工业固体废物。

63. 垃圾填埋场的主要环境影响有：

① 填埋场渗滤液泄漏或处理不当对地下水及地表水的污染；

② 填埋场产生气体排放对大气的污染、对公众健康的危害以及可能发生的爆炸对公众安全的威胁；

③ 填埋场的存在对周围景观的不利影响；

④ 填埋作业及垃圾堆体对周围地质环境的影响；

⑤ 填埋机械噪声对公众的影响；

⑥ 填埋场滋生的害虫、昆虫、啮齿动物以及在填埋场觅食的鸟类和其他动物可能传播疾病；

⑦ 填埋垃圾中的塑料袋、纸张以及尘土等在未来得及覆土压实的情况下可能飘出场外，造成环境污染和景观破坏；

⑧ 流经填埋场区的地表径流可能受到污染。

第六章 环境保护措施

第一节 重点内容

一、大气污染控制技术概述

1. 概述

大气污染的常规控制技术见表 6-1。

表 6-1 大气污染的常规控制技术

控制技术	描述
洁净燃烧技术	在燃烧过程减少污染物排放与提高燃料利用效率的加工、燃烧、转化和污染排放控制等所有技术的总称
高烟囱烟气排放技术	通过高烟囱把含有污染物的烟气直接排入大气,使污染物向更大的范围和更远的区域扩散、稀释
烟(粉)尘净化技术	将颗粒污染物从废气中分离出来并加以回收的操作过程
气态污染物净化技术	根据气态污染物的特性选取。常用方法有吸收法、吸附法、催化法、燃烧法、冷凝法、膜分离法、电子束照射净化法和生物净化法等

我国主要的大气污染物是二氧化硫、氮氧化物和烟(粉)尘。

2. 二氧化硫控制技术

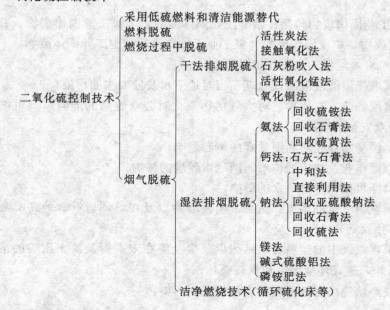

3. 氮氧化物控制技术

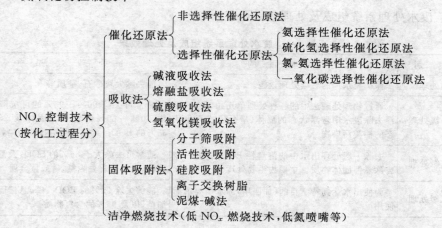

NO_x 控制技术（按化工过程分）
- 催化还原法
  - 非选择性催化还原法
  - 选择性催化还原法
    - 氨选择性催化还原法
    - 硫化氢选择性催化还原法
    - 氯-氨选择性催化还原法
    - 一氧化碳选择性催化还原法
- 吸收法
  - 碱液吸收法
  - 熔融盐吸收法
  - 硫酸吸收法
  - 氢氧化镁吸收法
- 固体吸附法
  - 分子筛吸附
  - 活性炭吸附
  - 硅胶吸附
  - 离子交换树脂
  - 泥煤-碱法
- 洁净燃烧技术（低 NO_x 燃烧技术,低氮喷嘴等）

4. 烟（粉）尘控制技术

（1）改进燃烧技术

完全燃烧产生的烟尘和煤尘等颗粒物要比不完全燃烧产生的少，故在燃烧过程中要供给适当的空气量，使燃料完全燃烧。

（2）采用除尘技术

① 重力除尘

② 惯性力除尘

③ 离心力除尘

④ 洗涤除尘

⑤ 过滤除尘

⑥ 电除尘

⑦ 声波除尘

二、工业废水处理技术概述

1. 工业废水处理方法

见表 6-2。

表 6-2　工业废水处理方法

分　类	原　　　理	处　理　工　艺
物理法	利用物理作用来分离废水中的悬浮物或乳浊物	格栅、筛滤、离心、澄清、过滤、隔油
化学法	利用化学反应的作用来去除废水中的溶解物质或胶体物质	中和、沉淀、氧化还原、电解絮凝、焚烧等
物理化学法	利用物理化学作用来去除废水中的溶解物质或胶体物质	混凝、吸附、膜分离、萃取、焚烧等
生物处理法	利用微生物代谢作用，使废水中的有机污染物和无机微生物营养物转化为稳定、无害的物质。包括厌氧和好氧两种类型	活性污泥法、生物膜法、厌氧消化法、稳定塘等

2. 废水处理系统

废水处理系统组成及处理效果见表 6-3。

表 6-3　废水处理系统组成及处理效果

级　别	处　理　目　的	处　理　效　果
预处理	保护废水厂的后续处理设施	能去除大块砂石、杂质等
一级处理	通过物理处理法中的各种处理单元如沉降或气浮去除废水中悬浮状态的固体、呈分层或乳化状态的油类污染物	通常可去除 $90\%\sim95\%$ 的可沉降颗粒物、$50\%\sim60\%$ 的总悬浮固体及 $25\%\sim35\%$ 的 BOD_5，无法去除溶解性污染物
二级处理	去除一级处理出水中的溶解性 BOD，并进一步去除悬浮固体物质。主要为生物处理	通常可去除大于 85% 的 BOD_5 及悬浮固体物，无法显著去除氮、磷或重金属
三级处理	为使出水达到特定目的（如回用）的水质要求而使用	能够去除 99% 的 BOD_5、磷、悬浮固体和细菌，以及 95% 的含氮物质

3. 废水处理系统组成

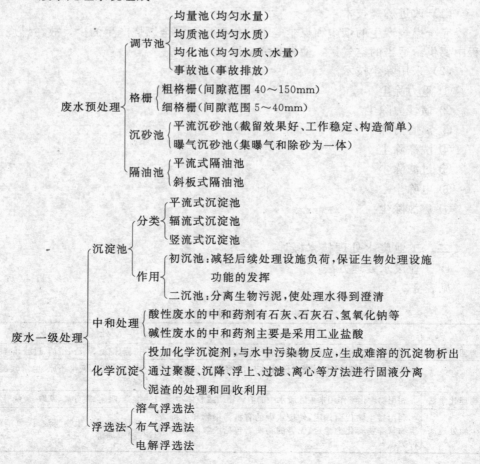

废水二级处理 {
　活性污泥法 {
　　传统活性污泥处理法
　　阶段曝气法
　　完全混合法
　　吸附再生法
　　带选择池的活性污泥法
　　氧化沟法
　}
　生物膜法 {
　　滴滤池
　　塔滤池
　　接触氧化池
　　生物转盘
　}
　厌氧生物处理 {
　　传统消化法
　　厌氧活性污泥法
　　上流式厌氧污泥床反应器法（UASB）
　　厌氧流化床法
　}
　出水消毒：消毒剂主要有氯气、臭氧、紫外线、二氧化氯和溴等
}

废水三级处理 {
　悬浮物的去除 {
　　化学絮凝后沉淀或汽提：铝化合物、铁化合物、碳酸钠、氢氧化钠、二氧化碳、聚合物
　　物理法过滤：纳滤、超滤、粒状填料过滤、硅藻土过滤等
　}
　除磷 {
　　化学沉淀：加入铝盐或铁盐及石灰
　　生物除磷：A/O工艺、A^2/O工艺、SBR工艺、活性污泥生物-化学沉淀等
　}
　脱氮 {
　　生物硝化-反硝化
　　折点氯化
　　选择性离子交换
　　氨的汽提
　}
}

污泥处理处置 {
　污泥特性：总固态物含量、易挥发固态物含量、pH值、营养物、有机物、病原体、重金属、有机化学品、危险性污染物等
　污泥处理方法 {
　　污泥浓缩（重力沉淀、浮选、离心）
　　污泥稳定（厌氧消化、好氧消化、化学稳定等）
　　污泥调节
　　污泥脱水（加压过滤、离心过滤）
　　污泥压缩
　}
　污泥处置与利用 {
　　处置方法：卫生填埋、焚烧
　　利用途径：农业利用
　}
}

三、环境噪声污染防治

1. 环境噪声污染防治原则

（1）从声音的三要素为出发点控制环境噪声的影响，以从声源上或传播途径上降低噪声为主，以受体保护作为最后不得已的选择。

（2）以城市规划为先，避免产生环境噪声污染影响。

（3）关注环境敏感人群的保护，体现"以人为本"。

（4）管理手段和技术手段相结合控制环境噪声污染。

（5）针对性、具体性、经济合理、技术可行原则。

2. 防治环境噪声污染的基本方法

（1）科学统筹进行城乡建设规划，明确土地使用功能分区，合理安排城市功能区和建设布局，预防环境噪声污染。

（2）从声源上降低噪声。

（3）从传播途径上降低噪声。

（4）当以上几种方法和手段仍不能保证受噪声影响的环境敏感目标达到相应的环境要求时，则不得不针对保护对象采取降噪措施。

3. 降低噪声的技术措施

（1）对以振动、摩擦、撞击等引发的机械噪声，一般采取减振、隔声措施。

（2）对以空气柱振动引发的空气动力性噪声的治理，一般采用安装消声器的措施。

（3）对某些用电设备产生的电磁噪声，一般是尽量使设备安装远离人群，一是保障电磁安全，一是利用距离衰减降低噪声。

（4）针对环境保护目标采取的环境噪声污染防治技术工程措施，主要是以隔声、吸声为主的屏蔽性措施，使保护目标免受噪声影响。

四、生态环境保护措施

1. 生态环境保护措施的基本要求

（1）体现法规的严肃性。

（2）体现可持续发展思想与战略。

（3）体现产业政策方向与要求。

（4）满足多方面的目的要求。

（5）遵循生态环境保护科学原理。

（6）全过程评价与管理。

（7）突出针对性与可行性。

2. 生态影响的防护与恢复措施原则

（1）凡涉及珍稀濒危物种和敏感地区等生态因子发生不可逆影响时，必须提出可靠的保护措施和方案。

（2）凡涉及尽可能需要保护的生物物种和敏感地区，必须制定补偿措施加以保护。

（3）对于再生周期较长，恢复速度较慢的自然资源损失，要制定恢复和补偿措施。

（4）对于普遍存在的再生周期短的资源损失，当其恢复的基本条件没有发生逆转时，不必制定补偿措施。

（5）需要制定区域的绿化规划。

（6）要明确生态影响防护与恢复费用的数量及使用科目，同时论述必要性。

3. 减少生态环境影响的工程措施

（1）合理选址选线

① 避绕敏感的环境保护目标。

② 不使规划区的主要功能受到影响。

③ 选址选线不存在潜在环境风险。

④ 保障区域可持续发展的能力不受到损害或威胁。

（2）工程方案分析与优化

① 选择减少资源消耗的方案。

② 采用环境友好的方案。

③ 采用循环经济理念，优化建设方案。

④ 发展环境保护工程设计方案。

（3）施工方案分析与合理化建议

① 建立规范化操作程序和制度。

② 合理安排施工次序、季节、时间。

③ 改变落后的施工组织方式，采用科学的施工组织方法。

（4）加强工程的环境保护管理

① 施工期环境工程监理与施工队伍管理。

② 营运期生态环境监测与动态管理。

4. 生态环境监理

环境监理概念：由第三方承担，受业主委托，依据合同和有关法律法规（包括批准的环境影响报告书），对工程建设承包方的环保工作进行监督、管理、监察。

环境监理范围：工程施工区和施工影响区。

环境监理方式：常驻工地即时监管和定期巡视辅以仪器监控。

5. 生态监测

（1）生态监测目的

① 了解背景。

② 验证假说。

③ 跟踪动态。

（2）生态监测方案

① 明确监测目的，或确定要认识或解决的主要问题。

② 确定监测项目或对象。

③ 确定监测点位、频次或时间等，明确方案的具体内容。

④ 规定监测方法和数据统计规范，使监测的数据可进行积累与比较。

⑤ 确立保障措施。

6. 生态影响的补偿与建设

补偿是一种重建生态系统以补偿因开发建设活动而损失的环境功能的措施。补偿两种形式：就地补偿和异地补偿。

在生态已经相当恶劣的地区，为保证建设项目的可持续发展运营和促进区域的可持续发展，开发建设项目不仅应该保护、恢复、补偿直接受影响的生态系统及其环境功能，而且需要采取改善区域生态，建设具有更高环境功能的生态系统的措施。

五、固体废物污染控制概述

1. 固体废物污染控制的主要原则

（1）减量化——清洁生产

（2）资源化——综合利用

（3）无害化——安全处置

2. 固体废物常用处理处置方法

（1）预处理（包括压实、破碎、分选）

（2）堆肥处理

（3）卫生填埋

（4）一般物化处理

（5）安全填埋

（6）焚烧处理

（7）热解法

3. 固体废物的收集与运输

（1）中转站的选址原则

① 尽可能位于垃圾收集中心或垃圾产量多的地方。

② 靠近公路干线及交通方便的地方。

③ 居民和环境危害最少的地方。

④ 进行建设和作业最经济的地方。

（2）垃圾填埋场的类型

① 衰减型填埋场

② 半封闭型填埋场

③ 全封闭型填埋场

前两种适用于城市生活垃圾处置；后一种适用于危险废物处置。

（3）垃圾填埋方式

① 山谷型填埋

② 平地型填埋（又分地上式、地下式和半地下式）

六、环境风险防范

1. 基本概念

环境风险：指突发性事故对环境（或健康）的危害程度，用风险值（R）表征。

风险值（R）：指事故发生概率（P）与事故造成的环境（或健康）后果（C）的乘积。

环境风险评价：指对建设项目建设和运行期间发生的可预测突发性时间或事故（一般不包括人为破坏及自然灾害）引起有毒有害、易燃易爆等物质泄漏，或突发事件产生新的有毒有害物质，所造成的对人身安全与环境的影响和损害进行评估，提出防范、应急与减缓措施。

2. 环境风险的防范措施

（1）选址、总图布置和建筑安全防范措施。

（2）危险化学品储运安全防范及避难所。

（3）工艺技术设计安全防范措施。

（4）自动控制设计安全防范措施。

（5）电气、电讯安全防范措施。

（6）消防及火灾报警系统。

（7）紧急救援站或有毒气体防护站设计。

3. 事故应急预案

事故应急预案应根据全厂（或工程）布局、系统关联、岗位工序、毒害物性质和特点等要素，结合周边环境及特定条件以及环境风险评价结果制定。

七、水土保持措施

1. 水土保护方案编制内容

（1）建设项目概况调查和环境概况调查

（2）水土流失预测

（3）水土流失防治措施编制

① 防治目标、防治时段和区段（点段）的具体实施部署。

② 开发建设单位和责任范围。

③ 措施实施的进度安排。

④ 投资估算及预期效益。

⑤ 水土流失监测与管理。

（4）水土保持投资概（估）算及效益分析

（5）水土保持方案审批与实施

2. 水土流失预防措施

（1）通过科学合理的设计方案和合理的施工方案，减少土地占用和植被破坏。

（2）合理选择弃渣弃土场，保证弃渣场安全，并对弃渣弃土场实行先挡后弃的操作方案。

（3）实行集中取土、集中弃土方案，既减少破坏又相对易于防治。

（4）合理确定施工期，避开集中雨季、风季。

（5）施工期备齐防止暴雨的挡护设备。

（6）矿业和工业项目做好弃渣、尾矿、矸石的回用和堆放，防止风吹雨蚀的流失。

（7）实施建设项目全过程管理，尤其须加强施工期的水土保持监理工作。

3. 水土流失治理措施

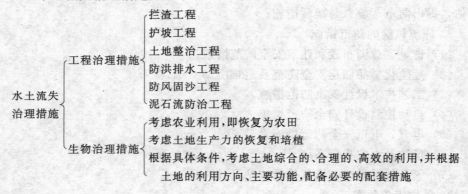

八、绿化方案编制

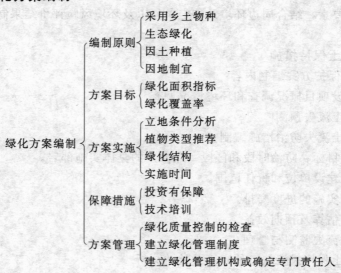

第二节　习题与答案

一、练习题

（一）单项选择题

1. 现代废水处理技术中，下列方法属于物理法的是（　　）。
   A. 隔油　　　　　B. 催化氧化　　　C. 活性污泥法　　D. 焚烧
2. 现代废水处理技术中，下列方法属于化学法的是（　　）。
   A. 隔油　　　　　B. 离心　　　　　C. 活性污泥法　　D. 氧化还原
3. 按处理程度，废水处理技术可分为（　　）级处理。
   A. 一级　　　　　B. 二级　　　　　C. 三级　　　　　D. 四级
4. 一级沉淀池通常可去除（　　）的可沉降颗粒物。
   A. 60％～65％　　B. 70％～75％　　C. 80％～85％　　D. 90％～95％
5. 一级沉淀池通常可去除（　　）的总悬浮固体。
   A. 40％～50％　　B. 50％～60％　　C. 60％～70％　　D. 70％～80％
6. 一级沉淀池通常可去除（　　）的 BOD_5。
   A. 5％～15％　　　B. 15％～25％　　C. 25％～35％　　D. 35％～45％
7. 二级处理过程可以去除大于（　　）的 BOD_5 及悬浮固体物质。
   A. 80％　　　　　B. 85％　　　　　C. 90％　　　　　D. 95％
8. 一般三级处理能够去除（　　）的 BOD、磷、悬浮固体和细菌。
   A. 90％　　　　　B. 95％　　　　　C. 98％　　　　　D. 99％
9. 一般三级处理能够去除（　　）的含氮物质。
   A. 90％　　　　　B. 95％　　　　　C. 98％　　　　　D. 99％
10. 下列说法错误的是（　　）。
    A. 格栅的主要作用是去除会堵塞或卡住泵、阀及其他机械设备的大颗粒物等
    B. 沉砂池一般设置在泵站和沉淀池之后，用以分离废水中密度较大的砂粒、灰渣等无机固体颗粒
    C. 隔油池采用自然上浮法去除可浮油的设施
    D. 事故池的主要作用就是容纳生成事故废水或可能严重影响污水处理厂运行的事故废水
11. 格栅的种类有粗格栅和细格栅，粗格栅的间隙为（　　）。
    A. 5～40mm　　B. 40～100mm　　C. 40～120mm　　D. 40～150mm
12. 下列说法错误的是（　　）。
    A. 在生物处理前设初沉池，可减轻后续处理设施的负荷，保证生物处理设施功能的发挥

B. 在生物处理设备后设沉淀池，可分离生物污泥，使处理水得到澄清

C. 碱性废水的投药中和主要是采用工业硫酸

D. 中和主要是指对酸、碱废水的处理，废酸碱水的互相中和，在中和后不平衡时，考虑采用药剂中和

13. 下列说法错误的是（　　）。

A. 化学沉淀处理是向废水中投加某些化学药剂（沉淀剂），使其与废水中溶解态的污染物直接发生化学反应，形成难溶的固体生成物，然后进行固废分离，除去水中污染物

B. 废水中的重金属离子、某些非重金属可采用化学沉淀处理过程去除，碱土金属不可以采用化学沉淀处理过程去除

C. 浮选法主要用于处理废水中靠自然沉降或上浮难以去除的浮油或相对密度接近于 1 的悬浮颗粒

D. 浮选过程包括气泡产生、气泡与颗粒附着以及上浮分离等连续过程

14. 在食品工业、化工、造纸工业废水处理中所应用的 UASB，其典型的设计负荷是（　　）kgCOD/(m^3·d)。

　　A. 1～5　　　　　　B. 4～15　　　　　　C. 10～50　　　　　D. 50～100

15. 下列几种厌氧消化工艺中工艺上与好氧的完全混合活性污泥法相类似的是（　　）。

　　A. 普通厌氧消化法　　　　　　　B. 厌氧接触法

　　C. 上流式厌氧污泥法　　　　　　D. 厌氧流化床法

16. 下列几种活性污泥法中，具有占地大、投资高、运行费用也略高的缺点的是（　　）。

　　A. 氧化沟　　　　　　　　　　　B. 传统活性污泥法

　　C. 阶段曝气法　　　　　　　　　D. 完全混合法

17. 下列几种活性污泥法中，具有污泥膨胀引起的污泥流失、硝化问题导致 pH 值降低以及出水悬浮物增高缺点的是（　　）。

　　A. 氧化沟　　　　　　　　　　　B. 传统活性污泥法

　　C. 延时曝气法　　　　　　　　　D. 完全混合法

18. 下列几种活性污泥处理工艺中，BOD_5 负荷最小的是（　　）。

　　A. 传统负荷法　　　　　　　　　B. 改进曝气法

　　C. 高负荷法　　　　　　　　　　D. 延时曝气法

19. 下列几种活性污泥处理工艺中，污泥浓度最大的是（　　）。

　　A. 传统负荷法　　　　　　　　　B. 改进曝气法

　　C. 高负荷法　　　　　　　　　　D. 延时曝气法

20. 下列关于生物膜法水处理工艺说法错误的是（　　）。

A. 生物转盘处理工艺不能达到二级处理水质，若设置多组转盘可以改善处理效果

B. 生物膜法处理废水就是使废水与生物膜接触进行固、液相的物质交换，利用膜内微生物将有机物氧化，使废水得到净化

C. 生物膜法有滴滤池、塔滤池、接触氧化池及生物转盘等形式

D. 好氧生物转盘系统大多由3～5级串联模式运行，在其后设沉淀池

21. 下列关于除磷说法错误的是（　　）。

A. 废水中磷一般具有正磷酸盐、偏磷酸盐和有机磷三种存在形式

B. 化学沉淀法通常是加入铝盐或铁盐及石灰

C. A/O工艺过程、A²/O工艺过程、活性污泥生物-化学沉淀过程、序批式间歇反应器（SBR）等都可以用于除磷

D. 由于大部分磷都溶于污水中，传统的一、二级污水处理仅能去除少量的磷

22. 一般传统的一级处理过程大致可去除原污水中总氮量的（　　）。
   A. 5%　　　　　B. 14%　　　　　C. 26%　　　　　D. 55%

23. 一般传统的二级处理过程大致可去除原污水中总氮量的（　　）。
   A. 5%　　　　　B. 14%　　　　　C. 26%　　　　　D. 55%

24. 氨的汽提过程需要先将二级处理出水的pH值提高到（　　）以上，使铵离子转化为氨，随后对出水进行激烈曝气，以汽提方式将氨从水中去除，再将pH值调到合适值。
   A. 9　　　　　B. 10　　　　　C. 11　　　　　D. 12

25. 不属于二氧化硫控制方法的是（　　）。

A. 采用低硫燃料和清洁能源替代

B. 在锅炉流化燃烧过程中向炉内喷入纯碱粉末与二氧化硫发生反应以达到脱硫效果

C. 燃烧烟气进行脱硫

D. 燃料脱硫

26.《火电厂大气污染物排放标准》和《水泥厂大气污染物排放标准》均要求烟（粉）尘排放浓度小于（　　）mg/m³。
   A. 10　　　　　B. 30　　　　　C. 50　　　　　D. 100

27. 下列关于环境噪声污染防治对策的一般原则说法错误的是（　　）。

A. 从声音的三要素为出发点控制环境噪声的影响，以从声源上、传播途径上以及以受体保护所作选择三方面为主

B. 以城市规划为先，避免产生环境噪声污染影响

C. 关注环境敏感人群的保护，体现"以人为本"

D. 管理手段和技术手段相结合控制环境噪声污染

28. 下列不属于从传播途径上降低噪声的是（　　　）。

A. 合理安排建筑物功能和建筑物平面布局，使敏感建筑物远离噪声源，实现"闹静分开"

B. 利用天然地形或建筑物（非敏感的）起到屏障遮挡作用

C. 在声源和敏感目标间增设吸声、隔声、消声措施

D. 在生产管理和工程质量控制中保持设备良好运转状态，不增加不正常运行噪声

29. 对于产生噪声较大的厂房可从维护结构，如强体、门窗设计上使用隔声效果好的建筑材料等措施，降低车间厂房内的噪声对外部的影响。一般材料隔声效果可以达到（　　　）。

A. 5～12dB　　　　B. 15～40dB　　　　C. 50～70dB　　　　D. 70～100dB

30. 一般人工设计的声屏障最多可以达到（　　　）的实际降噪效果。

A. 5～12dB　　　　B. 15～40dB　　　　C. 50～70dB　　　　D. 70～100dB

31. 一般消声器可以实现（　　　）的降噪量，若减少通风量还可能提高设计的消声效果。

A. 5～12dB　　　　B. 10～25dB　　　　C. 50～70dB　　　　D. 70～100dB

32. 下列关于防治环境噪声污染的技术措施说法错误的是（　　　）。

A. 对以振动、摩擦、撞击等引发的机械噪声，一般采取减振、隔声措施

B. 对以空气柱振动引发的空气动力性噪声的治理，一般采取减振、隔声措施

C. 对某些用电设备产生的电磁噪声，一般是尽量使设备安装远离人群，一是保障电磁安全，二是利用距离衰减降低噪声

D. 针对环境保护目标采取的环境噪声污染防治技术工程措施，主要是以隔声、吸声为主的屏蔽性措施，使保护目标免受噪声影响

33. 下列关于固体废物处置常用的方法概述错误的是（　　　）。

A. 堆肥法是利用自然界广泛分布的微生物的新陈代谢作用，在适宜的水分、通气条件下，进行微生物的自身繁殖，从而将可生物降解的有机物向稳定的腐殖质转化

B. 卫生填埋即安全填埋，是把废物放置或储存在环境中，使其与环境隔绝的处置方法

C. 焚烧即以一定的过剩空气量与被处理的有机废物在焚烧炉内进行氧化分解反应，废物中的有毒有害物质在高温中被氧化、分解

D. 热解技术是在氧分压较低的条件下，利用热能将大分子量的有机物

裂解为分子量相对较小的易于处理的化合物或燃料气体、油和炭黑等有机物质

34. 好氧堆肥是在通风条件下，有游离氧存在时进行的分解发酵过程，堆肥堆温较高，一般在（　　）℃。

　　　A. 25~35　　　　　B. 35~45　　　　　C. 45~55　　　　　D. 55~65

35. 水土流失预防规定禁止毁林开荒、烧山开荒和在陡坡地、干旱地区铲草皮、挖树蔸。尤其禁止在（　　）以上陡坡开垦种植农作物。

　　　A. 5°　　　　　　B. 25°　　　　　　C. 40°　　　　　　D. 60°

36. 在（　　）以上坡地整地造林、抚育幼林、垦覆油茶与油桐等经济林木，都必须采取水土保持措施。

　　　A. 5°　　　　　　B. 25°　　　　　　C. 40°　　　　　　D. 60°

37. 国家"十五"期间固体废物排放总量控制指标是（　　）。

　　　A. 工业固体废物　　　　　　　　　　B. 城市垃圾

　　　C. 污泥　　　　　　　　　　　　　　D. 重金属

（二）多项选择题

1. 下列物质可通过化学沉淀的方法去除的有（　　）。

　　　A. 铜　　　　　　B. 铅　　　　　　C. 镁　　　　　　D. 砷

2. 现代废水处理技术中，下列方法属于物理法的有（　　）。

　　　A. 格栅隔油　　　B. 澄清　　　C. 活性污泥法　　　D. 焚烧

3. 现代废水处理技术中，下列方法属于生物处理法的有（　　）。

　　　A. 湿地处理　　　　　　　　　　　　B. 稳定塘

　　　C. 离子交换　　　　　　　　　　　　D. 厌氧生物消化法

4. 下列说法错误的有（　　）。

　　　A. 现代废水处理技术，按作用原理可分为物理法、化学法和生物法三大类

　　　B. 物理法是利用物理作用来分离废水中的悬浮物或乳浊物，常见的有格栅、筛滤、离心、氧化还原等方法

　　　C. 化学法是利用化学反应来去除废水中的溶解物质或胶体物质，常见有中和、沉淀、焚烧等方法

　　　D. 生物处理法是利用微生物代谢作用，使废水中的有机污染物和无机微生物营养物转化为稳定、无害的物质

5. 下列关于废水处理系统说法正确的有（　　）。

　　　A. 预处理的目的是保护废水处理厂的后续处理设备

　　　B. 二级处理过程可显著去除 BOD_5、悬浮固体物质、氮、磷和重金属

　　　C. 按处理程度，废水处理技术可分为一级、二级和三级处理

D. 一级沉淀池无法去除溶解性污染物

6. 根据调节池的功能，可将其分为（　　　）。

    A. 均量池　　　　　B. 均质池　　　　　C. 均化池　　　　　D. 事故池

7. 酸性废水的中和剂主要有（　　　）。

    A. 石灰　　　　　　B. 石灰石　　　　　C. 氢氧化钠　　　　D. 氢氧化镁

8. 常用的消毒剂有（　　　）。

    A. 氯气　　　　　　B. 臭氧　　　　　　C. 紫外线　　　　　D. 二氧化氯

9. 废水厌氧生物处理是指在缺氧条件下通过厌氧微生物（包括兼氧微生物）的作用，将废水中的各种复杂有机物分解转化成（　　　）。

    A. 氮气　　　　　　B. 二氧化碳　　　　C. 一氧化碳　　　　D. 甲烷

10. 废水的三级处理的目的是提高出水质量，使其达到严格的出水标准及污水回用的目的，一般三级处理过程主要去除（　　　）。

    A. 悬浮物　　　　　B. 重金属　　　　　C. 氮　　　　　　　D. 磷

11. 对二级处理出水中的悬浮物的去除方法主要有（　　　）。

    A. 化学絮凝后沉淀　　　　　　　　　B. 化学絮凝后汽提

    C. 硅藻土过滤　　　　　　　　　　　D. 纳滤

12. 下列关于脱氮的说法错误的有（　　　）。

    A. 控制氮含量的方法主要有生物硝化-反硝化、折点氯化、选择性离子交换、氨的汽提，不管采用哪种方法，氮的去除率都可超过 95%

    B. 在生物硝化-反硝化中，无机氮先通过延时曝气氧化成硝酸盐，再经过厌氧环境反硝化转化成氮气，从而去除污水中的氮

    C. 在传统的处理过程中，无机氮含量经一级处理后，其含量增加 50% 左右，不受二级（生物）处理的影响

    D. 折点氯化过程是在二级出水中投加氯，直到残余的全部溶解性的氯达到最低点（折点），使水中氨氮全部氧化

13. 污泥的好氧消化是在好氧菌的作用下，挥发性固态物、病原体以及恶臭减少，而有机固态物将转化为（　　　）。

    A. CO_2　　　　　　B. NH_3　　　　　　C. N_2　　　　　　　D. H_2O

14. 我国主要的大气污染物有（　　　）。

    A. 二氧化硫　　　　B. 氮氧化物　　　　C. 烟尘　　　　　　D. 一氧化碳

15. 氮氧化物的控制方法主要有（　　　）。

    A. 催化还原法　　　　　　　　　　　B. 吸收法

    C. 固体吸附法　　　　　　　　　　　D. 洁净燃烧技术

16. 下列关于烟（粉）尘控制技术说法错误的有（　　　）。

    A. 一般的除尘技术均能达到《火电厂大气污染物排放标准》和《水泥

厂大气污染物排放标准》的排放要求

    B. 电除尘器的主要原理涉及悬浮粒子荷电，带电粒子在电场内迁移和捕集，以及将捕集物从集尘表面上清除三个基本过程

    C. 袋式除尘器的除尘效率一般只能达到90％

    D. 完全燃烧产生的烟尘和煤尘等颗粒物要比不完全燃烧产生的多

17. 下列除尘技术能达到《火电厂大气污染物排放标准》和《水泥厂大气污染物排放标准》要求的烟（粉）尘排放浓度小于 $50mg/m^3$ 排放限值的有（   ）。

    A. 电除尘   B. 重力除尘   C. 洗涤除尘   D. 布袋除尘

18. 下列属于从声源上降低噪声的方法有（   ）。

    A. 在工程设计和设备选型时尽量采用符合要求的低噪声设备

    B. 在工程设计中改进生产工艺和加工操作方法，降低工艺噪声

    C. 在生产管理和工程质量控制中保持设备良好运转状态，不增加不正常运行噪声

    D. 对声源采用隔振、减振降噪或消声降噪措施

19. 城市固体废物常用的预处理技术主要有（   ）。

    A. 压实   B. 破碎   C. 堆肥   D. 分选

20. 下列说法错误的有（   ）。

    A. 燃料系统中有燃料或可燃物质、氧化物及惰性物质

    B. 好氧堆肥具有发酵周期长、无害化程度低、卫生条件好、易于机械化操作等特点

    C. 燃料是含有碳碳、碳氢及氢氢等高能量化学键的有机物质，这些化学键经氧化后，会放出热能

    D. 用于处置危险废物的安全填埋场属衰减型填埋场或半封闭型填埋场

21. 下列说法正确的有（   ）。

    A. 施工期环境保护监理范围即指工程施工区

    B. 监理工作方式包括常驻工地实行即时监管，亦有定期巡视辅以仪器监控

    C. 对于普遍存在的再生周期短的资源损失，当其恢复的基本条件没有发生逆转时，要制定恢复和补偿措施

    D. 绿化方案一般应包括编制指导思想、方案目标、方案措施、方案实施计划及方案管理

22. 绿化方案编制中，一般应遵循的原则有（   ）。

    A. 采用乡土物种   B. 生态绿化

    C. 因土种植   D. 因地制宜

23. 《中华人民共和国水土保持法》规定："在（   ）地区修建铁路、公

路、水工程，开办矿山企业、电力企业和其他大中型工业企业，在建设项目环境影响报告书中，必须有水行政主管部门同意的水土保持方案"。

  A. 山区   B. 丘陵区   C. 风沙区   D. 平原区

  24. 水土流失治理措施主要有工程治理措施和生物治理措施，下列属于工程治理措施的有（   ）。

  A. 拦渣坝   B. 防洪堤   C. 尾矿坝   D. 人工再植被

  25. 国家"十五"期间大气环境污染物排放总量控制指标有（   ）。

  A. 二氧化硫   B. 烟尘   C. 工业粉尘   D. 氮氧化物

  26. 国家"十五"期间水环境污染物排放总量控制指标有（   ）。

  A. 化学需氧量   B. 生化好氧量

  C. 总悬浮固体   D. 氨氮

二、参考答案

（一）单项选择题

1. A	**2.** D	**3.** C	**4.** D	**5.** B	**6.** C
7. B	**8.** D	**9.** B	**10.** B	**11.** D	**12.** C
13. B	**14.** B	**15.** B	**16.** A	**17.** C	**18.** D
19. C	**20.** A	**21.** A	**22.** B	**23.** C	**24.** C
25. B	**26.** C	**27.** A	**28.** D	**29.** B	**30.** A
31. B	**32.** B	**33.** B	**34.** D	**35.** B	**36.** A
37. D					

（二）多项选择题

1. ABCD	**2.** AB	**3.** ABD	**4.** AB	**5.** ACD	**6.** ABCD
7. ABC	**8.** ABCD	**9.** BD	**10.** ACD	**11.** ABCD	**12.** AC
13. ABD	**14.** ABC	**15.** ABCD	**16.** ACD	**17.** AD	**18.** ABC
19. ABD	**20.** BD	**21.** BD	**22.** ABCD	**23.** ABC	**24.** ABC
25. ABC	**26.** AD				

三、习题解析

（一）单项选择题

10. 沉砂池一般设置在泵站和沉淀池之前，用以分离废水中密度较大的砂粒、灰渣等无机固体颗粒。

12. 碱性废水的投药中和主要是采用工业盐酸，使用工业盐酸的优点是反应产物的溶解度大，泥渣量小，但出水溶解固体浓度高。

13. 废水中的重金属离子、碱土金属（如钙、镁）、某些非重金属均可采用化学沉淀过程去除。

19. 传统负荷法污泥浓度 1200～3000mg/L，改进曝气法 300～600mg/L，高负荷法 4000～10000mg/L，延时曝气法 3000～6000mg/L。

20. 生物转盘处理工艺能达到二级处理水质，若设置多组转盘可得到更好的处理效果。

21. 废水中磷一般具有三种存在形式：正磷酸盐、聚合磷酸盐和有机磷。

25. 在锅炉流化燃烧过程中向炉内喷入的是石灰石，而不是纯碱粉末。

27. 受体保护是最后不得已的选择。

28. 在生产管理和工程质量控制中保持设备良好运转状态，不增加不正常运行噪声属于从声源上降低噪声的方法。

（二）多项选择题

2. 活性污泥法属于生物处理法，焚烧属于化学法。

4. 现代废水处理技术，按作用原理可分为物理法、化学法、物理化学法和生物法四大类，故 A 错；氧化还原不属于物理法，属于化学法，故 B 错。

5. 二级处理过程可显著去除 BOD_5、悬浮固体物质，但无法显著去除氮、磷或重金属，故 B 错。

9. 厌氧生物处理最终将有机物转化为二氧化碳和甲烷。

10. 废水的三级处理是指在废水经二级处理后，还需要进一步去除其中的悬浮物和溶解性物质的处理过程。一般的三级处理过程主要去除悬浮物和营养物。

12. 不管采用何种方法，氨的去除率可超过 90％，很难超过 99％，故 A 错；在传统的处理过程中，无机氮含量不受一级沉淀的影响，且经二级（生物）处理后，其含量增加 50％左右，故 C 错。

16. 一般的除尘技术不能达到《火电厂大气污染物排放标准》和《水泥厂大气污染物排放标准》的排放要求，故通常应当采用高效电除尘器或布袋除尘器；袋式除尘器的除尘效率一般能达 99％以上；完全燃烧产生的烟尘和煤尘等颗粒物要比不完全燃烧产生的少。

18. 对声源采用隔振、减振降噪或消声降噪措施属于从传播途径上降低噪声的方法。

21. 施工期环境保护监理范围应包括工程施工区和施工影响区；对于普遍存在的再生周期短的资源损失，当其恢复的基本条件没有发生逆转时，不必制定恢复和补偿措施。

第七章 环境容量与污染物排放总量控制

第一节 重点内容

一、区域环境容量分析

1. 环境容量分析方法

环境容量：人类和自然环境不致受害的情况下或者在保证不超出环境目标值的前提下，区域环境污染物的最大允许排放量。

（1）大气环境容量与污染物总量控制主要内容

① 选择总量控制指标：烟尘、粉尘、SO_2。

② 对所涉及的区域进行环境功能规划，确定各功能区环境空气质量目标。

③ 根据环境质量现状，分析不同功能区环境质量达标情况。

④ 结合当地地形和气象条件，选择适当方法，确定开发区大气环境容量。

⑤ 结合开发区规划分析和污染控制措施，提出区域环境容量利用方案和近期污染物排放总量控制指标。

（2）水环境容量与废水排放总量控制主要内容

① 选择总量控制指标因子：COD，氨氮。

② 分析基于环境容量约束的允许排放总量和基于技术经济条件约束的允许排放总量。

③ 对于拟接纳开发区污水的水体，应根据环境功能区划规定的水质标准要求，选用适当的水质模型分析确定水环境容量。

④ 对于现状水污染物实现达标排放，水体无足够的环境容量可利用的情形，应在制定基于水环境功能的区域水污染控制计划的基础上确定开发区水污染物排放总量。

⑤ 如预测的各项总量值均低于上述基于技术水平约束下的总量控制和基于水环境容量的总量控制指标，可选择最小的指标提出总量控制方案；如预测总量大于上述两类指标中的某一类指标，则需要调整规划，降低污染物总量。

2. 大气环境容量的计算方法

（1）修正的 A-P 法

① 根据所在地区按《制定地方大气污染物排放标准的技术方法》（GB/T 13201—91）查取总量控制系数 A 值。

② 确定第 i 个功能区的控制浓度：$c_i = c_i^0 - c_i^b$。

③ 确定各个功能区总量控制系数 A_i 值：$A_i = Ac_i$。

④ 确定各个功能区允许排放总量：$Q_{ai} = A_i \dfrac{S_i}{\sqrt{S}}$。

⑤ 计算总量控制区允许排放总量：$Q_a = \sum\limits_{i=1}^{n} Q_{ai}$。

（2）模拟法

① 对开发区进行网格化处理，并按环境功能分区确定每个网格的环境质量保护目标 c_{ij}^0。

② 掌握开发区的空气质量现状 c_{ij}^b，确定污染物控制浓度 $c_{ij} = c_{ij}^0 - c_{ij}^b$。

③ 根据开发区发展规划和布局，利用工程分析、类比等方法预测污染源的分布、源强和排放方式，并分别处理为点源、面源、线源和体源。

④ 利用《环境影响评价技术导则》规定的空气质量模型或经过验证适用于本开发区的其他空气质量模型模拟所有预测污染源达标排放的情况下对环境质量的影响 c_{ij}^a。

⑤ 比较 c_{ij}^a 和 c_{ij}，如果影响值超过控制浓度，提出布局、产业结构或污染源控制调整方案，然后重新开始计算。

⑥ 加和满足控制浓度的所有污染源的排放量，其和可视为开发区的环境容量。

（3）线性优化法

目标函数：
$$\max f(Q) = \sum D^{\mathrm{T}} Q$$

约束条件：
$$\sum AQ \leqslant c_s - c_a$$
$$Q \geqslant 0$$
$$Q = (q_1, q_2, \cdots, q_m)^{\mathrm{T}}$$
$$c_s = (c_{s1}, c_{s2}, \cdots, c_{sn})^{\mathrm{T}}$$
$$A = \left\{ \begin{array}{l} a_{11}, a_{12}, \cdots, a_{1m} \\ a_{21}, a_{22}, \cdots, a_{2m} \\ \vdots \\ a_{n1}, a_{n2}, \cdots, a_{nm} \end{array} \right\}$$
$$c_a = (c_{a1}, c_{a2}, \cdots, c_{an})^{\mathrm{T}}$$
$$D = (d_1, d_2, \cdots, d_m)^{\mathrm{T}}$$

3. 水环境容量分析

（1）对于拟接纳开发区污水的水体，如常年径流的河流、湖泊、近海水域应估算其环境容量。

（2）污染因子应包括国家和地方规定的重点污染物、开发区可能产生的特征污染物和受纳水体敏感的污染物。

（3）根据水环境功能区划明确受纳水体不同断面的水质要求，通过现有资料或现场监测弄清受纳水体的环境质量状况，分析受纳水体水质达标程度。

（4）在对受纳水体动力特性进行深入研究的基础上，利用水质模型建立污染物排放和受纳水体水质之间的输入响应关系。

（5）确定合理的混合区，估算相关污染物的环境容量。

4. 环境承载力分析方法

承载能力：维持种群和生态系统正常功能的最大压力阈值。

（1）应用领域

① 基础设施或公共设施。

② 空气和水体质量。

③ 野生生物数量。

④ 自然保护区域的休闲使用。

⑤ 土地利用。

（2）分析方法及步骤

① 建立环境承载力指标体系。

② 确定每一指标的具体数值。

③ 针对多个小区或同一区域的多个发展方案对指标进行归一化。

④ 第 j 个小区的环境承载力大小用归一化后的矢量的模来表示：

$$|\widetilde{E}_j| = \sqrt{\sum_{i=1}^{n} E_{ij}^2}$$

⑤ 根据承载力大小来对区域生产活动进行布局或选择环境承载力最大的发展方案作为优选方案。

5. 累积影响评价方法

（1）累积影响的类型

① 复合影响。

② 最低限度及饱和限度影响。

③ 诱发影响和间接影响。

④ 时间和空间的拥挤影响。

（2）累积影响评价方法

① 专家咨询法。

② 核查表法。

③ 矩阵法。

④ 网络法。

⑤ 系统流图法。

⑥ 环境数学模型法。

⑦ 承载力分析。

⑧ 叠图法/GIS。

⑨ 情景分析法。

⑩ 生态系统分析法。

二、污染物排放总量控制目标分析

1. 大气污染物总量控制

① 选择总量控制指标：烟尘、粉尘、SO_2。

② 对所涉及的区域进行环境功能区划，确定各功能区环境空气质量目标。

③ 根据环境质量现状，分析不同功能区环境质量达标情况。

④ 结合当地地形和气象条件，选择适当方法，确定开发区大气环境容量（即满足环境质量目标的前提下污染物的允许排放总量）。

⑤ 结合开发区规划分析和污染控制措施，提出区域环境容量利用方案和近期（5年计划）污染物排放总量控制指标。

2. 废水排放总量控制

① 选择总量控制指标：COD、NH_3-N。

② 分析基于环境容量约束的允许排放总量和基于技术经济条件约束的允许排放总量。

③ 对于拟接纳开发区污水的水体，应根据环境功能区划所规定的水质标准要求，选用适当的水质模型分析确定水环境容量：河流和湖泊选用水环境容量；河口和海湾选取水环境容量或最小初始稀释度；（开敞的）近海水域选择最小初始稀释度。对季节性河流，原则上不要求确定水环境容量。

④ 对于现状水污染物实现达标排放，水体无足够的环境容量可资利用的情形，应在制定基于水环境功能的区域水污染控制计划的基础上确定开发区水污染物排放总量。

⑤ 如预测的各项总量值均低于上述基于技术水平约束下的总量控制和基于水环境容量的总量控制指标，可选择最小的指标提出总量控制方案；如预测总量大于上述两类指标中的某一类指标，则需调整规划，降低污染物总量。

第二节 习题与答案

一、练习题

（一）单项选择题

1. 计算总量控制区允许排放总量的公式为（　　）。

    A. $c_i = c_i^0 - c_i^b$ B. $A_i = A \times c_i$

C. $Q_a = \sum_{i=1}^{n} Q_{ai}$ D. $Q_{ai} = A_i \dfrac{S_i}{\sqrt{S}}$

2. 修正的 A-P 法步骤：

① 确定各个功能区总量控制系数 A_i 值，$A_i = Ac_i$；

② 确定第 i 个功能区的控制浓度，$c_i = c_i^0 - c_i^b$；

③ 根据所在地区按《制定地方大气污染物排放标准的技术方法》（GB/T 13201—91）查取总量控制系数 A 值；

④ 计算总量控制区允许排放总量：$Q_a = \sum_{i=1}^{n} Q_{ai}$；

⑤ 确定各个功能区允许排放总量：$Q_{ai} = A_i \dfrac{S_i}{\sqrt{S}}$。

正确的顺序是（   ）。

  A. ①②③④⑤   B. ③②①⑤④   C. ①③②④⑤   D. ③①②④⑤

3. 模拟法步骤：

① 根据开发区发展规划和布局，利用工程分析、类比等方法预测污染源的分布、源强和排放方式，并分别处理为点源、面源、线源和体源；

② 掌握开发区的空气质量现状 c_{ij}^b，确定污染物控制浓度 $c_{ij} = c_{ij}^0 - c_{ij}^b$；

③ 对开发区进行网格化处理，并按环境功能分区确定每个网格的环境质量保护目标 c_{ij}^0；

④ 比较 c_{ij}^a 和 c_{ij}，如果影响值超过控制浓度，提出布局、产业结构或污染源控制调整方案，然后重新开始计算；

⑤ 利用《环境影响评价技术导则》规定的空气质量模型或经过验证适用于本开发区的其他空气质量模型模拟所有预测污染源达标排放的情况下对环境质量的影响 c_{ij}^a；

⑥ 加和满足控制浓度的所有污染源的排放量，其和可视为开发区的环境容量。

正确的顺序是（   ）。

  A. ①②③④⑤⑥   B. ③②①⑤④⑥

  C. ①②④③⑤⑥   D. ③①⑤②④⑥

4. 环境承载力分析方法及步骤：

① 针对多个小区或同一区域的多个发展方案对指标进行归一化；

② 确定每一指标的具体数值；

③ 建立环境承载力指标体系；

④ 根据承载力大小来对区域生产活动进行布局或选择环境承载力最大的发展方案作为优选方案；

⑤ 第 j 个小区的环境承载力大小用归一化后的矢量的模来表示：

$$|\tilde{E}_j| = \sqrt{\sum_{i=1}^{n} E_{ij}^2}$$

正确的顺序是（　　）。

A. ①②③④⑤　　　　　　　　B. ③②①⑤④

C. ①③②④⑤　　　　　　　　D. ③①②⑤④

5. 不属于累积影响类型的选项是（　　）。

A. 环境承载力影响　　　　　　B. 最低限度及饱和限度影响

C. 诱发影响和间接影响　　　　D. 时间和空间的拥挤影响

（二）多项选择题

1. 大气环境容量的修正方法有（　　）。

A. 修正的 A-P 值法　　　　　　B. 估算法

C. 模拟法　　　　　　　　　　D. 线性优化（规划）法

2. 下列关于水容量计算的说法中，正确的是（　　）。

A. 污染因子为国家规定的重点污染物，不包括地方重点污染物

B. 确定合理的混合区，估算相关污染物的环境容量

C. 根据水环境功能区划明确受纳水体不同断面的水质要求，通过现有资料或现场监测弄清受纳水体的环境质量状况，分析受纳水体水质达标程度

D. 在对受纳水体动力特性进行深入研究的基础上，利用水质模型建立污染物排放和受纳水体水质之间的输入响应关系

3. 与环境容量有关的因素有（　　）。

A. 该环境的社会功能

B. 该环境的环境背景和污染源位置

C. 污染物的物理化学性质

D. 环境自净能力

4. 在提出污染物总量控制方案的工作内容要求时，应考虑到（　　）的原则要求。

A. 集中供热　　　　　　　　　B. 当地环保部门要求

C. 污水集中处理排放　　　　　D. 固体废物分类处置

5. 水环境容量与废水排放总量控制的主要内容有（　　）。

A. 分析基于环境容量约束的允许排放总量和基于技术经济条件约束的允许排放总量

B. 对于拟接纳开发区污水的水体，应根据环境功能区划规定的水质标准要求，选用适当的水质模型分析确定水环境容量

C. 对于现状水污染物实现达标排放，水体无足够的环境容量可利用的情形，应限制新污染物排放

D. 如果预测各项总量低于水环境容量的总量控制指标，则方案可行

6. 大气环境容量与污染物总量控制的主要内容有（　　）。

A. 对所涉及的区域进行环境功能规划，确定各功能区环境空气质量目标

B. 根据环境质量现状，分析不同功能区环境质量达标情况

C. 结合当地地形和气象条件，选择适当方法，确定开发区大气环境容量

D. 结合开发区规划分析和污染控制措施，提出区域环境容量利用方案和近期污染物排放总量控制指标

7. 大气环境容量的分析方法主要有（　　）。

A. 修正的 A-P 法　　　　　　　　B. 模拟法

C. 遥感法　　　　　　　　　　　　D. 线性优化法

8. 利用 A-P 法估算环境容量需要掌握的资料有（　　）。

A. 开发区范围和面积

B. 区域环境条件

C. 第 i 个功能区的面积 S_i

D. 第 i 个功能区污染物控制浓度（标准浓度限值）c_i

9. 与特定地区的大气环境容量有关的因素有（　　）。

A. 涉及的区域范围与下垫面复杂程度

B. 空气环境功能区划及空气环境质量保护目标

C. 区域内污染源及其污染物排放强度的时空分布

D. 区域大气扩散、稀释能力

10. 线性优化法

目标函数：$\max f(Q) = \sum D^\mathrm{T} Q$

约束条件：$\sum AQ \leqslant c_\mathrm{s} - c_\mathrm{a} Q \geqslant 0$，其中参数定义正确的是（　　）。

A. $Q = (q_1, q_2, \cdots, q_1 m)^\mathrm{T}$　　　　B. $c_\mathrm{s} = (c_{\mathrm{s}1}, c_{\mathrm{s}2}, \cdots, c_{\mathrm{s}n})^\mathrm{T}$

C. $c_\mathrm{a} = (c_{\mathrm{a}1}, c_{\mathrm{a}2}, \cdots, c_{\mathrm{a}n})^\mathrm{T}$　　　D. $D = (d_1, d_2, \cdots, d_m)^\mathrm{T}$

11. 水环境容量分析内容包括（　　）。

A. 对于拟接纳开发区污水的水体应估算其环境容量

B. 污染因子不包括开发区可能产生的特征污染物

C. 根据水环境功能区划明确受纳水体不同断面的水质要求

D. 利用水质模型建立污染物排放和受纳水体水质之间的输入响应关系

12. 环境承载力分析应用领域包括（　　）。

A. 基础设施或公共设施　　　　　　B. 空气和水体质量

C. 野生生物数量　　　　　　　　　D. 自然保护区域的休闲使用

13. 累积影响的类型包括（   ）。

　　A. 复合影响　　　　　　　　B. 最低限度及饱和限度影响
　　C. 诱发影响和间接影响　　　　D. 时间和空间的拥挤影响

二、参考答案
（一）单项选择题
1. C　　2. B　　3. B　　4. B　　5. A
（二）多项选择题
1. ACD　　2. BCD　　3. ABCD　　4. ACD　　5. AB　　6. ABCD
7. ABD　　8. ACD　　9. ABCD　　10. ABCD　　11. ACD　　12. ABCD
13. ABCD

三、习题解析
多项选择题
2. 污染因子应包括国家和地方规定的重点污染物、开发区可能产生的特征污染物和受纳水体敏感的污染物。

第八章　清　洁　生　产

第一节　重　点　内　容

一、清洁生产指标的选取与计算

1. 清洁生产指标分级

国家环保总局推出的石油炼制、炼焦、制革等行业的清洁生产标准，将清洁生产指标分为三级：

一级：代表国际清洁生产先进水平。

二级：代表国内清洁生产先进水平。

三级：代表国内清洁生产基本水平。

2. 清洁生产指标的选取原则

（1）从产品生命周期全过程考虑，即生命周期分析法；

（2）体现以污染预防为主的原则，即污染物产生指标是指污染物离开生产线时的数量和浓度，而不是经过处理后的数量和浓度

（3）容易量化，清洁生产指标要力求定量化，对于难于定量的也应给出文字说明。

（4）满足政策法规要求和符合行业发展趋势。

3. 清洁生产评价指标含义及计算

（1）生产工艺与装备要求　对项目的工艺技术来源和技术特点进行分析，说明其在同类技术中所占的地位和所选设备的先进性。

（2）资源能源利用指标

① 原材料指标（原、辅材料的选取）　可从毒性、生态影响、可再生性、能源强度以及可回收利用性这五个方面建立定性分析指标。

② 单位产品的物耗　生产单位产品消耗的主要原、辅材料，也可用产品收率、转化率等工艺指标反映。

③ 单位产品的能耗　生产单位产品消耗的电、煤、石油、天然气和蒸汽等能源，通常用单位产品综合能耗指标。

④ 新用水量指标

$$单位产品新水用量 = \frac{年新水总用量}{产品产量}$$

$$单位产品循环用水量 = \frac{年循环水量}{产品产量}$$

$$工业用水重复利用率 = \frac{C}{C+Q} \times 100\%$$

$$间接冷却水循环率 = \frac{C_冷 - Q_冷}{C_冷} \times 100\%$$

$$工艺水回用率 = \frac{C_X}{Q_X + C_X} \times 100\%$$

$$万元产值取水量 = \frac{Q}{P}$$

式中　C，Q——重复用水量和取水量；

　　　$C_冷$，$Q_冷$——间接冷却水的循环量和系统取水量；

　　　C_X，Q_X——工艺的用水量和取水量；

　　　　　P——年产值。

（3）产品指标

① 产品应是我国产业政策鼓励发展的产品；

② 从清洁生产要求还要考虑产品的包装；

③ 产品使用安全，报废后不对环境产生影响。

（4）污染物产生指标

① 废水产生指标

$$单位产品废水（或\ COD）排放量 = \frac{年排入环境的废水（或\ COD）总量}{产品产量}$$

$$污水回用率 = \frac{Q_污}{Q_污 + Q_{直污}} \times 100\%$$

式中　$Q_污$——污水回用量；

　　　$Q_{直污}$——直接排入环境的污水量。

② 废气产生指标

$$单位产品废水（或\ SO_2）排放量 = \frac{年排入环境的废水（或\ SO_2）总量}{产品产量}$$

③ 固体废物产生指标　可简单地定为单位产品主要固体废物产生量和单位固体废弃物综合利用量。

（5）废物回收利用指标

对于生产企业，应尽可能地回收和利用废物，而且应该是高等级的利用，逐步降级使用，然后再考虑末端治理。

（6）环境管理要求

① 环境法律法规标准要求　要求企业符合有关法律法规标准的要求。

② 环境审核要求　按照行业清洁生产审核指南要求进行审核、按 ISO14001 建立并运行环境管理体系。

③ 废物处理处置要求　要求一般废物妥善处理、危废无害化处理。

④ 生产过程环境管理要求　对生产过程中可能产生废物的环节提出要求，如要求原材料质检、消耗定额、对产品合格率有考核等，防止跑冒滴漏等。

⑤ 相关环境管理要求　对原料、服务供应方等的行为提出环境要求。

二、建设项目清洁生产分析的方法和程序

1. 清洁生产分析的方法

指标对比法（国内采用较多）、分值评定法。

2. 清洁生产分析程序

① 收集相关行业清洁生产标准；

② 预测环评项目的清洁生产指标值；

③ 将预测值与清洁生产标准值对比；

④ 得出清洁生产评价结论；

⑤ 提出清洁生产改进方案和建议。

3. 环境影响报告书中清洁生产分析的编写要求

（1）编写原则

① 应从清洁生产的角度对整个环评过程中有关内容加以补充和完善。

② 大型工业项目可在环评报告书中单列"清洁生产分析"一章，专门进行叙述；中、小型且污染较轻的项目可在工程分析一章中增列"清洁生产分析"一节。

③ 清洁生产指标项的确定要符合指标选取原则，从六类指标考虑并充分考虑行业特点。

④ 清洁生产指标数值的确定要有充分的依据。调查收集同行业多数企业的数据，或同行业中有代表性企业的近年的基础数据，作参考依据。

⑤ 建设项目的清洁生产指标的描述应真实客观。

⑥ 报告书中必须给出关于清洁生产的结论及所应采取的清洁生产方案建议。

（2）编写内容

① 环评中进行清洁生产分析所采用清洁生产评价指标的介绍；

② 建设项目所能达到的清洁生产各个指标的描述；

③ 建设项目清洁生产评价结论；

④ 清洁生产方案建议。

第二节　习题与答案

一、练习题

（一）单项选择题

1. 生命周期评价主要是对一个产品系统生命周期中的（　　）对环境影响

的汇编和评价。

　　A. 销售、使用和报废后处理与处置

　　B. 生产工艺、产品包装和销售过程

　　C. 原材料的采掘、产品的生产过程、产品的销售和报废后的处理与处置

　　D. 原材料的堆放、运输和使用过程以及产品生产的过程

　2. 清洁生产的一项重要内容就是对产品的要求，因为产品的（　　）均会对环境造成影响。

　　A. 生产、使用过程和报废后的处理处置

　　B. 生产、销售和使用过程

　　C. 销售、使用过程和报废后的处理处置

　　D. 生产和使用过程以及回收

　3. 在清洁生产评价指标中污染物产生指标能反映生产过程的状况，通常设的指标有（　　）。

　　A. 原材料消耗指标和废物回收指标

　　B. 废水产生指标、废气产生指标和固体废物产生指标

　　C. 生产工艺指标和原材料消耗指标

　　D. 废物回收指标和污染物排放指标

　4. 清洁生产评价指标中资源能源利用指标包括（　　）。

　　A. 能耗指标、物耗指标和废物回收利用指标

　　B. 单位产品的物耗和能耗指标以及单位产品的新水用量指标

　　C. 物耗指标、能耗指标和新水用量指标

　　D. 单位产品的物耗和能耗

　5. 在清洁生产分析中，我国采用较多的方法是（　　）。

　　A. 指标对比法　　　B. 分值评定法　　　C. 收集资料法　　　D. 类比法

　6. 国家环保总局推出的石油炼制、炼焦、制革等行业的清洁生产标准，将清洁生产指标分为（　　）级。

　　A. 3　　　　　　　　B. 4　　　　　　　　C. 5　　　　　　　　D. 6

　7. 下列选项中不属于新水用量指标的是（　　）。

　　A. 单位产品新水用量　　　　　　B. 单位产品循环用水量

　　C. 工业用水重复利用率　　　　　　D. 间接冷却水循环用水量

　8. 下列选项中不属于废水产生指标的是（　　）。

　　A. 单位产品废水排放量　　　　　　B. 单位产品 COD 排放量

　　C. 污水回用率　　　　　　　　　　D. 工业用水重复利用率

（二）多项选择题

　1. 清洁生产的内容包括（　　）。

A. 清洁能源　　　　　　　　　B. 清洁的服务

C. 清洁产品　　　　　　　　　D. 清洁生产过程

2. 清洁生产主要体现了（　　　）方面的内容。

A. 不仅对生产而且对服务也要考虑对环境的影响

B. 从资源节约和环保两个方面对工业产品生产从设计开始，到产品使用后直至最终处置，给予了全过程的考虑和要求

C. 对工业废弃物实行有效的削减，一改传统的不顾效益或单一末端控制的办法

D. 可以提高企业的生产效率和经济效益，着眼于全球环境的彻底保护，为全人类共建一个洁净的地球带来了希望

3. 清洁生产的评价标准一般包括（　　　）。

A. 技术评价因子　　　　　　　B. 安全评价因子

C. 环境评价因子　　　　　　　D. 经济评价因子

4. 在环评中引入清洁生产，可以（　　　）。

A. 减轻建设项目末端处理的负担

B. 降低建设项目的环境责任风险

C. 提高建设项目的市场竞争力

D. 提高建设项目的环境可靠性

5. 清洁生产分析指标选取的原则是（　　　）。

A. 从产品生命周期全过程考虑

B. 满足政策法规要求和行业发展趋势

C. 容易量化

D. 体现以污染预防为主

6. 生命周期评价方法的缺点有（　　　）。

A. 数据量很大

B. 当系统边界或假设条件不同时，不同产品的比较无意义

C. 结果一般是相对的

D. 结果计算方便，具有普适性

7. 国家环保总局推出的石油炼制、炼焦、制革等行业的清洁生产标准，将清洁生产指标划分的级别为（　　　）。

A. 一级代表国际清洁生产先进水平

B. 二级代表国内清洁生产先进水平

C. 三级达标国内清洁生产基本水平

D. 四级代表国内清洁生产基本水平

8. 清洁生产分析指标有（　　）。

    A. 生产工艺与装备要求　　　　B. 资源能源利用指标

    C. 产品指标　　　　　　　　　D. 污染物产生指标

9. 清洁生产分析的方法有（　　）。

    A. 指标对比法　　B. 分值评定法　　C. 资料收集法　　D. 类比法

10. 清洁生产分析程序包括（　　）。

    A. 收集相关行业清洁生产标准

    B. 预测环评项目的清洁生产指标值

    C. 将预测值与清洁生产标准值对比

    D. 得出清洁生产评价结论

11. 新用水量指标包括（　　）。

    A. 单位产品新水用量　　　　　B. 单位产品循环用水量

    C. 工业用水重复利用率　　　　D. 间接冷却水循环率

12. 原辅材料的选取可以从（　　）等方面建立定性分析指标。

    A. 毒性　　　　　　　　　　　B. 生态影响

    C. 可再生性和可回收利用性　　D. 能源强度

13. 环境管理应该从（　　）几个方面提出要求。

    A. 环境法律法规标准　　　　　B. 废物处理处置

    C. 生产过程环境管理　　　　　D. 相关方环境管理

二、参考答案

（一）单项选择题

1. C　　2. C　　3. B　　4. C　　5. A　　6. A　　7. D　　8. D

（二）多项选择题

1. ABCD　　2. ABCD　　3. ACD　　4. ABCD　　5. ABCD　　6. ABC

7. ABC　　8. ABCD　　9. AB　　10. ABCD　　11. ABCD　　12. ABCD

13. ABCD

三、习题解析

（一）单项选择题

7. 新水用量指标共包括六项：单位产品新水用量、单位产品循环用水量、工业用水重复利用率、间接冷却水循环率、工艺水回用率和万元产值取水量。

8. 废水产生指标包括三项：单位产品废水排放量、单位产品 COD 排放量、污水回用率。

（二）多项选择题

8. 清洁生产分析指标有：生产工艺与装备要求、资源能源利用指标、产品指标、污染物产生指标、废物回收利用指标、环境管理要求。

10. 清洁生产分析程序包括：①收集相关行业清洁生产标准；②预测环评项目的清洁生产指标值；③将预测值与清洁生产标准值对比；④得出清洁生产评价结论；⑤提出清洁生产改进方案和建议。

第九章　环境风险分析

第一节　重点内容

一、重大危险源的辨识

1. 重大危险源的类型和范围

重大危险源包括事故排污源强和异常排污源强两部分。

① 事故排污的源强统计应计算事故状态下的污染物量大时的排放量，作为风险预测的源强。事故排污分析应说明在管理范围内可能发生的事故种类和频率（包括定期检修），并提出防范措施和处理方法。

② 异常排污是指工艺设备或是环保设施达不到设计规定指标而超额排污。因为这种排污代表了长期运行的排污水平。所以在风险评价中，应以此作为源强。异常排污分析应重点说明异常情况的原因和处置方法。

风险识别范围包括生产设施风险识别和生产过程所涉及的物质风险识别。生产设施风险识别范围包括主要生产装置、贮运系统、公用工程系统、工程环保设施及辅助生产设施等；物质风险识别范围包括主要原材料及辅助材料、燃料、中间产品、最终产品以及生产过程排放的"三废"污染物等。

风险类型：据有毒有害物质放散起因，分为火灾、爆炸和泄漏三种类型。

2. 风险识别内容

① 资料收集和准备　包括建设项目工程资料（可行性研究、工程设计资料、建设项目安全评价资料、安全管理体制及事故应急预案资料）、环境资料（利用环境影响报告书中有关厂址周边环境和区域环境资料，重点收集人口分布资料）和事故资料（国内外同行业事故统计分析及典型事故案例资料）。

② 物质危险性识别　对项目所涉及的有毒有害、易燃易爆物质进行危险性识别和综合评价，筛选环境风险评价因子。

③ 生产过程潜在危险性识别　根据建设项目的生产特征，结合物质危险性识别，对项目功能系统划分功能单元，确定潜在的危险单元及重大危险源。

二、风险源项分析的方法

源项分析的内容主要是确定最大可信事故的发生概率、危险化学品的泄漏量。分析方法包括定性分析方法（类比法，加权法和因素图分析法）和定量分析法（概率法和指数法）两种。

源项分析的最大可信事故概率采用事件树、事故树分析法或类比法确定。

危险化学品的泄漏量计算包括液体泄漏速率、气体泄漏速率、两相流泄漏、泄漏液体蒸发量计算，首先应确定泄漏时间，估算泄漏速率。

三、风险事故后果分析方法

风险事故后果分析最常用的方法是事故树分析法。事故树分析法（FTA）是一种演绎推理法，这种方法把系统可能发生的某种事故与导致事故发生的各种原因之间的逻辑关系用一种树形图表示出来，称为事故树。通过对事故树的定性与定量分析，找出事故发生的主要原因，为确定安全对策提供可靠依据，以达到预测与预防事故发生的目的。

事故树分析的步骤如下。

（1）准备阶段

确定所要分析的系统；调查系统发生的事故。

（2）事故树的编制

确定事故树的顶事件（即所要分析的对象事件）；调查与顶事件有关的所有原因事件；编制事故树。

（3）事故树定性分析

按事故树结构，求取事故树的最小割集或最小径集，以及基本事件的结构重要度，根据定性分析的结果，确定预防事故的安全保障措施。

（4）事故树定量分析

根据引起事故发生的各基本事件的发生概率，计算事故树顶事件发生的概率；计算各基本事件的概率重要度和关键重要度。根据定量分析的结果以及事故发生以后可能造成的危害，对系统进行风险分析，以确定安全投资方向。

（5）事故树分析的结果总结与应用

必须及时对事故树分析的结果进行评价、总结，提出改进建议，整理、储存事故树定性和定量分析的全部资料与数据，并注重综合利用各种安全分析的资料，为系统安全性评价与安全性设计提供依据。

第二节 习题与答案

一、练习题

（一）单项选择题

1. 有关风险识别，正确的选项是（   ）。

    A. 在识别各种环境影响和工程分析的基础上进一步辨别风险影响因子

    B. 识别引起建设项目突发性事故的因素

    C. 识别突发性事故产生的危害

    D. 识别可能引发重大后果的影响因子

2. 以下不属于生产设施风险识别范围的是（　　）。

    A. 公用工程系统   B. 生产装置

    C. 生产过程排放的"三废"污染物   D. 辅助生产设施

（二）多项选择题

1. 非正常排污一般包括的内容有（　　）。

    A. 非正常开、停车或部分设备检修时排放的污染物

    B. 正常开、停车或部分设备检修时排放的污染物

    C. 工艺设备或环保设施达不到设计规定指标运行时的排污

    D. 工艺设备或环保设施达到设计规定指标运行时的排污

2. 源项分析的步骤包括（　　）。

    A. 划分各功能单元

    B. 筛选危险物质，确定环境分析评价因子

    C. 事故源项分析和最大可信事故筛选

    D. 估算各功能单元最大可信事故泄漏量和泄漏率

3. 一般泄漏事故有（　　）。

    A. 易燃易爆气体泄漏   B. 毒性气体泄漏

    C. 可燃液体泄漏   D. 毒性液体泄漏

4. 风险影响识别包括（　　）。

    A. 项目筛选   B. 识别项目的重大风险源

    C. 识别项目的主要影响因素   D. 识别项目的传播途径

5. 环境风险分析主要包括（　　）。

    A. 化学性风险   B. 物理性风险   C. 自然灾害风险   D. 生物性风险

6. 风险排污包括（　　）。

    A. 事故排污   B. 间断性排污   C. 异常排污   D. 违章排污

二、参考答案

（一）单项选择题

1. A   **2.** C

（二）多项选择题

1. BC   **2.** ABCD   **3.** ABCD   **4.** ABCD   **5.** ABC   **6.** AC

三、习题解析

单项选择题

2. 生产设施风险识别范围包括主要生产装置、贮运系统、公用工程系统、工程环保设施及辅助生产设施等。

第十章　环境影响经济损益分析

第一节　重点内容

一、环境影响的经济评价概述

1. 基本概念

环境影响的经济损益分析：估算某一项目、规划或政策所引起的环境影响的经济价值，并将其纳入项目、规划或政策的费用效益分析中去，以判断环境影响的显著程度。对负面的环境影响，估算出的是环境成本；对正面的环境影响，估算出的是环境效益。

2. 建设项目环境影响经济损益分析

包括建设项目环境影响经济评价分析和环保措施的经济损益评价分析两部分。

二、环境经济评价方法

1. 环境价值

环境的总价值包括环境的使用价值和非使用价值。

（1）环境的使用价值：指环境被生产者或消费者使用时所表现出来的价值，通常包含直接使用价值、间接使用价值和选择价值。

（2）环境的非使用价值：指人们虽然不使用某一环境物品，但该环境物品仍具有的价值。其又可分为遗赠价值和存在价值。

环境价值的量度：①人们的最大支付意愿（WTP）；②人们对某种特定的环境退化而表示的最低补偿意愿（WTA）。

2. 环境价值评估方法

目前全部的评估方法可分为三组，见表 10-1。

在环境影响评价实践中，最常用的方法是成果参照法，其步骤如图 10-1 所示。

三、费用效益分析

费用效益分析又称国民经济分析、经济分析，是环境影响的经济评价中使用的另一个重要的经济评价方法。

1. 费用效益分析与财务分析的差别

（1）分析的角度不同。

（2）使用的价格不同。

表 10-1　环境价值评估方法

类　比	特　点	方　法	适　用　范　围
第Ⅰ组	有完善的理论基础,是对环境价值(以支付意愿衡量)的正确度量,可称为标准的环境价值评估法	旅行费用法	一般用来评估户外游憩地的环境价值
		隐含价格法	可用于评估大气质量改善的环境价值,也可用于评估大气污染、水污染、环境舒适性和生态系统环境服务功能等的环境价值
		调查评价法	可用于评估几乎所有的环境对象;环境的非使用价值只能使用调查评价法来评估
		成果参照法	用于评价一个新的环境物品,类似于环评中常用的类比分析法
第Ⅱ组	基于费用或价格的,它们虽然不等于价值,但据此得到的评价结果,通常可作为环境影响价值的低限值	医疗费用法	用于评估环境污染引起的健康影响(疾病)的经济价值
		人力资本法	用于评估环境污染的健康影响(收入损失、死亡)
		生产力损失法	用于评估环境污染和生态破坏造成的工农业等生产力的损失
		恢复或重置费用法	用于评估水土流失、重金属污染、土地退化等造成的损失
		影子工程法	用于评估水污染造成的损失、森林生态功能价值等。它用复制具有相同功能的工程的费用来表示该环境的价值,是重置费用法的特例
		防护费用法	用于评估噪声、危险品和其他污染造成的损失
第Ⅲ组	一般在数据不足时采用,有助于项目决策	反向评估法	
		机会成本法	

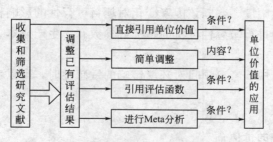

图 10-1　成果参照法的步骤

（3）对项目的外部影响的处理不同。

（4）对税收、补贴等项目的处理不同。

2. 费用效益分析的步骤

（1）基于财务分析中的现金流量表（财务现金流量表），编制用于费用效益分析的现金流量表（经济现金流量表）。

（2）计算项目可行性指标，其判定指标为：经济净现值（ENPV）、经济内部收益率（EIRR）。

① 经济净现值是反映项目对国民经济所做贡献的绝对量指标，当其值大于零时，表示该项目的建设能为社会做出净贡献，即项目是可行的。

$$\text{ENPV} = \sum_{t=1}^{n} (\text{CI} - \text{CO})_t (1+r)^{-t}$$

式中　ENPV——经济净现值；

　　　CI,CO——现金流入量和流出量；

　　$(\text{CI}-\text{CO})_t$——第 t 年的净现金流量；

　　　　n——项目计算期；

　　　　r——贴现率。

贴现率是将发生于不同时间的费用或效益折算成同一时点上（现在）可以比较的费用或效益的折算比率，又称折现率。在进行项目费用效益分析时，只能使用一个贴现率。一般高贴现率不利于环境保护，但也非越小越好，理论上合理的贴现率取决于人们的时间偏好率和资本的机会收益率。

② 经济内部收益率是反映项目对国民经济贡献的相对量指标。它是使项目计算期内的经济净现值等于零时的贴现率。

$$\sum_{t=1}^{n} (\text{CI} - \text{CO})_t (1 + \text{EIRR})^{-t} = 0$$

式中　EIRR——经济内部收益率。

3. 敏感性分析

敏感性分析是通过分析和预测一个或多个不确定性因素的变化所导致的项目可行性指标的变化幅度，判断该因素变化对项目可行性的影响程度。

在财务分析中进行敏感性分析的指标或参数有：生产成本、产品价格、税费豁免等。

费用效益分析中，考察项目对环境影响的敏感性时，可以考虑分析的指标或参数有：

（1）贴现率；

（2）环境影响的价值；

（3）市场边界；

（4）环境影响持续的时间；

（5）环境计划执行情况的好坏。

四、环境影响经济损益分析的步骤

理论上一般分为四个步骤来进行：

（1）筛选环境影响；

（2）量化环境影响；

（3）评估环境影响的货币化价值；

（4）将货币化的环境影响价值纳入项目的经济分析。

1. 环境影响的筛选

一般从以下四个方面来筛选：

（1）影响是否内部的或已被控抑；

（2）影响是否是小的或不重要的；

（3）影响是否不确定或过于敏感；

（4）影响能否被量化和货币化。

经过筛选后，全部环境影响将被分成三大类：①被剔除、不再做任何评价分析的影响；②需要做定性说明的影响；③需要并且能够量化和货币化的影响。

2. 环境影响的量化

环境影响量化的大部分工作应在前面阶段已经完成，此部分工作的主要任务是：

（1）对不适合于进行下一步价值评估的已有环境影响量化方式进行调整；

（2）对只给出项目排放污染物的数量和浓度的情况，要分析其对受体影响的大小。

3. 环境影响的价值评估

对量化的环境影响进行货币化的过程，这是损益分析部分中最关键的一步，也是环境影响经济评价的核心。

4. 将环境影响货币化价值纳入项目经济分析

环境影响经济评价的最后一步，是要将环境影响的货币化价值纳入项目的整体经济分析当中去，以判断项目的这些环境影响将在多大程度上影响项目、规划或政策的可行性。

第二节　习题与答案

一、练习题

（一）单项选择题

1. 下列有关环境经济评价中环境价值有关内容的表述，不正确的是（　　）。

    A. 环境的使用价值是指环境被生产者或消费者使用时所表现出来的价值

    B. 环境的非使用价值是指人们虽然不使用某环境物品，但该物品仍具有的价值

    C. 价值＝支付意愿＝价格×消费量－消费者剩余

    D. 无论是使用价值还是非使用价值，其恰当量度都是人们的最大支付意愿（WTP）

2. 在环境影响评价实践中，最常用的环境价值评估方法是（　　）。

    A. 生产力损失法　　　　　　　　　　B. 反响评估法

    C. 调查评价法　　　　　　　　　　　D. 成果参照法

3. 下列关于常用三组环境价值评估方法的叙述，正确的是（　　）。

    A. 第Ⅰ组方法已广泛应用于对非市场物品的价值评估

    B. 第Ⅱ组方法包含有医疗费用法、人力资本法、机会成本法等六种方法

    C. 第Ⅲ组方法包含有反向评估法和影子工程法

    D. 第Ⅱ组方法理论评估出的是以支付意愿衡量的环境价值

4. 环境的非使用价值只能使用（　　）来评估。

    A. 成果参照法　　　B. 调查评价法　　　C. 影子工程法　　　D. 机会成本法

5. 调查评价法通过构建模拟市场来揭示人们对某种环境物品的支付意愿（WTP），从而评价环境价值，其应用的关键在于（　　）。

    A. 受到严格检验的实施步骤　　　　B. 模拟市场的设计与操作

    C. 问题提问方式选择　　　　　　　D. 抽样调查和结果分析

6. 下列对于费用效益分析的相关表述，有误的是（　　）。

    A. 费用效益分析又称国民经济分析、经济分析，是环境影响的经济评价中使用的一个重要的经济评价方法

    B. 费用效益分析是从环保的角度，评价项目、规划或政策对整个社会的净贡献

    C. 费用效益分析是对可研报告中的项目财务分析的扩展和补充

    D. 费用效益分析是在财务分析的基础上评价项目、规划、政策的可行性

7. 下列关于费用效益分析的内容、具体步骤等方面的叙述，表达不正确的有（　　）。

    A. 费用效益分析中所使用的价格是反映整个社会资源供给与需求状况的均衡价格

    B. 费用效益分析的第一步是基于财务分析中的现金流量表（财务现金流量表），编制用于费用效益分析的现金流量表（经济现金流量表）

    C. 费用效益分析的第二步是计算项目的可行性指标

    D. 费用效益分析中，补贴和税收被列入企业的收支项目中

8. 下列关于费用效益分析中判断项目可行性时所用判定指标的说法有误的是（　　）。

    A. 经济净现值是反映项目对国民经济所做贡献的绝对量指标

    B. 当经济净现值大于零时，表示该项目的建设能为社会做出净贡献，是可行的

    C. 经济内部收益率是反映项目对国民经济所做贡献的相对量指标

D. 当项目的经济内部收益率大于行业基准内部收益率时，表明该项目是不可行的

9. 下列各项参数指标中，不属于财务分析敏感性指标的有（　　）。

A. 环境计划执行情况

B. 生产成本

C. 产品价格

D. 税费豁免

10. 下列关于费用效益分析和环境影响经济损益分析的表述，不正确的是（　　）。

A. 环境影响的经济损益分析步骤为：①量化环境影响；②筛选环境影响；③评估环境影响的货币化价值；④将货币化的环境影响价值纳入项目的经济分析

B. 当环境计划执行的好时，计算出项目的可行性往往会很高

C. 贴现率是将发生于不同时间的费用或效益折算成同一时点上（现在）可以比较的费用或效益的折算比率，又称折现率

D. 在费用效益分析中，理论上合理的贴现率取决于人们的时间偏好率和资本的机会收益率

11. 环境影响的经济损益分析中，最关键的一步是（　　）。

A. 环境影响的筛选

B. 环境影响的量化

C. 环境影响的价值评估

D. 将环境影响的货币化价值纳入项目的经济分析

（二）多项选择题

1. 下列有关环境影响的经济损益分析的叙述内容，正确的有（　　）。

A. 环境影响的经济损益分析，也称为环境影响的经济评价

B. 《中华人民共和国环境影响评价法》中明确规定要对建设项目的环境影响进行经济损益分析

C. 对建设项目的负面环境影响，估算出的是环境成本

D. 对建设项目的正面环境影响，估算出的是环境效益

2. 建设项目环境影响经济损益评价包括（　　）。

A. 建设项目环境影响经济评价

B. 各环境要素的经济影响评价

C. 环保措施的经济损益评价

D. 进行环境保护措施的经济论证以选择适宜的环境保护措施

3. 一般认为，环境的总价值包括环境的（　　）。

A. 使用价值

B. 选择价值

C. 存在价值

D. 非使用价值

4. 环境的使用价值通常包含（　　）。

A. 直接使用价值　　　　　　　　　B. 间接使用价值

C. 存在价值　　　　　　　　　　　D. 选择价值

5. 下面列举的环境所具有各种价值中，属于环境的间接使用价值的是（　　）。

A. 独特景观　　　B. 涵养水源　　　C. 防风固沙　　　D. 平衡碳氧

6. 环境价值评估方法可分为三组，其中第Ⅰ组方法都有完善的理论基础，是对环境价值（以支付意愿衡量）的正确度量，可称为标准的环境价值评估法，包括有（　　）。

A. 旅行费用法　　　　　　　　　B. 人力资本法

C. 机会成本法　　　　　　　　　D. 成果参照法

7. 下列有关环境价值评估及其方法的叙述，正确的有（　　）。

A. 除最大支付意愿（WTP）度量法外，环境价值还可根据人们对某种特定的环境退化而表示的最低补偿意愿（WTA）来度量

B. 第Ⅱ组环境价值评估方法都是基于费用或价格的，它们虽然不等于价值，但据此得到的评价结果，通常可作为环境影响价值的低限值

C. 第Ⅲ组环境价值评估方法一般在数据不足时采用，有助于项目决策

D. 实际应用中三组环境价值评估方法的选择优先顺序为Ⅲ＞Ⅱ＞Ⅰ

8. 下列有关几种常用环境价值评估方法特点的描述，正确的有（　　）。

A. 调查评价法可用于评估几乎所有的环境对象

B. 医疗费用法用于评估环境污染引起的健康影响（疾病）的经济价值

C. 恢复或重置费用法用于评估水土流失、重金属污染、土地退化等造成的损失

D. 反向评估法不是直接评估环境影响的价值，而是根据项目的内部收益率或净现值反推，推算出的环境成本不超过多少时，该项目才是可行的

9. 作为实践中最常用的环境价值评估方法，成果参照法的应用形式有（　　）。

A. 直接参照单位价值

B. 进行 Meta 分析

C. 进行类比分析

D. 参照已有案例研究的评估函数，代入要评估的项目区变量

10. 隐含价格法可用于评估大气质量改善的环境价值，也可用于评估大气污染、水污染、环境舒适性和生态系统环境服务功能等的环境价值，其应用条件是（　　）。

A. 建立隐含价格方程

B. 建立环境质量需求方程

C. 房地产价格在市场中自由形成

D. 可获得完整的、大量的市场交易记录及长期的环境质量记录

11. 费用效益分析与财务分析的不同主要体现在（　　）。

   A. 分析的角度不同

   B. 使用的价格不同

   C. 对项目的外部影响的处理不同

   D. 对税收、补贴等项目的处理不同

12. 在费用效益分析中判断项目的可行性时，最重要的两个判定指标是（　　）。

   A. 经济净现值　　　　　　　　B. 贴现率

   C. 经济内部收益率　　　　　　D. 折现率

13. 下列关于费用效益分析中贴现率参数对环境保护的作用的说法，正确的有（　　）。

   A. 一般来说，高贴现率有利于环境保护

   B. 若取贴现率为 10％，则 10 年后的 100 元钱，只相当于现在的 38.5 元

   C. 贴现率并非越小越好

   D. 进行项目费用效益分析时，只能使用一个贴现率

14. 费用效益分析中考察项目对环境影响的敏感性时，可以考虑的指标参数有（　　）。

   A. 贴现率　　　　　　　　　　B. 环境影响的价值和持续时间

   C. 市场边界　　　　　　　　　D. 环境计划执行情况

15. 理论上，环境影响经济损益分析的步骤有（　　），在实际中有些步骤可以进行合并操作。

   A. 筛选环境影响

   B. 量化环境影响

   C. 评估环境影响的货币化价值

   D. 将货币化的环境影响价值纳入项目的经济分析

16. 在进行环境影响经济损益分析时，一般从以下（　　）方面来筛选环境影响。

   A. 影响是否内部的或已被控抑　　B. 影响是小的或不重要的

   C. 影响是否有关人体健康　　　　D. 影响能否被量化和货币化

17. 当环境影响筛选完成时，所有的环境影响被分类为（　　）。

   A. 被剔除、不再做任何评价分析的影响

B. 需要做定性说明的影响

C. 需要做半定量说明的影响

D. 需要并且能够量化和货币化的影响

18. 环境影响经济损益分析中的环境影响量化工作所进行的内容一般是（　　）。

A. 对不适合于进行下一步价值评估的已有环境影响量化方式进行调整

B. 对项目排放的污染物如 TSP、COD，确定其排放量和浓度

C. 对只给出项目排放污染物的数量和浓度的情况，要分析其对受体影响的大小

D. 利用剂量-反应关系将污染物的排放量或浓度与它对受体产生的影响联系起来

19. 在费用效益分析之后，通常需要做一个敏感性分析，分析的内容有（　　）。

A. 分析估算出的环境影响价值纳入经济现金流量表后对项目的敏感性

B. 分析项目的可行性对项目环境计划执行情况的敏感性

C. 分析项目的可行性对环境成本变动幅度的敏感性

D. 分析项目的可行性对贴现率选择的敏感性

二、参考答案

（一）单项选择题

1. C	2. D	3. A	4. B	5. A	6. B
7. D	8. D	9. A	10. A	11. C	

（二）多项选择题

1. ABCD	2. AC	3. AD	4. ABD	5. BCD	6. AD
7. ABC	8. ABCD	9. ABD	10. CD	11. ABCD	12. AC
13. BCD	14. ABCD	15. ABCD	16. ABD	17. ABD	18. ACD
19. BCD					

三、习题解析

（一）单项选择题

1. 价值＝支付意愿＝价格×消费量＋消费者剩余

3. B 项中，第Ⅱ组方法不包括机会成本法；C 项中，第Ⅲ组方法不包括影子工程法；D 项中，理论上第Ⅱ组方法评估出的不是以支付意愿衡量的环境价值。

6. 费用效益分析是从全社会的角度而非环境保护的角度评价项目、规划或政策对整个社会的净贡献。

7. 费用效益分析中，补贴和税收不再被列入企业的收支项目中。

8. 当项目的经济内部收益率大于行业基准内部收益率时，表明该项目是可行的。

（二）多项选择题

6. B项人力资本法属于第Ⅱ组；C项机会成本法属于第Ⅲ组。

7. 实际应用中三组环境价值评估方法的选择优先顺序为Ⅰ＞Ⅱ＞Ⅲ。

13. 一般来说，高贴现率不利于环境保护。

16. 环境影响一般从四个方面来筛选：

（1）影响是否内部的或已被控抑；

（2）影响是小的或不重要的；

（3）影响是否不确定或过于敏感；

（4）影响能否被量化和货币化。

第十一章　建设项目环境保护竣工验收监测与调查

第一节　重点内容

建设项目环境保护管理的两项基本制度：环境影响评价制度、环境保护"三同时"制度。

建设项目竣工环境保护验收是指在建设项目竣工后，环境保护行政主管部门根据有关规定，依据环境保护验收监测或调查结果，并通过现场检查等手段，考核建设项目是否达到环境保护要求的管理方式。

一、验收重点与验收标准的确定

1. 验收的分类管理

《建设项目环境保护验收管理办法》明确将建设项目分为以污染排放为主项目和以生态影响为主项目两类，实施分类管理。

2. 验收重点的确定依据

（1）项目可研、批复以及设计文件相关内容、与项目有关的各项环境设施。

（2）环境影响评价文件及其批复规定应采取的各项环境保护措施等要求。

（3）各级环境保护主管部门针对建设项目提出的具体环境保护要求文件。

（4）国家法律、法规、行政规章及规划确定的敏感区。

（5）国家相关的产业政策及清洁生产要求。

3. 验收重点

（1）核查验收范围

① 核查项目组成与原审批文件的相符程度。

② 核实项目环境保护设计建成及环保措施落实情况。

③ 核查项目周围是否存在环境保护敏感区。

（2）确定验收标准

主要依据是污染物达标排放、环境质量达标和总量控制满足要求。

（3）核查验收工况

（4）核查验收监测（调查）结果

① 核查建设项目外排污染物的达标情况。

② 核查主要污染治理设施运行及设计指标的达标情况。

③ 核查污染物排放总量控制情况。

④ 核查敏感点环境质量达标情况。

⑤ 核查清洁生产考核指标达标情况。

⑥ 核查有关生态保护的环境指标的对比评价结果。

（5）核查验收环境管理

（6）现场验收检查及建设项目环境管理档案资料核查

（7）风险事故环境保护应急措施检查

（8）验收结论

4. 验收监测与调查标准选用的原则

（1）依据国家、地方环境保护行政主管部门对建设项目环境影响评价批复的环境质量标准和排放标准。

（2）依据地方环境保护行政主管部门有关环境影响评价执行标准的批复以及下达的污染物排放总量控制指标。

（3）依据建设项目环保初步设计中确定的环保设施的设计指标。

（4）环境监测方法应选择与环境质量标准、排放标准相配套的方法。

（5）综合性排放标准与行业排放标准不交叉执行。

二、验收监测与调查的工作内容

1. 建设项目竣工环境保护验收的原则

（1）污染物排放浓度达标验收和排污总量达标验收并重。

（2）污染型建设项目和生态影响型建设项目并重。

（3）建设项目分类管理和实施验收公告制度。

2. 验收监测与调查的内容范围

（1）检查建设项目环境管理制度的执行和落实情况，各项环保设施或工程的实际建设、管理、运行状况及各项环保治理措施落实情况。

（2）监测分析评价治理设施处理效果或治理工程的环境效益。

（3）监测分析建设项目外排废水、废气和噪声等的达标情况。

（4）监测必要的环境保护敏感点的环境质量。

（5）监测统计国家规定的总量控制污染物排放指标的达标情况。

（6）调查分析评价生态保护以及环境敏感目标保护措施情况。

3. 验收监测与调查的主要内容

（1）环境保护管理检查。

（2）环境保护设施运行效果测试。

（3）污染物达标排放监测。

（4）环境保护敏感点环境质量的监测。

（5）生态调查的主要内容。

（6）清洁生产调查。

三、验收调查报告编制的技术要求

1. 验收调查工作程序

包括资料收集与现场初步踏勘、编制验收调查方案、实施现场调查、编制验收调查报告（表）四个过程，具体见图 11-1。

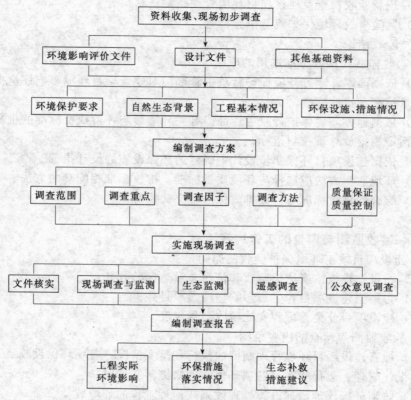

图 11-1　建设项目竣工环境保护验收调查工作程序

2. 验收调查报告编制技术要求

（1）正确确定验收调查范围。

（2）明确验收调查重点。

（3）选取验收调查因子。

（4）确定适用调查方法，有文件核实、现场勘察、现场监测、公众意见调查、遥感调查等。

（5）分析评价方法，一般采取类比分析法、列表清单法、指数法与综合指数法、生态系统综合评价法等。

（6）评价判别标准，主要包括：①国家、行业和地方规定的标准及规范；②背景或本底标准；③科学研究已判定的生态效应。

3. 验收调查报告章节内容

（1）前沿。

（2）总论。

（3）工程概况。

（4）区域环境概况。

（5）环境影响评价文件及其批复的回顾。

（6）环保措施落实情况的调查。

（7）施工期环境影响回顾。

（8）环境影响调查与分析。

该部分为验收调查报告的核心内容，含现况调查分析与专题调查分析。前者主要包括社会影响、生态影响、污染影响三方面的内容；后者一般包括调查情况、调查结果分析和环境影响评估结论、存在问题及对策建议四部分内容。

（9）补救对策措施及投资估算。

（10）总论与建议。

当建设项目同时满足以下五方面要求时，应明确建议政府环保部门通过工程竣工环保验收：

① 不存在重大的环境影响问题；

② 环评及批复所提环保措施得到了落实；

③ 有关环保设施已建成并投入正常使用；

④ 防护工程本身符合设计、施工和使用要求；

⑤ 目前遗留的环境影响问题能得到有效处理解决。

（11）附录。

可包括有附图、附件和附表。

四、验收监测报告编制的技术要求

建设项目竣工环境保护验收监测针对主要因排放污染物对环境造成污染或危害的建设项目进行。

1. 验收监测工作程序

（1）准备阶段，资料收集、现场勘察、环保检查。

（2）编制验收监测方案阶段，验收监测工作程序见图 11-2。

（3）现场监测阶段。

（4）验收监测报告编制阶段，以报告书（表）的形式反映。

2. 验收监测技术要求

（1）验收监测的工况要求。

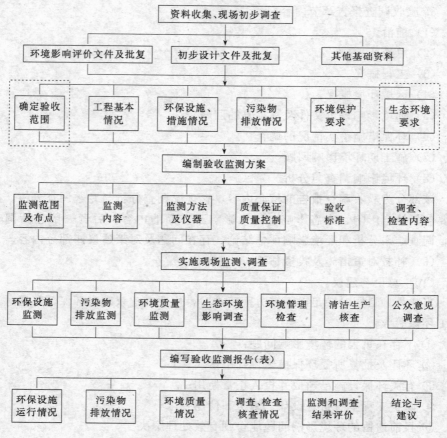

图 11-2　建设项目竣工环境保护验收监测工作程序

（2）质量保证和质量控制，分监测人员、水质、气体、噪声、固体废物五项进行。

（3）验收监测污染因子的确定原则。

（4）废气监测技术要求，分有组织排放和无组织排放。

（5）废水监测技术要求，包括监测点位、监测因子、监测频次。

（6）噪声监测技术要求，分厂界噪声、高速公路交通噪声和机场周围飞机噪声。

（7）振动监测技术要求，包括监测点位、监测因子、监测频次。

（8）电磁辐射监测技术要求，包括监测点位、监测因子、监测频次。

（9）固体废物监测技术要求，分检查和测试两个方面。

（10）污染物排放总量核算技术要求。

（11）环境质量监测技术要求。

（12）在线自动连续监测仪校比技术要求。

3. 验收监测报告主要章节

（1）总论。

（2）建设项目工程概况。

（3）建设项目污染及治理。

（4）环评、初设回顾及其批复要求。

（5）验收监测评价标准。

（6）验收监测结果及评价。

（7）国家规定的总量控制污染物的排放情况。

（8）公众意见调查结果。

（9）环境管理检查结果。

（10）验收监测结论及建议。

（11）附件。

4. 验收监测报告表或登记卡

验收监测表由有相应资质的验收监测单位填写，内容应言简意赅，并附有必要简图，同时在最后一页附建设项目环境保护"三同时"竣工验收登记表。

按照建设项目环境保护分类管理要求，对填报环境影响登记表的建设项目，由建设单位填写验收登记卡，此类项目一般可不进行监测，个别需做常规监测或单一项目监测。

第二节　习题与答案

一、练习题

（一）单项选择题

1. 下列关于建设项目环境保护验收工作中一些具体要求的表述，不正确的是（　　）。

    A. 对项目所排污染物，国家已有行业污染物排放标准的，应优先执行行业标准

    B. 对建设项目中既是环保设备又是生产环节的装置，不可以工程设计指标作为环保设施的设计指标

    C. 工作中应落实"以新带老"，改进落后工艺和治理老污染源的政策

    D. 建设项目竣工环境保护验收所执行的环境标准，应以环评阶段执行的标准为验收标准，同时按现行标准进行校核

2. 在进行建设项目环境验收监测的噪声考核工作时，需进行昼夜等效声级的计算；由于噪声在夜间比昼间影响大，故计算时需要将夜间等效声级加上（　　）

dB 后再计算。

  A. 5   B. 8   C. 10   D. 12

  3. 下列各项中，不属于建设项目竣工环境保护验收监测与调查工作中环境保护管理调查所包含内容的是（ ）。

    A. 环境保护审批手续及环境保护档案资料

    B. 排污口规范化，污染源在线监测仪的安装、测试情况检查

    C. 事故风险的环境保护应急计划

    D. 环境保护设施运行效果测试和污染物达标排放监测

  4. 下列关于建设项目竣工环境保护验收调查报告编制技术要求的叙述，有误的是（ ）。

    A. 验收调查范围一般应比建设项目环境影响评价文件中的评价范围适度放大

    B. 验收调查因子原则上应根据项目所处区域环境特点和项目的环境影响性质确定

    C. 具体工作中，应针对不同的调查对象，采取相应的验收调查方法

    D. 验收调查中关注的主要生态问题有生物多样性损失、生态格局破坏等

  5. 旅游资源开发过程中应严重关注的生态问题是（ ）。

    A. 生态功能改变   B. 视觉景观重建

    C. 水土流失危害   D. 土地资源占用

  6. 在森林开采过程中，环境危害方面的调查因子应选择（ ）。

    A. 土地资源退化   B. "三废"排放

    C. 局地气候变化   D. 交通噪声污染

  7. 验收调查报告的核心内容是（ ）。

    A. 环保措施落实情况的调查   B. 环境影响调查与分析

    C. 补救对策措施及投资估算   D. 总论与建议

  8. 验收监测一般应在工况稳定、生产负荷达到设计生产能力的（ ）以上情况下进行。

    A. 65%   B. 70%   C. 75%   D. 85%

  9. 下列对于建设项目竣工环境保护验收监测的质量保证和质量控制的有关叙述，有误的是（ ）。

    A. 参加竣工验收监测采样和测试的人员，按国家有关规定持证上岗

    B. 所用监测仪器在检定有效期内

    C. 监测数据要经过二级审核

    D. 水质监测的采样过程中，应采集不少于10%的平行样

  10. 在进行气体监测分析时，被测排放物的浓度应在仪器测试量程的有效范

围，即仪器量程的（　　）。

　　A. 30%～70%　　B. 30%～80%　　C. 25%～75%　　D. 25%～80%

11. 噪声监测分析过程中，声级计在测试前后应用标准发声源进行校准，测量前后仪器的灵敏度相差不大于（　　）dB，否则测试数据无效。

　　A. 0.2　　　　　B. 0.3　　　　　C. 0.5　　　　　D. 0.8

12. 在固体废物监测分析过程中，实验室样品分析时应加测不少于（　　）的平行样。

　　A. 5%　　　　　B. 10%　　　　　C. 15%　　　　　D. 20%

13. 废气监测技术中要求，对有明显生产周期的建设项目的有组织排放行为，对污染物的采样和测试一般为（　　）个生产周期，每个周期（　　）次。

　　A. 2～3、3～5　　B. 2～4、3～5　　C. 2～3、4～5　　D. 2～4、4～6

14. 大型火力发电（热电）厂排气出口颗粒物每点采样时间不少于（　　）。

　　A. 2min　　　　B. 3min　　　　C. 5min　　　　D. 6min

15. 废气监测技术中要求，对无组织排放的监测点位安排，监控点最多可设（　　）个。

　　A. 4　　　　　　B. 5　　　　　　C. 7　　　　　　D. 8

16. 废气监测技术中要求，对型号、功能相同的多个小型环境保护设施，可采用随机抽样的方法进行监测，随机抽测设施比例不小于同样设施总数的（　　）。

　　A. 35%　　　　　B. 40%　　　　　C. 45%　　　　　D. 50%

17. 对有污水处理设施并正常运转或建有调节池的建设项目，其污水为稳定排放的，可采瞬时样，但不得少于（　　）。

　　A. 2次　　　　　B. 3次　　　　　C. 4次　　　　　D. 5次

18. 对污水非稳定连续排放源，一般应采用加密的等时间采样和测试方法，一般以每日开工时间或（　　）为周期，采样不少于（　　）周期。

　　A. 24h、3个　　B. 24h、4个　　C. 12h、3个　　D. 12h、4个

19. 噪声监测技术要求中，对厂界噪声的监测点位，测点一般设在工业企业单位法定厂界外（　　）m，高度（　　）m以上，对应被测声源距任一反射面不小于（　　）m处。

　　A. 1、1.2、1.5　　　　　　　　　B. 1、1.2、1.2

　　C. 1.2、1、1.5　　　　　　　　　D. 1、1.2、1

20. 下列关于高速公路交通噪声监测技术要求的有关说法，不正确的是（　　）。

　　A. 在公路两侧距路肩小于或等于200m范围内选取至少5个有代表性的噪声敏感区域，分别设点进行监测

　　B. 噪声敏感区域和噪声衰减测量，连续测量2d，每天测量4次

　　C. 噪声敏感区域和噪声衰减测量，昼、夜间各测两次，分别在车流量

最小时段和高峰时段

　　D. 24h 连续交通噪声测量，每小时测量一次，每次测量不少于 20min，连续测 2d

　　21. 机场周围飞机噪声监测点位的安排中，监测点选在户外平坦开阔的地方，传声器高于（　　）m，离开其他反射壁面（　　）m 以上。

　　　　A. 1.2、1.0　　　　B. 1.2、1.2　　　　C. 1.2、1.5　　　　D. 1.5、1.5

　　22. 振动监测技术要求中，监测点位应置于建筑物室外（　　）m 以内振动敏感处。

　　　　A. 0.3　　　　　　B. 0.5　　　　　　C. 0.6　　　　　　D. 0.8

　　23. 振动监测工作中一般采用的监测因子是（　　）。

　　　　A. 水平振动级 HL_z　　　　　　　　B. 等效 A 振动级 AL_z

　　　　C. 等效振动级 EL_z　　　　　　　　D. 垂直振动级 VL_z

　　24. 监测固体废物可能造成的二次污染时，随机监测一次，每一类固体废物采样和分析样品数均不应少于（　　）个。

　　　　A. 4　　　　　　　B. 5　　　　　　　C. 6　　　　　　　D. 7

（二）多项选择题

1. 建设项目环境保护管理的两项基本制度是（　　）。

　　A. 建设项目环境影响评价制度

　　B. 建设项目竣工环境保护验收调查制度

　　C. 建设项目竣工环境保护验收监测制度

　　D. 建设项目环境保护"三同时"制度

2. 《建设项目环境保护验收管理办法》明确将建设项目分类为（　　），实施分类管理。

　　A. 以污染排放为主的项目　　　　　　B. 以健康安全影响为主的项目

　　C. 以生态影响为主的项目　　　　　　D. 以可持续发展影响为主的项目

3. 建设项目环境保护验收重点的确定依据有（　　）。

　　A. 项目可研、批复以及设计文件相关内容与项目有关的各项环境设施

　　B. 环境影响评价文件及其批复规定应采取的各项环境保护措施等要求

　　C. 各级环境保护主管部门针对建设项目提出的具体环境保护要求文件

　　D. 国家法律、法规、行政规章及规划确定的敏感区

4. 进行建设项目环境保护验收时，验收重点有（　　）。

　　A. 核查建设项目的人员配置情况

　　B. 核查验收工况、监测（调查）结果、环境管理

　　C. 风险事故环境保护应急措施检查

　　D. 现场验收检查及验收结论

5. 在核查建设项目环境管理资料档案时应进行的内容包括（　　）。

A. 环境保护组织机构　　　　　　B. 各项环境管理规章制度

C. 施工期环境监理资料　　　　　D. 日常监测计划

6. 在选用建设项目环境保护验收监测与调查标准时应遵循的原则有（　　）。

A. 依据国家、地方环境保护行政主管部门对建设项目环境影响评价批复的环境质量标准和排放标准

B. 依据地方环境保护行政主管部门有关环境影响评价执行标准的批复以及下达的污染物排放总量控制指标

C. 依据建设项目环保初步设计中确定的环保设施的设计指标，如处理效率、处理能力、环保设施进出口污染物浓度、废气排气筒高度等

D. 环境监测方法应选择与环境质量标准、排放标准相配套的方法，且综合性排放标准与行业排放标准不交叉执行

7. 下列各项叙述中属于大气污染物排放口考核中应注意的问题的有（　　）。

A. 对无组织排放的点源，应对照行业要求考核监控点与参照点浓度差值或周界外最高浓度点浓度值

B. 实测烟尘、SO_2、NO_x 的排放浓度应根据实际情况分别按照标准要求换算为相应空气过剩系数、出力系数、炉型折算系数、掺风系数时的值后再与标准值比较

C. 最高允许排放浓度及最高允许排放速率均指连续 24 小时采样平均值或 24 小时内等时间间隔采集样品平均值

D. 位于两控区内的锅炉，除执行锅炉大气污染物排放标准外，还应执行所在区规定的总量控制指标

8. 下列各项叙述中属于污水排放口考核中应注意的问题的有（　　）。

A. 对清净下水排放口，原则上应对其执行污水综合排放标准

B. 对总排口可能存在稀释排放的污染物，除在车间排放口或针对性治理设施排放口以排放标准加以考核外，还应在外排口以排放标准进一步考核

C. 对部分行业应重点考核与外环境发生关系的总排污口污染物排放浓度（以日均值计）及吨产品最高允许排水量（以月均值计）

D. 同一建设单位的不同污水排放口可执行不同的标准

9. 下列关于环境验收监测标准使用过程中应注意的问题的表述，正确的有（　　）。

A. 对有污水排放的建设项目，注意检查其排污口的规范化建设

B. 在进行噪声考核时应注意厂界噪声背景值的修正

C. 指标考核中进行的内容包括设计指标的考核和内控指标的考核

D. 使用标准对监测结果进行评价时，应严格按照标准指标进行评价

10. 进行建设项目竣工环境保护验收时应遵循的原则有（　　　）。

A. 污染物排放浓度达标验收和排污总量达标验收并重

B. 污染型建设项目和生态影响型建设项目并重

C. 对建设项目实施分类管理和验收公告制度

D. 综合性排放标准与行业标准不交叉执行

11. 下列各项属于建设项目竣工环境保护验收监测与调查的内容范围的有
（　　　）。

A. 检查污染物排放总量控制情况

B. 监测分析评价治理设施处理效果或治理工程的环境效益

C. 监测统计国家规定的总量控制污染物排放指标的达标情况

D. 检查清洁生产考核指标达标情况

12. 环境保护管理检查工作中的环境保护监测计划应包括（　　　）。

A. 监测机构设置　　　　　　　　B. 人员配置

C. 监测计划　　　　　　　　　　D. 仪器设备

13. 下列环境保护管理检查内容中属于根据行业特点而确定的有（　　　）。

A. 清洁生产　　　　　　　　　　B. 移民工程

C. 海洋生态保护　　　　　　　　D. 施工期扰民现象

14. 建设项目竣工环境保护验收监测与调查的主要内容项有（　　　）。

A. 环境保护管理检查

B. 环境保护设施运行效果测试及污染物达标排放监测

C. 环境保护敏感点环境质量的监测和生态调查

D. 环评及批复文件要求的清洁生产情况调查

15. 涉及如下（　　　）领域的环境保护设施或设备均应进行运行效率监测。

A. 各种废水处理设施的处理效率

B. 各种废气处理设施的处理效率

C. 工业固（液）体废物处理处置设施的处理效率

D. 用于处理其他污染物的处理设施的处理效率

16. 建设项目竣工环境保护验收监测与调查中的生态调查的主要内容有
（　　　）。

A. 文件中提及的生态保护措施的情况

B. 建设项目已采取的生态保护、水土保持措施实施效果

C. 开展公众意见调查

D. 针对建设项目将产生的环境破坏或潜在的环境影响提出补救措施或
应急措施

17. 建设项目竣工环境保护验收监测与调查中，清洁生产调查工作的主要任务是调查环评文件和批复文件所要求的清洁生产指标落实情况，如（　　）。

    A. 单位产品耗新鲜水量及废水回用率

    B. 固体废物资源化利用率

    C. 单位产品能耗指标及清洁能源替代要求

    D. 单位产品污染物产生量指标

18. 建设项目竣工环境保护验收调查的工作程序包括（　　）。

    A. 资料收集与现场初步踏勘　　　　B. 编制验收调查方案

    C. 实施现场调查　　　　　　　　　D. 编制验收调查报告（表）

19. 建设项目竣工环境保护验收调查报告中应包括的内容大体上应有（　　）。

    A. 公众意见调查　　　　　　　　　B. 工程的实际环境影响

    C. 环保措施的落实情况　　　　　　D. 生态补救的措施建议

20. 建设项目竣工环境保护验收调查报告编制的技术要求有（　　）。

    A. 正确确定验收调查范围，明确验收调查重点

    B. 选取验收调查因子，确定适用的调查方法

    C. 用适当的分析评价方法分析评价验收调查结果

    D. 选用合适的评价判别标准

21. 建设项目竣工环境保护验收调查工作中常用的验收调查方法有（　　）。

    A. 文件核实法　　　　　　　　　　B. 现场勘察、监测法

    C. 公众意见调查法　　　　　　　　D. 遥感调查法

22. 建设项目竣工环境保护验收调查工作中常用的评价判别标准一般来自（　　）。

    A. 国家、行业和地方规定的标准及规范

    B. 背景或本底标准，即项目所处区域或环评时生态环境的背景值或本底值

    C. 生态系统综合评价标准

    D. 经科学研究已判定的生态效应

23. 建设项目竣工环境保护验收调查工作中常用的分析评价方法有（　　）。

    A. 影子工程法　　　　　　　　　　B. 列表清单法

    C. 指数法　　　　　　　　　　　　D. 调查分析法

24. 验收调查过程中，通常将建设项目的生态影响分类为（　　）。

    A. 资源影响　　　B. 生态影响　　　C. 环境危害　　　D. 景观影响

25. 在验收调查交通运输项目时，应严重关注的生态影响问题有（　　）。

    A. 土地资源占用　　　　　　　　　B. 农业生产损失

C. 视觉景观重建　　　　　　　　　D. 水土流失危害

26. 在验收调查工作中，景观影响调查时可供选取的调查因子一般有（　　）。

A. 区域类型景观　　　　　　　　　B. 项目区域景观要素

C. 景观敏感度　　　　　　　　　　D. 景观改良措施

27. 当调查对象为自然资源时，生态环境影响调查前期工作中应选用的方法有（　　）。

A. 经济统计年鉴调研　　　　　　　B. 区域资源统计调查

C. 环评报告调研　　　　　　　　　D. 区域资源分布资料调研

28. 当调查对象为生态问题时，生态环境影响调查施工期工作中应选用的方法有（　　）。

A. 公众走访咨询　　　　　　　　　B. 施工现场勘察

C. 生态恢复工程核查　　　　　　　D. 环评措施执行情况核查

29. 当调查对象为自然生态时，生态环境影响调查运营期工作中应选用的方法有（　　）。

A. 生态防治工程现场核查　　　　　B. 影响区现状勘查

C. 生物多样性影响分析　　　　　　D. 格局、功能动态分析

30. 总体上，环境影响调查与分析工作中，现况调查与分析主要有（　　）几方面。

A. 社会影响　　　　　　　　　　　B. 生态影响

C. 污染影响　　　　　　　　　　　D. 人体健康影响

31. 不同类型建设项目的不同专题中，均应包括（　　）这几部分内容。

A. 调查情况　　　　　　　　　　　B. 调查结果分析

C. 环境影响评估结论　　　　　　　D. 存在问题及对策建议

32. 环境影响调查与分析工作中，编写现况调查和专题调查分析时的基本要求有（　　）。

A. 对调查情况进行说明时，各专题相应的调查因子、调查范围、调查手段、分析方法、评价标准和评估依据，应严格按实施方案的具体要求进行编写

B. 对调查结果进行分析时，应突出调查的重点问题及因子

C. 调查分析结论和建议要具体明确

D. 分别简述各专题的主要调查结果和存在的主要问题

33. 环境影响调查与分析工作中，在验收调查结论中必须回答的问题有（　　）。

A. 影响方式　　　B. 影响性质　　　C. 对策建议　　　D. 验收意见

34. 已知某建设项目不存在重大的环境影响问题，则当其还满足下列（　　）要求时，可明确建议政府环保部门通过工程竣工环保验收。

A. 环评及批复所提环保措施得到了落实

B. 有关环保设施已建成并投入正常使用

C. 防护工程本身符合设计、施工和使用要求

D. 目前遗留的环境影响问题能得到有效处理解决

35. 建设项目竣工环境保护验收监测工作程序分为（　　）几个阶段。

　　A. 准备阶段：资料收集、现场勘察、环保检查

　　B. 编制验收监测方案阶段

　　C. 现场监测阶段

　　D. 验收监测报告编制阶段，最终以报告书（表）的形式反映

36. 建设项目的工况应根据（　　）进行计算。

　　A. 建设项目的产品产量　　　　　　B. 原材料消耗量

　　C. 所有工程设施的运行负荷　　　　D. 环境保护处理设施的负荷

37. 废水监测技术要求中对监测点位的安排包括（　　）。

　　A. 污水处理设施各处理单元的进、出口

　　B. 《污水排放综合标准》中第一类污染物的车间或车间处理设施的排
　　　　放口

　　C. 生产性污水、生活污水、清净下水外排口

　　D. 雨水排放口

38. 下列关于振动监测技术要求的具体表述，正确的有（　　）。

　　A. 必要时，振动监测点位可置于建筑物室内地面中央

　　B. 对稳态振源，每个测点测量一次，取 10s 内的平均示数为评价量

　　C. 对冲击振动，取每次冲击过程中的最大示数为评价量

　　D. 对无规振动，每个测点等间隔地读取瞬时示数，采样间隔不大于 5s，
　　　　连续测量时间不小于 1000s

39. 对于固体废物二次污染监测点位的选择，可采取的方法有（　　）。

　　A. 简单随机采样法　　　　　　　　B. 系统采样法

　　C. 分层采样法　　　　　　　　　　D. 权威采样法

40. 下列关于各环境要素环境质量监测技术要求的说法，正确的有（　　）。

　　A. 水环境质量测试一般为 1～3d，每天 1～2 次

　　B. 环境空气质量测试一般不少于 5d

　　C. 环境噪声测试一般不少于 3d

　　D. 城市环境电磁辐射监测中，若 24h 昼夜测量，其频次不得少于 10 次

41. 下列有关污染物排放总量核算技术要求的表述，正确的有（　　）。

　　A. 排放总量核算项目为国家或地方规定实施污染物总量控制的指标

　　B. 依据实际监测情况，确定某一监测点某一时段内污染物排放总量

C. 根据排污单位年工作的实际天数计算污染物年排放总量

D. 某污染物监测结果小于规定监测方法下限时，不参与总量核算

42. 目前国家实施总量控制的污染物，除COD和二氧化硫外，还包括（　　　）。

A. 二噁英　　　　　B. 工业粉尘　　　　　C. 烟尘　　　　　D. 固体废物

二、参考答案

（一）单项选择题

1. B	2. C	3. D	4. A	5. B	6. C
7. B	8. C	9. C	10. A	11. C	12. B
13. A	14. B	15. A	16. D	17. B	18. A
19. D	20. C	21. A	22. B	23. D	24. C

（二）多项选择题

1. AD	2. AC	3. ABCD	4. BCD	5. ABCD	6. ABCD
7. ABD	8. ABCD	9. ABCD	10. ABC	11. BC	12. ABCD
13. ABC	14. ABCD	15. ABCD	16. ABC	17. ABCD	18. ABCD
19. BCD	20. ABCD	21. ABCD	22. ABD	23. BC	24. ABCD
25. ABCD	26. ABCD	27. ABD	28. ABD	29. BCD	30. ABC
31. ABCD	32. ABC	33. ABCD	34. ABCD	35. ABCD	36. ABD
37. ABCD	38. ACD	39. ABCD	40. AD	41. ABCD	42. BCD

三、习题解析

（一）单项选择题

1. B项此时可以根据工程设计指标作为环保设施的设计指标。

4. 验收调查范围一般应与建设项目环境影响评价文件中的评价范围一致。

9. 监测数据要经过三级审核。

20. 应分别在车流量平均时段和高峰时段进行测量。

（二）多项选择题

3. 建设项目环境保护验收重点确定的依据有：

① 项目可研、批复以及设计文件相关内容、与建设项目有关的各项环境设施；

② 环境影响评价文件及其批复规定应采取的各项环境保护措施等要求；

③ 各级环境保护主管部门针对建设项目提出的具体环境保护要求文件；

④ 国家法律、法规、行政规章及规划确定的敏感区；

⑤ 国家相关的产业政策及清洁生产要求。

4. 进行建设项目环境保护验收时，验收重点有：

① 核查验收范围；

② 确定验收标准；

③ 核查验收工况；

④ 核查验收监测（调查）结果；

⑤ 核查验收环境管理；

⑥ 现场验收检查及建设项目环境管理档案资料核查；

⑦ 风险事故环境保护应急措施检查；

⑧ 验收结论。

11. 验收监测与调查的内容范围包括：

① 检查建设项目环境管理制度的执行和落实情况，各项环保设施或工程的实际建设、管理、运行状况及各项环保治理措施落实情况；

② 监测分析评价治理设施处理效果或治理工程的环境效益；

③ 监测分析建设项目外排废水、废气和噪声等的达标情况；

④ 监测必要的环境保护敏感点的环境质量；

⑤ 监测统计国家规定的总量控制污染物排放指标的运行情况；

⑥ 调查分析评价生态保护以及环境敏感目标保护措施情况。